本书以抗美援朝老兵、共产党员罗洪珠的真实经历为背景创作。

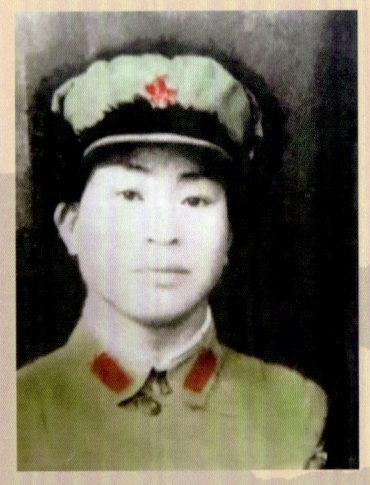

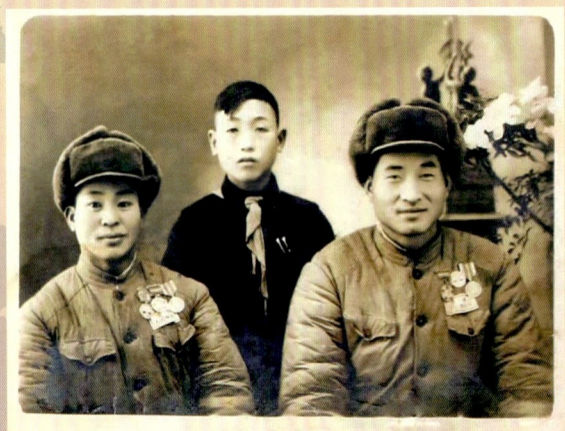

△罗洪珠在淮海战役中起义成为一名中国人民解放军。

▽罗洪珠（左）和战友在朝鲜与住户家孩子合影。此照片被中国人民革命军事博物馆珍藏展览。

군공메달

증 명 서

미제 무력침공자들을 반대하는 조선 인민의 정의의 조국해방 전쟁에서 군공세운 전투에 참가하였기때문에

195 년 월 일

조선 민주주의 인민공화국 최고 인민회의 상임위원회 명의로써

에게

이 메달을 수여한다

조선 민주주의 인민공화국 최고 인민회의 상임위원회

서기장 강 량 욱

195 년 월 일

NO.

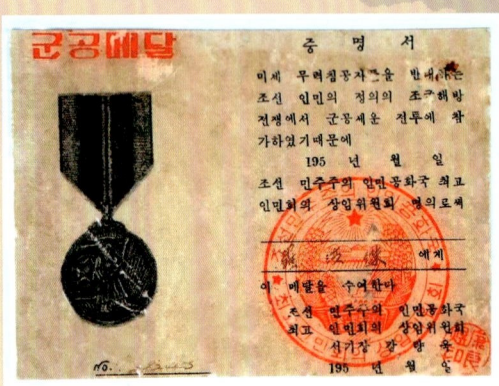

△抗美援朝时期，罗洪珠立功的朝鲜文奖状。

▷罗洪珠临终前仍带在身上的党章。

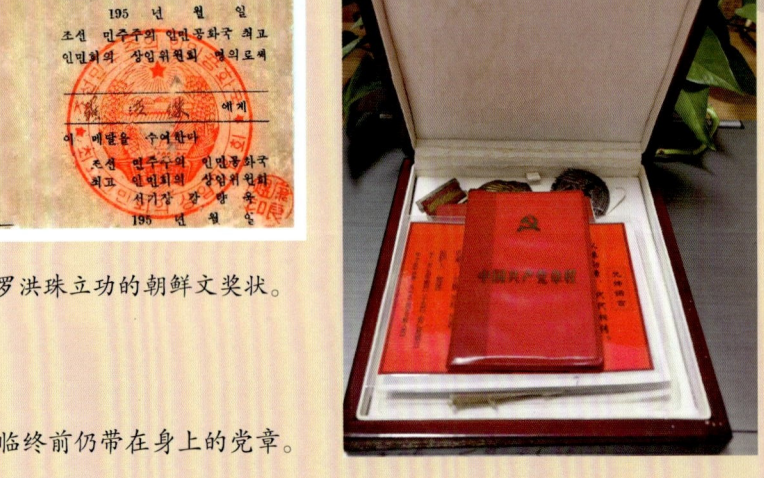

罗范懿/著

我是党员 我是兵

天地出版社 | TIANDI PRESS

谨以此书，

献给中国共产党成立100周年；
献给抗美援朝战争胜利70周年；
献给100年来为民族独立，国家富强
而流血流汗的千千万万个战士、党员"罗洪珠"！

序
刘　建

这部作品讲述了一位共和国老兵、老共产党员的事迹。主人公罗洪珠是一位为民族解放在抗日远征、解放战争、抗美援朝战争中浴血奋战有幸活下来的战斗英雄；是一位为民族复兴甘做副班长十五年、身经百战置生死不顾的钢铁老兵；更是一位以普通党员为荣、裹着军毯随时准备出发、党叫干啥就干啥的优秀农村党员。

他出生于1921年，与中国共产党"同龄"。他的革命生涯正是他们那一代人的光辉缩影，他用一个普通士兵的经历注解着"中国共产党为什么能"。

当共产党人抗日救亡的时候，罗洪珠也随国民党的军队开赴中缅边境，英勇阻击侵略者；但是当内战打响，与解放军对峙的时候，他却将枪口指向了天空。因为他知道，共产党人是为他这样的穷苦百姓谋幸福的人。

他带队起义，在两军阵前冒死投入解放军的队伍，因为他目睹了国民党的腐朽，也看到了共产党队伍的言行。加入解放军后首先解放了自己，认定跟定一切为了人民的共产党，并成为了其中的一员。在解放大西南，进军西藏，修建青藏公路的转战中，他舍身忘死地践行着革命的理想。

抗美援朝战争爆发，他义无反顾加入中国人民志愿军，跨过鸭绿江保家卫国，并与黄继光成为亲密战友。经过三年惨烈的战争，当他护送黄继光等英雄的遗体回国的时候，他知道自己只是一名在战场上没有被打死的老兵。

战争结束了，他返回湖南安仁的老家。父母兄弟的小"家"已经没有了，但是他手里捧着"红本本"党章，心里就有一个大"家"。尽管立过不少战功，但他将荣誉藏在心底，在国家暂时困难时，响应号召自愿退出国家干部队伍。他回到农村，成家，务农，养猪，造林护林……默默为社会主义大家庭的建设添砖加瓦。他从不与人争名争利,却刚直不阿地维护集体利益,直到生命终结。

这样的老兵很多,因为从那个年代走过来的老兵,大多都是这样的;这样的老兵也不多,因为经历了那么多次战争,身边很多战友都牺牲了,他们是幸存者。因此,这部作品不仅仅是写一个老兵的故事,更是千千万万个参加革命的战士和共和国建设者平凡而伟大的样本。

如今,我们跨入了中国特色社会主义的新时代。要实现中华民族的伟大复兴,更需要千千万万的共产党人践行初心,担当使命,而罗洪珠这种一不怕苦、二不怕死的"老兵精神",淡泊名利、一心为公的"党员作风",对新时代千千万万的建设者仍有启迪意义,值得我们传承与弘扬。

谨以这篇短文,向老兵们敬礼!

(作者系朱德总司令外孙、第十二届全国政协委员、解放军某部少将)

目 录

引　言 1
1. 想书闯祸 4
2. 夜半枪声 10
3. 亲人离散 16
4. 寒冬梦衣 21
5. 躲兵岁月 24
6. 牢房黑话 32
7. 兄弟难认 36
8. 工地抓逃 39
9. 一个人影 43
10. "烤箱"运兵 46
11. 开战二枪 50
12. 浪江嫁妻 55
13. 龙陵救妇 58
14. 四哥奇遇 61
15. 寺院铳响 66
16. 二次出逃 69
17. 走向梦想 77
18. 举起右手 87

19. 解放西南 *91*

20. 修建天路 *97*

21. 见总司令 *100*

22. 鸟铳梦游 *104*

23. 继光老弟 *107*

24. 英勇牺牲 *111*

25. 坑道战斗 *114*

26. 护灵归国 *118*

27. 胜利归来 *122*

28. 当个老兵 *126*

29. 回家的路 *131*

30. 赤子还乡 *134*

31. 团圆的泪 *141*

32. 新年来了 *145*

33. "山"的形成 *151*

34. 土改组长 *155*

35. 山乡火种 *159*

36. 安居乐业 *161*

37. 民兵营长 *165*

38. 我是党员 *168*

39. 生产队长 *173*

40. 铁面保管 *176*

41. 共和石上 *179*

42. 禾田点灯 *183*

43. 代销之路 *187*

44. "校管"育人 *190*

45. 养猪场长 *192*

46. 林场场长 *194*

46. 农科队长 ... *197*

47. 放牛老翁 ... *200*

48. 暴风骤雨 ... *203*

49. 回头杉梦 ... *205*

50. 红石漂泪 ... *210*

51. 仙翁送梦 ... *219*

52. 男人的哭 ... *222*

53. 乡间歌星 ... *228*

54. 再走长征 ... *231*

55. 最后口气 ... *237*

56. 龙脊探圣 ... *242*

57. 天地回声 ... *245*

58. 精神传承 ... *248*

后记：写给爸爸 ... *258*

致谢 ... *263*

引　言

　　一片丹霞丘陵横亘在井冈山西麓湘赣边区，绵延数万亩，一眼看不到边。无数条山脊蜿蜒盘踞，犹如千万条蛟龙在这广袤的红海中翻云覆雨。这大概也是湖南省安仁县的龙海镇名字的由来，而这片丘陵也得名"龙脊山"。但世世代代生活在这大山褶皱之间的乡民百姓们，却更直观地称呼其"红石山"。

　　在这片红石海洋里，那一座座连绵不断的游龙之间的沟沟坎坎里，星罗棋布着大小不一的红石沙壤堆叠的土堆。这些土堆里沉睡着龙海镇祖祖辈辈的先民，回溯着红石山的历史，也流淌着事关这幅"丹霞游龙图"来历的动人传说。其中一个红沙壤土堆，里面就"住"着我的父亲，也深藏着父亲如传说中充满灵性的游龙一般的梦，梦里一定也有他最亲爱的战友吧——廉武，仲关，高排长，还有黄继光老弟……

　　　　寒冬的深夜，气温已降到了零下四十摄氏度。
　　　　洪珠和战友赶紧清除野草，向墓地深深三鞠躬。
　　　　"继光老弟，祖国要接你回家了，你应该高兴啊！"洪珠说。
　　　　挖呀，地表层的冻土有一尺多厚，好不容易才挖出棺木，揭开盖子，继光身上的棉衣还像新的一样，露出的脸和手惨白，双目微微睁开一条缝……这让洪珠感到吃惊——收容时，一对张开的眼皮是洪珠抚着让他闭上的，怎么又……
　　　　"继光，上甘岭战役胜利了，战友们后来冲上0号高地把敌人两个营都全部消灭了！整个朝鲜战场正朝着中朝人民胜利的方向发展啊！你不用担心……"洪珠像面对活着的继光，一一告诉他，

"你还由开始的'二级英雄'被追认为'特等功'和'特级英雄'了，你生前对我常说要加入中国共产党的愿望也实现了。你都知道吧？"

　　"朝鲜民主主义人民共和国还授予了你'共和国英雄'称号，还有金星奖和一级国旗勋章呢！"闫干事也在一旁补充说。

　　"毛主席把自己的儿子留在了朝鲜的土地上，却要把你们接回家……祖国和人民，还有朝鲜人民，永远不会忘记你的！"洪珠动情地说。

　　"你很快又可以回到你生前朝思暮想的妈妈身边了！……"洪珠说着，又伸手把他的一双微张的眼皮往下按，让他双眼好好闭合上，闭合上……"战友，安息吧！……"

　　战友们搬出了他的遗体，准备放上担架，洪珠又收捡好他那条断了的残腿，重新整理，安放在那还似乎崭新的棉裤筒里，他又拉着继光生前跑步接防时的那只手，这时却早已是惨白冰凉冰凉的手啊……

　　"回家吧！送你回家……牵手送你上战场，牵手送你回家乡……"

　　抗美援朝战争胜利前夕，父亲罗洪珠作为"特级英雄"黄继光最亲密的战友之一，参与护送黄继光、邱少云等烈士的遗体回到祖国，安葬在沈阳志愿军烈士陵园。随后，父亲随同参加护送的战士们受到了朱总司令和周总理的接见……父亲和我说起过无数次的那一阵阵掌声，一行行热泪，想必也会回响在父亲的梦里吧！

　　父亲生于1921年，大概不能算是幸运吧。正是城头变幻大王旗的动荡岁月，黎民百姓衣食无靠，生活的出路又在哪里？红石山人并不清楚，甚至不知道该如何去摸索。但是有许多心系苍生的仁人志士已经在寻找了。就在这一年的七月，中国共产党在上海成立了。

一个新生的政党，连诞生的过程都是隐蔽的，谁能说清它的命运呢？而一个大山深处贫苦人家的新生婴儿，又怎会与这个政党成为一家人呢？然而从百年后的今天来回望，答案清晰可见。共产党人本就是为穷苦百姓谋幸福的。他们的梦是一样的啊！

正因如此，虽然经过命运的百转千回，但是父亲最终找准了自己的方向。龙脊山的红沙壤里或许藏着几千年来周秦汉唐七彩的梦，但是父亲的梦无疑是红色的——他是受到朱总司令称赞的"安仁勇士"，也是龙脊山走出来的第一个中国共产党员。

历经百年，作为个体生命，父亲也同当年创立中国共产党的第一代革命者一样，已经长眠地下；但是这些革命者用信念和热血建立起来的国家政权正英姿勃发，带着中国人民走向幸福生活！

一百年不长，国家经历翻天覆地的变化，日新月异走向富强。一百年也不短，许许多多陪我做梦、陪我长大的父老兄弟，他们张张笑脸、口口乡音如今都陆续消失，化成了那龙海里的红沙壤。甚至也有一些人已经开始模糊记忆，背叛历史，连黄继光这样为新中国的安定献出生命的英雄形象还被歪曲！

本书记录父亲的一生辗转，更是记录中国百年的社会变迁，记录这变迁过程中的来龙去脉，以及那些不应该被遗忘的历史瞬间！从龙脊山被抓壮丁，到战争结束后转业回到龙脊山，父亲看似画了一个圈圈，但是他却已经从一个贫苦少年被党历练和培养成了一名充满梦想的共产党员。战争是为了保卫祖国，而回乡是为了建设更加美好的家园。

也许，今天的年轻一代基本不会做红石山间四季交叠五谷飘香的田园梦了，纷纷离开故土做着车水马龙钢筋水泥的城市梦……但龙脊山褶皱里的座座瓦屋之间，仍有燕子还在坚守着自己的梦，不失时节地飞回屋檐下，"写写写"地续说着这千百年龙脊山的故事……

1. 想书闯祸

"写，写呀！"身穿绸缎唐装的少爷指着一位身着破旧蓝布衣衫的男孩，高傲地说，"你想要看我这课本书？我先来考考你，你写出你的名字吧！"

"我的名字叫罗洪珠呀！"蓝布衣衫的孩子回答。

"你写呀！写出这三个字来。"

"你上了学，我没上学，你写出来给我认吧？"

"我怎么知道你是哪三个字呢？"少爷还皱眉翘嘴做出怪脸，"嘿，你倒聪明，要我写出来给你认，是你考我呀？"

"不是不是。"洪珠一手搔着后脑勺说，"你是读书人呗。"

"你怎么不去读书呀？"小少爷傲气地说，"我们同龄的，都十四岁了，你怎么不上学？"

洪珠搔后脑勺的小手可放不下来了，一对晶晶的黑眼珠一转，说："我知道三个字是姓罗的罗，洪水的洪，珠宝的珠。你写吧？"

"你考我呀？你反倒想考我是吧？"少爷的质问快贴到洪珠的脸上去了，"没门！还珠宝的珠呢。自己名字也不会认不会写的，我看呀，珠宝？蠢宝呢！蠢宝好羞啊，好羞啊……"

少爷就追打洪珠，洪珠只好捂住脸蛋在屋子里打转转……

少爷一边追，一边继续嘲弄："洪珠，你写不出名字也算了，你给我骑马玩，等我玩够了，我那书就借你看看上面的花花。好吗？"

洪珠真想看少爷放在桌上的那本书……他就是这么股劲儿，越是被人骂

"蠢宝",就越想要看那本书,虽然上面字不认识一个,但有图就可以学,书中还有好多的奥妙啊……

"好吧,别闹了。我给你骑马。"

"你老实给我趴下呀,趴在地上!"少爷兴奋了,以胜利者的姿态。

洪珠趴在地上,让少爷骑在背上,手和腿在地上爬呀爬……

"驾!驾驾!……"少爷骑在背上,一手拉着洪珠的后衣领,一手在洪珠的屁股上拍打,尽情撒着欢。

洪珠的裤子本来就破了屁腚处,不料被少爷的手指拍得破绽更大了……

洪珠听到自己裤子被扯破了,手脚也在地上爬累了,头也转晕了……连连求饶:"可以了吧?我没力气了……"

"驾,驾驾!……"少爷却不放手,还更神气,"我还没玩够呢!走,走!还要走快一点,走快才好玩!"他感觉洪珠不听使唤了,便用两只手抓住了洪珠的两只耳朵,"说好了,我玩够了才借书给你呀!"

想到那本书,洪珠只好又在地上爬呀爬……

"快点,再快点,越快越好……"

洪珠两耳朵根被拉破,血丝缓缓流出来,还有汗水,他自己却全然不觉得,少爷发现了,却仍然撒欢地喊叫:"很好,快走,越快越好!……"

后门口站着一个高个儿的少年,他先是看着开心地笑,后来看到洪珠的两耳根滴下来的是血……

"珠即,你耳朵被他拉出血了。不要再玩了!"高个儿少年说。

马停下来了。

少爷骑在马背上不高兴了。他转脸对高个儿少年气恼地说:"你少管闲事!我们是说好的,玩够为止呢!"

"说好什么?珠即,你耳朵还要不要?"高个儿少年干着急。

洪珠又想到了那本书。他无奈地说:"最后还转一个圈,好吧?"

"驾,驾驾!……我说了才算,不是你说了算,驾!……"少爷气恼。

见有人在欣赏,少爷在马背上更是神气,嘲笑说:"洪珠,我看你就是头蠢猪，蠢猪，驾！连自己的名字也不会写……"

噗的一声，洪珠在地上运足气力，一把将背上的少爷掀翻在地，骑在他当胸，一手拉住他的耳朵，一手把他头上的少爷帽摘下丢得老远。

少爷帽正滚在了刚从外屋进来的一位少妇的鞋上。

"你蠢猪，你蠢猪！还说我是蠢猪？我打死你，我打死你这个狗崽子！……"洪珠坐压在少爷身子上，边骂边打耳光……

少妇冲过来，看到小少爷的耳根被拉出了血。她恶狠狠地咬开洪珠抓耳朵的手，推翻洪珠，顺手从门角抓出来一把长火钳，打洪珠的手……

"二嫂，别打弟弟！这是把铁火钳，别打弟弟呀！是你家侄子不讲理呀……"高个儿少年劝说，几次很想上前抢二嫂手里的火钳，又怔怔的有些胆怯。

"我打死你，打死你！你们兄弟俩敢欺负我家来的客人？我今天要打死你！"

小少爷也找来一根扁担，帮着姑姑一起来打洪珠。

"四哥呀，救命呀！……"眼看洪珠被他俩打得在地上喊救命，碌碡一样转，胆小怕事的四哥束手无策……他奔命往房子外面跑——

"二哥——快回去，快回去，救救小弟呀，二嫂在你屋里用火钳打小弟呀！……"

二哥拔出锄头冲上岸，一路飞腿赶到家。

只见两人正在打小弟，小弟翻滚在地，头上肿起了肉包，脖子上鲜血直流……他半句话不问，夺回妻子手里的火钳就朝二嫂一顿打起来，打得她滚在地上喊爹叫娘……

"打！我打死你这癫狗婆。又敢欺负我小弟，还两个人打他……打，我打死你！……"

看两大人打起来了，小孩都目瞪口呆退让一旁，不敢说话，四哥干脆拉洪珠去爹娘屋里了。

爹听四哥一五一十说了刚才发生的事，一连串咳嗽不停。

娘在翻看洪珠头上的肉包包，耳根和脖颈上的血，看孩子身上的紫血印，更加破了的衣裤……手就从灶火口划炭灰，炭灰涂在洪珠耳根的裂口处，泪水一串串落在孩子的脸上……

太阳西斜时，从楼上的窗子一眼看去，楼上有个妇女披头散发，房梁顶上伸下来一根绳索正套在她脖子上……

"快来救命呀！有人寻短见，在楼上上吊了！……"

一阵惊呼。青龙寨左邻右舍的人都慌乱赶出门……

"是哪个？在哪？……"

"是他家二嫂，在他家楼上……"

洪珠知道自己惹大祸了，一身发抖，不说话……

大人们都朝二哥家楼门口爬上去。

好在她上吊，脚上踩着的木凳还舍不得踢开，只让绳索挂在了脖子上，人还安然无恙。

…………

洪珠不见了。爹娘和大哥、二哥、三哥、四哥、妹妹等一家老少分头在青龙寨周围山上、山塘里……满世界找呀找——

"洪珠——回来呦！回来呷饭[1]呦！……"

"珠即——回屋呦！日头已落山呦！……"

"哥哥——回来呦！你说过要带我去大芙塘，去神农河呦！……"

…………

青龙寨这个山沟上上下下、严严实实笼罩在悲哀、恐怖的氛围之中……

深夜，妹妹还一直在哭个不停，爹娘和全家人都不想睡觉。

"睡吧。既然你四哥也还没回来落屋，估计他们兄弟俩就肯定是一起在外面过夜，有两个人在一起，就不会出什么大事的……"

---

[1] 呷饭，方言，即吃饭。

神农河静静地流淌，随着龙脊山脉的灵动而蜿蜒、迂回，或深沉、或轻快，或开阔，或狭窄，或作浓墨重彩点缀，或轻描淡写而过，鹅卵滩石缝里挤出来的笑声和掌声，就是神农和随从沿河尝百草之后给百姓开讲坛的万年回响……

脑海里回想着爹给他讲的红龙和白龙打仗的故事，洪珠一路跑出青龙寨，来到河边，只想要找到龙脊山的那条红龙。

爹说："这龙脊山的核心图腾就在禾机冲的蛇咀上，那就是红龙胜利盘踞龙海成仙做天神后，留下的化身。红龙是弱小的龙，但是充满正气、宏扬正义的龙，红龙是我们的救星，只要找到红龙，向红龙报了讯，一切都可以逢凶化吉……"

他沿河一路打听一路找，终于找到了炎坦[1]，站在这条红龙的山脊上大喊大叫：

"红龙爷爷——保佑我二哥二嫂都平安无事……"

他在山脊上走一圈，朝不同方向喊，那刚变声的男音在山下面的河谷和石坦里回荡……

跟着找过来的四哥洪然远远听到了小弟的声音，他赶紧朝炎坦的方向猛跑。

太阳早已落山，天暗下来了。洪珠对下面的石坦感到很神秘，想要到下面的坦里去过夜。可找来找去进石坦没有路，石坦在河水围绕的小洲上，只有从这边龙脊上跳下河才能游进坦里去，他终于从龙腰上找到了大胆人在悬崖上已爬出来的一条毛竹路。

"珠即——不要走了！跟我回家，爹娘都在等你回家啊！……"

远远传来四哥的喊声。洪珠知道家里人找过来了。他不想回家，他已闯了大祸。

扑通——跳河声传得很远。这时，四哥已来到龙脊上，急了，知道是小弟从崖上跳下去了。

---

[1] 坦，方言，指洞穴。

"四哥——你不要来,我没事。你不会游水呀,你不会游水呀!"洪珠在河里浮出水面后,就听到了悬崖上竹叶子的声响,赶紧劝阻。

四哥一路爬在悬崖边下崖的毛竹路上,看着深深河谷犹豫了一下,还是纵身从崖上跳了下去——

扑通——

2. 夜半枪声

青龙寨是龙脊山间一弯小小的寨子，只住着几户罗姓人家。

入冬的夜晚，月光寒森森地从纸窗斜斜照进靠山边的一间卧室，蓝布印花床上的爹娘和女儿都睡不着……

"爹，你怎么晓得今夜四哥会跟五哥在一起呢？"女儿又爬起来问。

汪汪汪，汪汪汪汪……

还没等爹回答，却传来一阵又一阵狗叫声。他们仨都立马爬起了床。

"是他们兄弟回来了？……"

狗追叫到他们家门边来了。

娘一惊，说："不对，不是他哥俩。"

"笃笃笃——"外屋一阵敲门声。

"哪个？深更半夜的，敲门干什么？"爹问。

"快开门吧！我们是出公差的，开门吧！"

都听出来了，是前些日子来过的那些差役。

"你们又来干什么？"爹问。

"看你洪然落屋了没有。定了要征他去呷粮[1]呀！"外面人回答。

"说过了，这孩子胆小怕当兵。那次他躲了，一直没落屋呀！"娘对外说。

"开门吧！"差役很凶了，用脚嗵嗵嗵地踢门，"老子半夜来，就是这

---

[1] 呷粮，指抓去当兵吃公粮。

10

个意思。躲得了吗？"

"若不开门，你家的门，经不得几脚吧？"

女儿凑到娘的耳根小声说："娘，好在四哥没回。去开开门吧？"

娘起床去开了外面的门，带他们在四哥的空床上看，差役用手摸被子里面，用手电在床底下照，地下搜完又爬上了楼，到处翻……

爹一边咳嗽，一边取下了墙上的钩刀和鸟铳……小女儿躲进了被窝。

"你当心呀！孩子反正不在家，你让他们去搜吧。"娘劝说爹。

几个差役从楼上下来了。领头的光头，一手拿把棕索，一手挥舞着一把短枪对爹恶狠狠地说："当家的，你看我这好使，还是你那好使？你还是要老四尽快回，躲是躲不脱的。他明天再不回，上面要我们去抓你老二。"

"我们又空熬了一夜，不可能空着手走吧？"一差役对光头说。

"饿了吧，去抓两只鸡，我们打个夜伙吧！"

爹闪身挡在了鸡窝门口，对他们说："我没有请你们深更半夜来吧？我养鸡是准备过年的，不是给你们打夜伙的！这铳和刀，专门是用来对付半夜偷鸡的狐狸的，还要问它容不容许！"

"你敢！我这洋枪吃素呀？让老子两次跑空路，人没抓住抓只鸡补偿，抓！"光头说着举起了枪。

娘把爹推开了，双手抱着爹和他手里的鸟铳。

有差役就去捉鸡，黄狗冲过来就把捉鸡的人的腿紧紧咬住，痛得他只好放了手里的鸡，狗才松了口。

"啪"一声枪响，划破夜空。

青龙寨男女老少都一骨碌起床了。

黄狗倒在一片血泊里……

娘死死箍紧爹和鸟铳。

差役见人越来越多了，边说边退场：

"保家卫国，人人有责。当兵不能躲！"

"躲得初一，躲不过十五。"

"还十五。明天见分晓！"光头舞枪边走边说，"老四不回，明天老二

11

顶！"

"谁又敢来抓老二？我送了你们的狗命！"爹见他们离人群几丈远了，马上将走进被挡住了月光的黑暗处……他飞快从口袋里摸出来火纸，压上扳机，朝黑暗处就是一枪——

轰隆隆——

夜半枪声，炎坦里的两兄弟都心里一惊。

"像爹放铳，是从青龙寨那边传来的。"洪珠说。

"叫你赶回去。还不知是二哥他们出什么事了？"四哥责怪说。

洪珠一惊，光着身子从稻草垛里爬起来，月光照见他耳根的炭灰、头上的肉包、手臂上青紫的伤痕……

"你不说二嫂没死？上吊是装死，吓人的？"洪珠问。

"当时是没事。我没敢上楼看，听上面人在说。可你知道后来又会闹出什么事来？"四哥说着也爬出稻草堆，他一眼看到了弟弟手上的伤。

"珠即，你手伤成这样，怎么能把我从水底推出来呢？"

四哥说完，一身打战，稻草窝也一掀一掀的。他又想起了刚才要抓弟弟回家，麻起胆子跳下河的情景，光背上起了一层鸡皮疙瘩：

扑通一声，他沉入河底。

"四哥啊！"洪珠深知四哥不会游水，他一个猛子扎进水响的地方，从水底把四哥推出了水面，把四哥慢慢拉向炎坦的方向……

"你是铁秤砣，跳下来干什么？不要命了？"洪珠说得眼里涌出了泪光。

"我怕你出事啊！"

"我不告诉你了？我跳下来没事。"

"我担心你闯了祸，怕不回家了，想不开跳河……"

"我四哥白白长这么牛高马大，有点蠢呢？"洪珠心里既疼他又恨他，空心拳擂打四哥，想打掉他一身鸡皮疙瘩，"我没这么贱的命呢！人这么死，值吗？这么死还不如条狗，我们家的狗还仗义呢！我有爹娘在，有哥哥妹妹，我舍得死吗？你小看弟弟了！"

一时间，兄弟俩都不说话，抬头看着那片被月光照亮的炎坦：正是爹讲起的那条红龙，龙身上露出白里透红、红里有白的嫩生生的肉体……

洪珠回过神来，向四哥解释今天不回家的缘由：

"我听到了你的声音，但我不知家里已是个什么样子。要么二嫂上吊死了，一家人都会恨我，爹会打我，二哥那一关更不知怎么过得去；要么二嫂没死，装死吓唬我和二哥，那么我也要这么来吓吓她吧，爹娘也会骂她、护我。总之，今天还是火头上，我怎么也不好回去吧，加上我早就想要来这炎坦里看看啊……也怪爹讲这里讲得太神奇了啊！"

洪珠脑海里又浮现出爹讲故事的情景：

龙海龙海，这个地方很久以前是个海湾，沿海住着很多人。

传说这海里有两条龙，一条红龙，一条白龙。红龙善良却弱小，白龙作恶却强大。红龙是条卧龙，好静，好阳光明媚，欣赏鸟语花香，愿苍生幸福安详；白龙好乌云遮天，好动，好水，喜欢腾云驾雾、翻江倒海。

每次洪灾，它们面对沿海百姓的生死挣扎表现出不同的神态：红龙落泪，心急如焚；白龙哈哈大笑，加剧呼风唤雨。

红龙看不下去了，向白龙劝解："白老兄，你以苍生灾难为乐，于心何忍？"

"红老弟，为龙戏水，呼风唤雨，是守本分，否则还叫龙吗？"

"你戏水我不反对，阴晴雨雪，自然规律；可一年四季，春种秋收，也是自然规律；苍生繁衍，祥和生活，世界美好，更是天条。你戏水有度，节制玩性，做条祥龙，皆大欢喜，何乐不为？"

"轮不到你教训我！龙海是我白龙的天下，你老实去做你的卧龙吧！"说完，白龙朝红龙喷出洪水，红龙被淹，百姓更加遭殃。

……

红龙急出了一肚子火，只得向白龙挑战，想以此阻止它继续作恶，也试探它的虚实。正当白龙戏水，百姓受灾时，红龙向白龙喷出满肚子的火，虽只烧掉了白龙的龙须，却也让洪水退下来一些。可白龙能量大，腾起全龙海的水很快把火扑灭，还重伤了红龙。

白龙根本不听红龙劝阻，玩性倍发，变本加厉，沿海人们灾难深重。

红龙无奈，拖着疲惫的身子去拜见东海龙王。龙王告诫："你是条卧龙，真想做条祥龙，还要修炼二千五百年的静功，把地热吸足，把灵气吸尽，把智慧提升，把身体炼成七彩金丹，刀枪不入，定能降服恶龙。"

二千五百年之后，一次洪灾肆虐时，红龙向白龙挑战了：

"白龙兄，你恶性不改，今正式挑战，谁输谁离开龙海，接受自然惩罚。"

龙海双龙大战又起，白龙先发制人，对红龙喷发喧天洪水，步步紧逼；红龙一边喷火，一边退让，沿途减少百姓灾难。

退让到龙脊山的位置时，红龙突然盘踞不动，惯性让白龙朝红龙猛冲过来，红龙金丹之身让白龙碰得头破血流，牙齿都颗颗散落成巨大的河卵石……

白龙失败，被降服去了西北方，成了终年不化的雪山山脉。

龙海成了红龙的领地，从此龙海水退，成了干海，红龙这条卧龙又继续修炼静功二千五百年。

上下五千年，红龙得道升天为玉帝身边的祥龙大神，化身就成了今天龙脊山的丹霞图腾，龙脊山各处的石坦就是让白龙撞成的，红龙就如此忍辱负重，忍痛用自身来为人类解决住处。龙脊山有"千坦之山"之称，这里也就成了人类最早的安居之地。

华夏鼻祖炎帝神农氏南巡，来到龙脊山，沿河尝百草、住百坦。离开炎坦时，他还恋恋不舍呢！

四哥听得有味，他不顾深夜寒冷，从草堆爬出光身子，兴冲冲跑到坦里石灶、石锅的地方来了，对洪珠说："珠即，快过来看，月光正照在锅里，这正是炎帝熬药、舂药的地方！"

两兄弟光着屁股，过来看稀奇……

月光下，几个差役坐在青龙寨垅口不愿走了。

"再守一会，看洪然回不回？"

"也好,不然今夜没抓回人,没得银饷啊!"
"刚才,没把那打死的狗拖出来,烧烤吃呗。肚子在造反了!"
"要吃还不容易,去栏里抓头猪来,抬回家吃了再来!"有人出鬼点子了。

青龙寨鼾声正浓时,一声猪叫又把人都从睡梦中吵醒。
"不好了!是我家栏里的猪被偷走了!千刀万剐的贼,往那边走了!"妇女在猪栏边哭泣,男人正往猪叫的方向追⋯⋯
爹又马上拿铳和刀出了门,一路咳嗽,边走边喊:"老弟,抓住他,我铳来了,打死他!⋯⋯"
青龙寨又是一阵慌乱,直到天亮。

3. 亲人离散

天亮了，炎坦里袅袅青烟从"龙腰"间升腾起来……

两兄弟穿上裤子，在烧火烤衣服。

"珠即，我们今日要赶早回去，不要让爹娘他们着急。"洪然说得满脸焦虑，"可就算衣服干了，我们又怎么回去呢？这炎帝又是怎么在这里生活的呢？"

"炎帝南巡，出入炎坦有小船。"洪珠说，看着这座岛，岛周围一环碧玉般的河水，景致倒蛮不错，可他们今天怎么出去呢？他一人可轻松游出那岛上对岸，带这"铁秤砣"，游远了有点危险。

"不也常有人在炎坦里住，他们都靠木划子，或游水吗？"洪然又问。

这时，从崖上慢慢落下来一根粗粗的缆绳……

"下面有人呀！丢根绳子，你要上来吗？这一头我已在树上捆牢了。"崖上面又传下来好心人的声音。

洪然看崖上落下的绳子，紧张起来。他被抓兵吓过一回，见绳子心里有点过敏，连连问："这是这是……"

"这应是当地人出入炎坦的一种简便办法吧。但要胆大，能攀绳子从崖上爬上去。"

洪然性急，就马上朝崖上喊叫："怎么样爬上去呀？"

兄弟俩赶紧穿上烤干的衣服。

站崖上的光头麻子狡诈一笑，小声对旁边人说："你听，正是洪然的声音！"

光头又小声对另一人说:"就说你是禾机冲的,想下去取把稻草。"

"我是禾机冲的,想下去取稻草。你能帮忙帮我扎好一把吗?"

"好的。随便取一把吗?等下你要帮忙,我们攀绳子上去?"

"放心,没问题。稻草你取右边那一堆吧。"

一把稻草从崖上缓缓拉上去了……洪珠知道了怎么沿拉稻草的路攀上崖了。但他又担心四哥手脚笨。

"四哥你看,你手牢牢抓住那绳子,左右手交替往上抓,脚在崖上配合一步步登,我先上去,可在上面帮着拉你,你若怕,只手抓紧绳子就可以了。要得吗?"

洪然犹豫一下,说:"要得吧。你先试一下,我看看?"

"放下来吧,我们就上去!"洪珠朝崖上大喊。

绳子放下来了。洪珠抓住,先用力拉了几下,然后他手脚并用,很利索地攀呀攀……

崖上面的人听到声音,光头他们几人马上就隐蔽了起来。

洪然看洪珠攀得像在悬崖上走路一样轻松,他有些放心了。

崖上的绳子又放下来了。

"四哥,手抓紧绳子,眼睛不往崖下看,只看崖上面!"洪珠朝崖下喊。他环视一圈,见上面只有那一位禾机冲的老乡,放心了。

洪然在崖下抓住了绳子,洪珠在崖上面帮着使劲拉……

洪然按照弟弟的说法,也不太费力地爬上了崖。

两兄弟回谢一句老乡,转身准备上路,几个差役从松树林子里朝崖边蜂拥过来——

"罗洪然,站住!"光头举着枪冲了过来。

几个差役,不由分说就把洪然反手五花大绑起来……

洪珠一边哭一边抢差役的棕绳……"不要抓我四哥啊!不要捆他,你们捆我吧!"

洪然没顾得上反抗,只一身发抖着……

"嘿,你这个子,还长几年吧,你还小了点。"光头麻子摸着洪珠的头

17

说着，发出狞笑。

"你们不要捆他呀！……不要捆这么紧，放松点吧？我四哥只穿的单衣，痛啊！……"洪珠一路摸着洪然身上的棕索，边哭边说。

"这弟弟还少见，真疼哥哥……"老乡看着，在一旁擦眼泪说。

牛高马大的洪然被惊吓得已走不稳路，几乎成了个半瘫痪人，由几个差役牵着扶着走。

洪珠抽泣伤心，他想：是自己把四哥拉上来才让差役抓住的，昨晚都是因为自己，哥才来到这儿的，都是自己害的四哥……

前面看到月轮崖了，洪然想起小时候娘常带他来月轮崖烧香拜佛……

"让我回去一下吧？见一眼爹娘。"洪然颤颤怔怔地说话了。

"是呀，让我四哥回去一下，告诉一下爹娘吧？……"洪珠哭着连忙接话。

"不行！"光头狠心地紧拉一下棕索，听洪然喊一声"哎哟"，洪珠扑过去，跳起来，狠狠打光头麻子一记耳光。

光头抓住洪珠的手，举手正要打他，洪珠飞快咬住他的手，伸手夺他手里的枪……一个差役冲过来了，三人搅在了一起，洪珠认准了扳机就猛扣——

"啪——嚓——"枪声响起，月轮崖回音。

好在人都未伤，路旁一松树枝拦腰落地。

周围人都惊得脸色铁青。

"这鬼崽子，人小鬼大！"光头脸上的麻子粒粒发光，举枪说，"我要毙了你！"

"不要！千万不要再开枪！"洪然是拼命号出来的声音，"我跟你们走！我不再回家了！他还小，不懂事，你们放他回家，跟我爹娘报个信吧！珠即，你马上回去吧！让爹娘放心，就说我愿意去呷粮了！要爹娘他们都保重啊！……"

洪珠从地上爬起来，哭着说："四哥，你去了不要怕呀！……我马上就回去,我回家,让爹娘他们放心!……"

青龙寨的厅堂里摆上了一副尚未漆油的白木棺材。一家人围着哭哭啼啼……

洪珠先在一旁打听:二哥二嫂都好好的,原来倒是大哥突然死了。

"你回来了!……你四哥呢?"爹说话咳得厉害,摸着洪珠的头问了又问。

"爹爹呦……"洪珠只是一个劲地哭,大哥死了,四哥被抓走了,他哭得好伤心,但不敢马上告诉爹爹四哥的事。

洪珠后来告诉了娘。爹也慢慢知道了四哥被抓走了。不久,爹卧床不起,也散手走了。

青龙寨的厅堂里又摆出来一副红色的棺材。洪珠跟着二哥和从小就过继给了寒苟叔叔的三哥他们一路送爹爹来到大芙塘的墓主山上安葬……

第二年,洪珠又跟三哥和妹妹他们送二哥上山,他一路哭二哥,想起二哥护自己的那个情景……

第三年,洪珠又跟三哥、妹妹一起披麻戴孝把娘送来了大芙塘的凤凰嘴上……

青龙寨人走房空,一片凄凉……

夜间,洪珠带着七岁的妹妹新花和大哥留下的五岁女儿桃英、三岁儿子范伟一同睡在四哥的床上……

"四哥,你别走,你去哪?……"洪珠一阵梦话把身边几个小孩子都惊醒了,他自己也醒了。

"细哥,你梦见四哥了?"新花好奇地爬起了身子。

"是呀,我做梦又看到四哥,飞快地从我身边走过,我喊他不回话,我追呀追……"他一边讲刚才的梦,一边安慰几个小的睡觉。

爹娘都走了,三哥早过继给了寒苟叔叔家做儿子,搬到了官陂的谢家陂垌,四哥已当兵几年,死活没消息,相继大嫂、二嫂改嫁,亲人都离开了青

19

龙寨，连族上剩有的几户人家也都搬出青龙寨了……少年洪珠思念亲人心如刀绞，在床上翻来覆去睡不着觉，又看看身边三个小脸蛋，泪水泉涌出来，不觉湿透了枕巾……

4. 寒冬梦衣

罗氏青龙寨开基爷爷生典高、典明二子，长子生树斌，二子生寒苟、春即、陆即三兄弟。罗树斌、谭九英夫妇生育洪熙、洪德、洪秋、洪然、洪珠、新花五儿一女。树斌家以耕种为生，吃口多，生活困难。大堂弟寒苟做买卖洋纱的生意，日子好过，却膝下久无子女。

堂兄弟商量，把树斌家老三洪秋过继给了寒苟，三哥洪秋过继那年十岁，十六岁开始上学，更名"扬辉"。

"扬辉"之名大气，寓意创造和展示光辉，可能是养父或老师的梦想吧。

养父送三哥一路从小学读完高中。扬辉在承坪楚兴寺读中学时就娶妻成家，成了龙脊山有名的读书人。高中毕业后又在龙脊山从教，还任过小学校长。

青龙寨寒苟三堂兄弟都搬来了龙海官陂的谢家陂垌里。这里的"垌"相对青龙寨小垄沟算个大地方，开阔平整数千亩粮田，安仁人都把这开阔地带唤作"垌"，与之相对应的山沟被叫作"垄"或"冲"。寒苟三兄弟到垌里买下几亩粮田，建上八个垛子青砖到栋的房屋，算是有门有户人家。

三哥自然也来到了谢家陂。三哥比洪珠大九岁，养父为扬辉在谢家陂娶了亲，分他两间房让他们单独开伙，自立门户。爹娘和大哥过世后，开初一段，洪珠也小，只得带着妹妹和侄儿侄女跟着三哥在谢家陂垌过日子。但在那样的年代，要救济四张小嘴，对成婚不久的三哥一家来说也有许多难处，没过多久，三嫂的脸色就越来越不好看了。

三哥常日不在家，三个孩子都不肯跟着三嫂过日子。三哥怕妻，或许是读书人懂书理太多吧，书呆子，有梦想，却讲礼让，与世无争，这一直在他内心矛盾着，也就无度地谦恭忍让着。

洪珠十六岁那年，来大芙塘租下几间屋住，几个孩子就跟他了。这年的一个冬日，扬辉从楚兴寺学校回家，这天也正是承坪的逢墟日。在樊古浪江垄的路上，远远看见小弟洪珠挑着一担柴过来。

小弟身上只围了块白罗布长帕，挑担柴还冻得哆嗦，嘴唇发乌……带着几个小孩子，他自己连件出门的衣服都没有啊……

三哥看不下去了，又强忍住泪水，心疼地责怪："这天气你出来干什么呀？"

"逢场，不卖点柴，几个人呷什么？"洪珠低头回答，十六七岁快成年人了，冬天出门还没件衣服，不好意思看三哥的脸。

洪珠挑柴让路，只顾往墟上赶……

三哥强拉住小弟的柴担，心疼地说："你放一下吧！"

洪珠只好把柴担从肩上放在路的一旁，抬眼看三哥脱了外衣，再把里面的白洋布衬衫脱下，递到弟弟手上，恳切地说："快穿上！不要冻坏人了啊！"

洪珠触摸着带有三哥体温的衣服，心里乐开了花，衣还没穿上，已一身热乎着了……这是他已藏了好久的梦想啊！出门一定要有一件衣服！

三哥看着他穿上了。

小弟一边挑柴往前走，又不时转脸看三哥的背影……这天气，他身上突然少了一件衣服，像甲鱼缩着脖子，显出怕冷的样子……他心里感激又心疼三哥……

洪珠今天心情特好，心想身上这件衣服可能穿稳了，三哥可能送给他了。他在承坪墟上把柴卖了，也高兴地为妹妹他们买了几粒纸包糖带回来。

几个小孩子看洪珠身上有了件衣服，也高兴得跳起来。

"细哥卖柴终于赚到了一件衣服！你穿起这件洋布衫衣服，好帅气呢！"

"细叔这件衣服刚好穿，不长也不短。"

洪珠高兴，不说话，只把小侄儿范伟又高高举过头顶，满屋子笑声。

三个小孩都开心地围着洪珠追赶取乐，要看衣服，要伸手摸衣服。

歇下来时，洪珠就开心地给他们讲起了今天在卖柴的路上遇上三哥的事……

过了些日子，洪珠来到了三哥家。他没留意把衣服先脱下来回避一下，一眼便被嫂子认出来了："珠即，你是穿到哪个的衣服呀？"

洪珠只好吞吞吐吐地，也给嫂子说起了那天赶墟在路上遇上三哥的事……

"那穿了好些日子了呀？快脱下来，我来洗，他没衣服换……我还在想，怎么少了件衣服呢？"嫂子不高兴，板着脸，一边说一边伸手把洪珠身上这唯一一件衣服又脱了下来……

冬天里，洪珠身上又只剩下了一条白罗布帕……

5. 躲兵岁月

洪珠带妹妹侄女他们是在大芙塘的乙花婶婶家租了两间房子。这两间房在她的大儿子死后一直空着。乙花婶对洪珠和几个小孩子很是同情照顾，洪峰、庚俫几个堂兄弟也都亲兄弟一般相处。

洪珠的户籍还在承坪甲樊古保。按道理三哥早已过继，四哥已去当兵，洪珠已是樊古保浪江青龙寨那个家唯一成年男子，他还有养育妹妹和大哥子女的义务，怎么说，当兵吃粮的差役再也不能摊到他的头上来。何况自己的三哥从学校教书、当校长，又钻进了地方官场，担任了龙海乡官陂的副保长，也算有个亲人是掌握政策的人。可是，樊古那边的征兵任务还硬是落到了洪珠的头上。麻子早就放出话来，"洪珠要准备去呷粮。"

要洪珠去当兵他并不怕，他怕只怕这几个小的没法活。他没法回青龙寨，只能来外乡避一避樊古抓兵，租几亩田带大几个小的。对这桩不公平的硬摊派，能躲则躲吧。

他干脆白天睡到大芙塘七亩垄一个烧木炭的废旧窑里，七亩租田也就在窑前。夜里才出窑挖田种地，白天由还只八岁的妹妹新花送一餐饭吃。

头一年青黄不接时，有一段家里没一粒盐了，新花和桃英都还太小，不敢向人家借东西，去借也难得借到。妹妹只好天天送些清水煮菜给细哥吃，洪珠开始几天只以为是盐放得少，家里也没多少盐了。他也不好问，淡就淡一点吧。但夜里要开荒种菜，干一些重活，几天下来人就四肢乏力。

一次新花来送饭，走在高低不平的小田塍上差点摔一跤。见她没精打采的，碗里的菜又没有一点盐味，洪珠就问："菜怎这么淡？"

"早没盐了呀!"妹妹耷拉着头说,"我又不敢告诉你。"

"你向乙花婶婶先借一点吧?"

"婶婶家也没盐了。"

"去三哥家借吧?"

"我们不敢去。"

月亮出山了,无奈地探看着这对可怜的兄妹——

哥哥坐在窑洞里的松毛和稻草上。这老炭窑的空间还不够一张床大,他必须把腿伸进烟囱孔里才能躺下睡,或半躺半靠着窑壁睡。靠窑口边放了一块砖头,算是吃饭的餐桌。窑门是一把便于隐蔽的干毛柴,上面已爬上了几根长春藤,这算是门了,也靠它来挡挡风霜雨雪。

月光下,砖头上放一碗清水菜,没见一点油花……洪珠吃完后把碗交给了妹妹。

"新花,今夜,我先出去一下,借点盐来,再不吃盐,做不得事了。"

"细哥,你去三哥家借吧。"妹妹放下碗,扑在哥哥怀里哭泣说,"但你要小心,今夜月光大,外面抓兵风声紧……"

"莫哭,哥会借到盐,没事的。"洪珠看新花长大懂事多了,他既高兴又心疼地抚摸妹妹的头,"你收碗先回去吧,看清路再动脚,走稳当。"

洪珠看着妹妹的背影离去,又看着面前正抽穗的禾苗,这就是他的希望他的梦啊……

月光下,他放好了窑门那把干柴,走出了垄沟。他先是准备去三哥住的谢家陂借,脑海里却回闪嫂子脱他衣服的情景,又不想去了,不想去见嫂子,其他叔叔家也干脆不去吧,还不如去曾古湾借,自家人倒担心借了会没得还,向别人家借还少这份担心。

他去曾古湾借来了一调羹盐,用纸包好,捏在手心里。

在过大水塘塘坝时,他突然头昏,眼睛也睁不开,不小心脚被绊了一下,身子一歪,差点摔进大水塘——

只听哗的一声响,定神一看,是手里的一包盐丢进大水塘了……

"盐啊盐……我的救命盐!"

他只好扑进了塘里去捞，也只能捞出一张空纸啊！他看着满满一塘水，看着手里一张湿嗒嗒的空纸，只好伸出舌头在纸上使劲舔呀舔……

第二年收了晚稻谷之后，他离窑去了相邻的永兴县洞口乡大塘下的一家大地主家打短工，一直干到腊月的大年除夕中午，帮地主家祭祀的大鱼大肉、鸡鸭鹅羊十碗全荤都端上了八仙大桌……

肉香扰得洪珠的肠胃早造反了，口水都泉涌得快要流出嘴唇来……他想今日总会要开开口福了，好好吃顿年饭吧，在这里吃了中餐回家再去陪妹妹侄女他们吃年夜饭。

没想到，祭祖席酒菜茶点样样全摆好，地主就拉洪珠到一边了。把早就安排好的一个罗布帕包交给他，说："就要过年了，不再好留你。这是你的工钱，你带回去，正好陪家人好好过过年吧。"

洪珠打开罗布帕包一看：几筒米，几包小茶点。

"老爷，我来家里做了三个月吧，就给这一点点？"洪珠愁眉苦脸地说。

"还嫌少呀？"老爷说得瞪目放凶光，"你冬闲日子，每天管你吃住。"

"还送一斤猪肉吧？这时外面有钱也买不到肉了，我好带给妹妹和侄女他们过个年。"

"没有！"地主手一挥，凶神恶煞地说，"你贪心不知足，快走快走！"

狗腿子拥过来了——

"快走快走！老爷家马上要上供了！……"

"你这穷小子，快走快走！"

洪珠被推出了虎头大门。他含泪咬牙切齿，一路紧握拳头，干了几个月的活，大年除夕只提着一个小罗布帕包回到妹妹他们身边……

那边八仙大桌，大鱼大肉……

这边劳苦干活的他，带着几个小孩子只能吃上一碗野菜稀饭……

除夕的爆竹声中，他一夜难眠。他似乎意识到了什么。这个不公平的世界，人吃人的世界，要炸他个稀巴烂！

洪珠在住窑洞种租田的第三年春节前，已年满十九周岁。在三哥的撮合和帮助下，他找到了樊古一个穷人家的女孩红红做了对象，女方知道他在外乡也没房子，她不愿意嫁到外乡官陂来，青龙寨的几间破房更没法住人了，他们只好在樊古浪江租借两间房子成亲。

一对穷人的孩子悄悄成亲，不声张，新房简朴，连张红喜也不敢贴门上，只贴在后背靠山的里边窗纸上。也只有三哥带妹妹和侄女过来陪一对新人吃餐成亲饭。

他们恩恩爱爱在"新房"过了一个冬天。洪珠要下春功夫了，他又不得不赶紧回到了大芙塘的窑洞里。

这年六月，又是青黄不接，米缸里只有遮不住缸底的一点米了，新花每天只能熬点米汤粥给细哥送去。加上她饿得虚弱，身体生病了，头昏，她看着可怜一点米，也不想去做饭。桃英太小，还不会做饭，看姑姑躺在床上，也只有干陪着。

新花躺在床上已有两天没给细哥送饭了。洪珠不明什么原因，但前两天又听新花说抓壮丁的风声正紧。

初四日上午，洪珠斗胆出了窑洞，回到屋里来探问情况。新花躺在床上，孩子们见洪珠回来了，又惊又喜。

桃英、范伟赶紧抱着细叔的腿边哭边说："细叔，姑姑病了，她又不许我们去告诉你呀！"

"细哥，白天你不能出来呀！"新花也赶紧支起床，有气无力地说，"差役在到处抓你呀！"

"都冇大没吃饭了？"洪珠抚摸三个孩子的头，心疼地嗔怪，"新花病了，还是屋里没米了，也都要告诉我一声呀！"

"细哥啊……"新花先只一个劲地哭，慢慢才说出来，"对不住呀，细哥啊！我去借了，借不到呀！告诉你了又怕你出来呀！……"

打开米缸盖，缸底照出洪珠瘦出颧骨的脸……泪珠就落在米缸里。

洪珠饿得肚子难受，可一时又不能为几个小的解决食物，心里更难受。他决定先救命，出去借点米来再说。

"你们都在屋里等我,我出去借,很快就回来。"洪珠上前再去抚摸着他们的头。

出门,他只好又先去塘里喝口水,止一止早闹翻了的肚子。

这时,一个老年男子的声音在身后喊他:"珠即,你没吃早餐吧?去我家喝碗薯皮粥吧?"

转身见是满苟叔在喊。他心里一热,有薯皮粥先喝一碗再说。

"好的,谢谢谢谢……"

饿了两三天没吃饭的洪珠,算遇上了救星,喝完一碗薯皮粥,人又多少回起神来。

满苟说:"想辛苦你一下。去后背坳上帮我砍根瓜棚树来?"

"要得要得。"洪珠二话没说,拿起柴刀就上了山。

当当当一阵子,正当瓜棚树砍好,要准备背下山时,几个差役乘洪珠手上还没拿上刀,从不同方向向洪珠冲了过来——

六月天,洪珠身上只穿了一条短裤,光着上身,汗流浃背。凶狠的差役们在光头麻子的指挥下,二话不问,用新棕索飞快地把洪珠五花大绑起来……

洪珠边挣扎边骂:"死麻子,绑我干什么?我四哥被你们抓去已六年了,你找我四哥回来,我不要你绑,我自己去呀!……"

"嘿,这不正好嘛?让你自己去找回你四哥呀!"麻子在一旁奸笑。

洪珠回望一眼自己辛辛苦苦半年耕种的稻子,满垄黄熟等待收割,几个小孩子期待他借去米开火做饭,等待他养大成人,自己却终被抓丁上了路……他心里这个绿色转黄、黄又转绿的梦,彻底破灭了。

想起屋里三个小的还等他借米做饭,洪珠任他们怎么拉棕索锁结,坐在地上死活不肯走……

后来差役也只好同意了洪珠的请求:去告知住在大芙塘的妹妹和侄女,为三个小孩先借碗饭吃,再给他们借上度荒月的米,用他租种的七亩田的收成来偿还。

去承坪的路上,洪珠光着的上身被新棕索勒出了血,血和汗水从肩胛骨上流出来，一段棕索已染成了红索……

来到樊古浪江，他要差役去告知一声他新婚的妻子。

村口正要过江的岸边，妻子紧紧搂抱着洪珠的上身，却是用那新棕索捆出了血的光光的上身……她拥抱得满手是血，一位尚未出蜜月的妻子的抽泣痛哭，让浪江里正暴涨的洪水，在发抖，在战栗……

逢圩过往的行人无不为浪江河边的这一幕落泪、不平……

差役催过河上路了："你们有什么话要说，快说！"

妻子边哭边诉求："请你们把捆绑他的棕索放松一点啊……"

洪珠的泪水没有流出来，他只一个劲地用嘴巴去吮干妻子脸上的泪水，也只留给妻子一句话："对不住，是我害了你。我有了钱就寄给你，两年不回，你就再找一个吧！"

过了河不远，后面传来妹妹和侄女追过来那声声稚嫩的哭叫声：

"细哥——你不能走，你走了，我们可怎么办啊！"

"细叔即——等等我们，我们也跟你走啊！"

洪珠的泪水终于憋不住了，他又坐在路上死活不肯走了。

"走，不走勒死你！"

差役又一次次把棕索上的锁结拉紧，勒出了新的血丝来……

"我不走，我死不走了，我要等我的妹妹和侄女来！"

两个孩子看到了洪珠身上的血……加上一路上的尖叫痛哭，她们很快都把喉咙哭嘶哑了。

小小姑侄俩一路跟在洪珠后面，又看着亲人被关进了承坪乡丁所的拘留室。

入夜时，大芙塘的乙花婶也赶来看望洪珠。洪珠向铁窗外的乙花婶一一交代了田里收割和偿还房租、田租事宜，有剩余都交给新花等几个孩子过冬度春荒。

夜里，姑侄俩不愿跟着乙花婶去承坪街上亲戚家住，坚持要陪伴着洪珠，在窗外不时呼喊细哥和细叔，三人一夜紧靠窗户里外站着，不时说说话，站累了又坐着说……

雨后转晴，夜间的月光格外明亮，照着紧靠铁窗里外的亲人，他们只剩下眼泪，早没有了哭声。

两个懂事的孩子，嘶哑的声音反复在窗外说：

"细哥，我们明天也跟着你走，你去哪里，我们也去哪里……"

"细叔即，我也跟你走，我们不回去了……"

"我是去当兵打仗，不是外去做长工，打仗是天天准备流血去死的，走到哪里都是战争和战场，都是死人成堆、血流成河的地方……我不准你们去，队伍也不会准你们跟着去……再说我去当兵，或许还有机会找到四哥，找到了四哥，我一定要他先回来带你们……"

洪珠又在这惨淡的月光下给自己的当兵上战场，编织了一个属于自己个人的蓝色的梦：去找回四哥！自从四哥被抓走后的那天开始，他一直对四哥既牵肠挂肚又负疚悔恨："铁秤砣"的四哥竟冒生命之危去跳河救他，他却亲手把四哥拉上炎坦让差役们抓走……时过六年四哥是死是活杳无音讯，他亏欠四哥太多太多……此行当兵出远门，或许还能找到四哥，兄弟团聚……

铁窗里边的洪珠在月光下露出了微笑，他蓝色的梦幻很快就传染给了窗外的两个小孩子，她们都天真地睁大一对眼睛，还听洪珠在窗户里边反反复复不停地忠告：

"新花，回去大胆找三哥。有三哥在，不要怕嫂子恶，她再凶恶也要带侄女侄子在他家里过日子。他们吃饭了，你们就自己拿碗去装饭，扯筷子去夹菜，是吃三哥的，我当兵发了钱也会寄给你。你也带侄女主动帮三嫂多做些能做的家务事，听大人的话……总之一句，一定要活下去，长大成人！"

"桃英，你跟着姑姑别轻易离开，还要带好弟弟。实在难了你就带弟弟大胆去永兴洞口的大塘下去找你娘，她虽出嫁了，有办法她还是会帮助你们的。你要听姑姑和三叔的话，别害怕三婶，也不要怕那后爹，他虽然可以不养你们，但你娘在，亲人在，骨肉就难分……细叔一定会回来！"

…………

铁窗里的一只大手，就这样被窗外的两只小手轮换着拉着、握着、攥着……有蚊子飞在手上叮咬，他们也不觉得……

天亮了，铁窗里每人发了两个包子做早餐，洪珠把两个包子全递到了窗外的妹妹和侄女手上。

抓来的兵都一路用绳子牵着，用枪押着，走向了乐江河的木桥，桥下洪水汹涌，桥上河风乱飞，桥桩在洪水中摇摆颤抖，眼看木桥随时会有被洪水卷走的危险……

洪珠一路上不停地回转身看跟过来的妹妹和侄女，随队踏上木桥，他心里一紧，连忙对后面跟来的新花和桃英反复声嘶力竭地喊叫：

"新花，你们不要过桥！水急、风大，桥上你们站不稳，会被风吹到河里去。你马上带桃英跟着乙花婶回去，回去找三哥啊！实在没有吃的了，就去讨呀！去讨饭也要长大，活下去！等细哥回来！……"

洪珠担心喊出的声音也会被桥下滔滔的洪水卷走，也会被河风吹走，他一次次转身加大声音喊，撕心裂肺喊，喊出来压在心底里许久许久的闷气……

他转身看清了，两个小女孩都没敢过桥，都趴在桥头的木墩上，看着洪珠远去的方向，看着汹涌的洪水，在痛哭着，在呐喊着……

两个孩子的小小头颅都不断在木桥上磕响，吱呀的桥板声和孩子嘶哑的叫喊声，勾得桥头送行的男女老少无不伤心泪流，痛哭难止……

乐江的洪水和河风飘荡着一首歌谣：

乐江河啊！
这就是人间的快乐吗？
人间怎样得快乐？
乐江桥下的水知，
乐江桥上的天知，
乐江自有乐理在，
人间乐章谁来作？

6. 牢房黑话

  1941年的农历六月初四日,一个火毒的日子。这天正逢永兴县的洞口圩,被光身捆绑的洪珠让承坪去洞口赶圩的人都看在眼里,疼在心上。当时的洪珠更是把这一天记在了骨子里,对樊麻子更是深深埋下了仇恨的种子:要么这一去回不来,回得来第一件事就是报仇!
  过了乐江木桥,他们被押兵送去安仁县的安平司,后又从安平司送去安仁县与江西交界的关王。
  关王在安仁东南边界,有一座监狱。这些无辜的良民都被送进了这所监狱。
  第二天,铁门被打开,洪珠的这间监狱里又送进来一人。
  松绑后,新来的被推倒在了紧靠洪珠的稻草铺旁……
  洪珠伸手抚摸他身上被棕索捆绑的深痕,两对怀恨的目光碰到了一起,铁窗里的光柱隐约照出他们的脸模:一张瘦出颧骨的脸,一张还显稚嫩的圆圆的脸。
  洪珠关切地问:"你哪里人?"
  "我就是本地关王庙的。"圆脸答了,也问,"你呢?"
  "我是承坪岭的,名叫罗洪珠。你叫什么名字?"
  "呀,家门!我叫罗仲关。"
  "洪珠,哈,你已找到兄弟了呀!"旁边草铺上有人笑着搭腔。
  "嗨,廉武呀,还真是!我找到兄弟了!"洪珠高兴。
  廉武也是承坪樊古人,他们早认识。

洪珠又问:"家门,你多大了?"

"十七。你呢?"

"我吃二十岁的饭,十九周岁。"

罗仲关说:"我以后就叫你哥吧?"

"好!我叫你老弟,我们就是亲兄弟。你们关王庙也有姓罗的呢?"

"这边罗姓不多。你是哪里罗?"

"承坪罗姓更少。我们是茶陵界首罗过来安仁的。"

"哥,抓你来,你家有几兄弟?"

"我兄弟五个,一个妹。两个哥早死,一个哥早被送人,一个哥已当兵六年无音讯。我被抓来以后,我家就只有了一个小妹妹和侄女侄子三个小孩子了。"

"呀,他们抓你可比抓我更凶狠啊!"

"你几兄弟?"

"我兄弟两个,姊妹三个。哥哥的小孩几岁了,姐姐出嫁了。父母双全。可我在读书呀,我还要读书啊!⋯⋯"说完,罗仲关哭起来了。

"老弟莫哭,坚强。眼泪救不了自己,这个世界已不同情眼泪,眼泪不值几个钱。"

洪珠一边帮仲关擦去脸上的泪水,又一边劝说。

听了这几句话,仲关对洪珠肃然起敬。他问:"哥你读过不少书吧?"

"唉,没发过蒙,一字不识。"洪珠似乎又回想起被人当马骑的屈辱⋯⋯他又说,"你可好,读了不少书,认得字,你有出息。"

"抓来当炮灰,书也白读了。"仲关叹息。

"不过,这人吃人的社会,不公平的世道,读再多书也没多大用吧?"洪珠会心地说,也算劝他一句吧。

罗仲关突然靠近洪珠的耳根说:"哥,听说北方有个叫延安的地方,有许多读书人往那跑,读书去延安才有大用场。在那里有个我们的湖南老乡,叫毛泽东,专打土豪劣绅。"

"啊,原来是真的。我在永兴洞口打短工时也听有人说过朱毛,说我们

33

湖南老乡毛泽东最值钱，蒋介石要花最大价钱去买他的头。说朱毛红军，专门为穷苦人撑腰……难道会是真的？"洪珠也向他道出了自己心中的疑问。

"是真的。朱就是朱德，朱德带着安仁的唐天际等一大班人就是从我们这里上的井冈山，同毛泽东会师的哩！"

"说唐天际就是华王庙的，与龙海塘隔壁。"洪珠说。

"说不定您那四哥就是去延安了？"罗仲关神秘地说。

"要是他真去了，也才好了……"洪珠几乎在咬着仲关的耳朵说了。

"我在学校还听说，蒋介石打朱毛却不打日本。为了逼蒋介石打日本，蒋介石的手下和朱毛共产党联合把蒋介石给抓了。因为怕全国大乱，共产党才保了蒋一条命。后来才有了国共合作抗日。可最近听说，就是去年，国民党又突然改变了主意，掉转枪口又指向共产党，在安徽一次就杀害了共产党的部队七千多人……"

"啊！"洪珠惊讶之余，羡慕起罗仲关，忙接话茬，"你怎么知道这么多啊？还是有文化好。这国民党还真是'刮民党'，老是反反复复，说好一齐打日本，为什么还要杀中国人！这蒋该死，早该死……"

"这个样子，你说我们给蒋介石去打仗，有意思吗？"

"去打日本人还解恨，去打中国人，我手脚都是软的……"

廉武看他俩话说得这么亲热，声音越来越小，好一阵小到连他屏住呼吸也听不到了。他还和洪珠是同保的乡亲呢，心生嫉妒抱不平了，笑洪珠说："你呀，老兄还没找到，先找到了一个亲老弟。这么亲热的？总不要说黑话啊？！"

"都说说那些家里的事呗，不好意思。"洪珠躺着，回答对面草铺上的同乡。

铁门打开了，外面喊开饭了。

洪珠让仲关排在自己前面。饭菜有控制，吃粥没有控制。

洪珠尽快把饭吃完，还想多吃些粥，粥是滚烫滚烫的，他用嘴巴反复沿着碗边吹，每吹完一圈，嘴唇衔着碗边一吸，托碗的手将碗旋转一圈，吹凉的粥就哗溜溜抽进了肚子里……

仲关看洪珠吃粥,觉得挺有意思,他也这么跟着学……

夜里,监狱里不时有人说梦话:

"我要,我还要……"

"我还要上学,我不当炮灰……"

"新花,四哥找到了……"

7. 兄弟难认

新兵被抓去关王监狱关了两个月。虽然是蹲在牢里，但有衣穿，有饭吃，两个月的酷暑天气也躲过去了。

洪珠只担心大芙塘那七亩租田的禾，割了后剩下的是否交给了妹妹？妹妹侄女是否去三哥家住了？三嫂对他们会怎样？嫁出的大嫂受不受丈夫的欺凌？侄子敢不敢留在母亲身边？浪江靠山边那间新房，妻子孤不孤单？她能守住多久？……

担心也没用。罗仲关还不时有家里人来看望他，洪珠连个看望的人也没有，关了快两个月了，他多想也有个家人来见见面，也好知道几个小孩子的情况。

一天天过去，没有人来。好在仲关的家人也把洪珠当自家人了，每次带进来吃的东西都准备好两份。

"这是你的。"仲关把两个熟鸡蛋送到洪珠手上，"我娘准备的，我们俩各一份。家里人已知道我在这里找到个罗家的哥哥了，还说以后打仗无论走到哪里，我们俩都不要分开，互相有个照应。"

"好，不分开！我们三人都不分开！"洪珠又转向廉武，把一个鸡蛋分给了他。

三个人嘴里吃着鸡蛋，抱作一团，都说："不分开，我们三人，哪怕死也死在一块！"

两个月来，洪珠住在监狱里，条件比住大芙塘的破窑洞好多了。除了长官组织训话学习和在牢房内放风时练练步子，不搞别的军事训练，不风吹日晒雨淋，吃了睡，睡了吃，洪珠脸上的颧骨不见了，脸也同仲关一样圆滚了起来。

"洪珠家里吃忧的事比谁都多。讨个老婆也只抱着暖了一个冬……"大家都熟了，想着家里睡不着觉的廉武，有一搭没一搭地说洪珠，"洪珠提得起，放得下，你看他每晚上明明在同我们接话，一下子他就又鼾声大作了。这才是福人福命啊！你看他，这牢房还养得他红头花色了！"

洪珠笑着回答："我也心里着急吃忧啊！可人已落到这地步，你干着急干吃忧有用吗？没用。明知没用就不急不忧了呗，吃了睡，睡了吃，等放出去了，有机会再说呗！睡！"

"听说延安共产党那边招兵都是自愿。"

"家里有老有小要照顾的还做工作，不让参军。"

"不让去参军，老百姓却还硬要去。"

"有的还从千里万里之外，赶过去呢！"

"这就是国共的区别吧？"

"小声点，隔墙有耳。"罗仲关打招呼，他年纪虽小，人却谨慎。

洪珠的鼾声就接着响起来了。

新兵坐牢两个月，队伍又从安仁东面押送到了安仁北面交界的攸县，然后启程去衡山县。

押往衡山县的路上，着一色夏装的新兵正在行进间，洪珠抬头猛然在围观群众中一眼看到了三哥，他呼喊"三哥"的声音已来到嘴唇边却戛然收回，因他看到了他正穿着的是那件白洋布衬衫……

你是哥哥，才忍冻脱下衬衣给冻得嘴唇发乌的弟弟御风寒。毕竟是在一个娘肚里兜大的，手足情深血浓于水。可你却这么没有一点男子汉风骨，就因为怕老婆，寒冬腊月，宁可看弟弟身上只围着一条白罗布帕，自己里里外外先生打扮……你皮肉穿得可暖，心不寒吗？

你先生不做却又钻进了官场，想当官。做官，却连这个家要带养三个小孩子的弟弟也留不住，被人家无理抓走当炮灰，还不说这个家早已被抓走了一个，杳无音讯……你连在这个小家的公道都讲不了，还能做官为大家讲公道吗？你是个做官的料吗？

洪珠脑海里第一时间冒出的手足情，很快又被乐江木桥边跪在桥上哭天喊地的情景给驱散了，只一股脑想要三哥告诉他：新花、桃英回家了吗？租田收割了吗？妹妹和侄儿侄女有饭吃有地方住吗？住浪江的妻子你既帮忙找到又来帮倒忙拆散吗？……

那件亲兄弟送的洋布衬衫啊！……那天就像一个男子汉身上的皮一样，眼睁睁硬被人刮下来，脱下的不仅仅是一件衣服啊！……见物思痛，他冒出的兄弟情的火花突然就被浇了一盆冷水。

扬辉也一眼看到小弟洪珠了，喊洪珠的嘴也张开了，可没有发出声：弟弟突然被抓走，他一句话说不清白。看弟弟脸上长了不少肉，有衣穿了，还好帅气的样子……放心了吧，以后也不为自己身上这件白洋布衬衫发愁了，部队冬夏都有衣发，不用种租田也有饭供。只是想到四弟被抓走还死活不明，小弟又送去当炮灰了，这会不会又成最后一面？……

罗仲关走在洪珠面前，廉武个子高走在队伍最后。这时廉武也一眼看到了人群中的扬辉，他大声喊叫："扬辉呃，罗扬辉，你的小老弟洪珠，就在这前面呀！"

扬辉想不下去了，这一声喊更让他不知所措，他干脆先移开了兄弟凝滞交织在一起的那道视线，转开了脸……

队伍开向了远方。

8. 工地抓逃

在衡山,洪珠第一次看到绿皮火车,他们上的却是全封闭的铁笼子火车皮。这凉爽的八月天,坐在摇晃的铁笼子车里比坐监狱还要舒服些。新兵对这一切还觉得挺新鲜。

队伍运到了广西独山县一个修铁路的营地驻下。

每天上午开始野外训练打枪,下午在修路工地修铁路。

洪珠一看到步枪就想起了父亲的那杆鸟铳,还想起了同四哥在炎坦里听到那鸟铳的声音……

洪珠伏在地上教仲关练瞄准:"看着这两点,都对着靶,让三点在一条线上,稳住枪,就可以扣扳机了。"

"嗯,靶也算一点,算三点连线的延长线吧,这样四点都在一条线上。"仲关说。

"扣扳机时不能说话,屏住呼吸。"洪珠提示,又羡慕说,"还是有文化好,一点就涌。"

"哈,线是点组成的,无论多少个点也都是在一条直线上。"仲关不扣扳机,却仰慕洪珠说,"哥,您怎么一拿到枪就会呢?"

"我是爹教我的,我爹有杆鸟铳。"

"那伯父肯定是个神枪手吧!"

"也不。父亲也很少上山打猎。猎枪只是防土匪用的。我们一家住在一个山沟里,只罗姓几兄弟,周围很远没人家,松寿土匪那班人白天都敢来抢东西。"

"这世道！"

……

轰的一声，紧伴着一声喊："有人逃跑了！抓逃兵啊！……"

负责看守的一位长官举手一枪，已逃出警界线疯狂奔跑的人应声倒下……

洪珠看得一清二楚。他不惊慌，仲关却吓得双手发抖，手里的步枪也落在地上。

"啊，你是第一次看枪杀人吧，还吓出尿来了呢，不用怕！"洪珠指着仲关的胯下笑他。

仲关脸红耳赤，羞怯得只摇头，不好意思说话。

下午，洪珠同仲关一起抬轨木。他俩一样高，洪珠抬轨木尽量让自己这头抬多点，让年纪小的仲关肩上少点重量。

廉武在铺轨木，谈笑风生。长官安排他做了新兵铺轨木的领班。

休息时，廉武还敢同长官和老兵们一起玩纸牌、喝酒、猜拳……

廉武赢钱了，也分给洪珠和仲关各一块。

"送你一块，欣赏欣赏！"

"你也教我玩吧？我想给妹妹寄点钱。"洪珠羡慕他。

"你下次跟我看一回就懂了。用不着教。"

一次夜里赌牌，廉武把洪珠、仲关都带来看他们玩。

"上次你赢了，这回可手下留情呵！"长官看看手里的牌，指着廉武说。

"对呀，新手更要懂咪。同长官玩牌，可要懂规矩。"长官对门一位老兵附和说。

"对对对，讲规矩。否则就玩不下去的。"同廉武打对门的也暗示说。

洪珠不识字，自然看不懂。但有一点看懂了，这回可是三人打廉武一个人，让廉武赢一回，原来是钓鱼的，这回可把老本都收回了，洪珠示意仲关都把口袋里那块钱也从桌子下面递给了廉武。这回廉武却还欠上了一笔赌债。

几个月下来，廉武发的补助费都进了长官的口袋里。

一打听，工地上多数新兵都这样上当了。可想，工地上所发的钱，基本上都流进了长官一个人的口袋。

洪珠痛恨地对仲关和廉武说:"这兵没法当吧?!离开乡间的吃血虫,又钻进吃人的妖魔鬼怪窝里了!想要在这里面挣个钱来养活家里几个小孩子,门都没有!"

"这还是新兵连,看正规部队会好些吧?"廉武说。

"你欠他的债,怎么办呢?"洪珠担心地问。

"会有办法的。"廉武小声说,"排长已传经了,等当了官,多了薪水再还。"

廉武也很快正式当上副班长了。

下午铺铁轨,洪珠同仲关抬铁轨。他对仲关说:"老弟,你也学廉武好好干吧,将来做个官回去。"

"我才不干呢,有命回家,我还接着去上学。"

"我就等不得了啊!离开家就关着、押着,这哪是我找四哥的路。一年了,没给老婆和妹妹他们寄去一分钱,婆娘还不知跟哪个走了!唉……"洪珠压低声音说,喘气也是叹息,"我走了,你好好待着,我回得去,就去看你爹娘。"

"啊?"仲关一惊,"哥,当逃兵要命的事呀!"

"你放心吧……"

洪珠看四周的人都集中在铺铁轨,有一个口子上站岗的也去上厕所了,厕所旁边正是森林掩蔽体。

"老弟,我肚子痛,去上个茅房。"洪珠边说,按着肚子朝茅房奔去。他闪身夺下那个正上茅房的岗哨兵手里的枪,朝山林里冲了进去。

"有人逃跑了,夺枪逃跑了!抓逃兵呀——"

工地上一阵慌乱,都被押着不准乱。警戒队伍火速把小山头包围了起来,四周朝森林里乱放枪。

长官指示廉武和仲关喊话:

"洪珠,出来吧!长官说了,只要你出来缴枪,决不对你开枪了!"

"洪珠哥,山坡周围都围满了兵,你就听副班长的话吧,出山回来吧！"

　　洪珠在林子里喊："都别进来，谁进来我就开枪打死谁！打死两个，赚一个！"

　　"洪珠哥呀，我进来了，我来接你！"仲关朝一片小林子大声喊。

　　"仲关老弟，你千万别进来啊！你还要上学读书啊！"林子里传出来洪珠半喊半哭泣一般的声音。

　　仲关冲进林子了。

　　他边进林子边痛哭流涕地说："我不想失去您这个大哥啊！我们说好了的，死也要死在一块啊！"

　　仲关看见洪珠了，洪珠正朝仲关冲过来了，他把枪交给了仲关，紧紧抱着仲关痛哭："老弟啊！……"

　　"外面都不要开枪！他已把枪给我了！我们已在出山！"仲关在林子里朝外放声大喊。

　　廉武向排长嘀咕一句。长官下命令：

　　"都不准开枪了！"

　　冷枪停下来了。仲关倒扛着枪，陪洪珠出了林子。

　　洪珠被一阵五花大绑，押进了禁闭室。

9. 一个人影

深更半夜里,一个高大的黑影蹿进了青龙寨。

他先摸进了靠山边爹娘的房间里。

"爹,娘,我是洪然,我回来了!……"他进门就兴奋不已,又不敢大声说话,可摸呀摸,连爹娘那床铺都没了,只摸到了门角里还挂着的一把鸟铳……铳杀生,他惊了一下。

青龙寨鸡不啼,狗不叫,他去了自家所有房间和族上几家,都不见一个人影,连老鼠也没出来迎接他,房屋倒的倒了,一派荒凉、凄惨的样子。

他似乎明白,自己离开这么多年了,青龙寨的变故一概不知,这里要么都搬迁了,要么早遭土匪洗劫……

这么远道回来真不易,空手离去吗?他真想爹娘兄弟妹妹,突然想起那鸟铳是爹的爱物,他带走留个念想吧,回去一路也好装扮猎人保平安。他又回到爹娘的住房,取下了鸟铳挎在背上。

趁天还没亮,他只背着爹爹的鸟铳悄然离开了青龙寨。

他是战场上双方短兵相接,肉搏拼杀时才脱逃的。

"冲啊——杀啊——"

一片冲锋喊杀声中,他从一旁的林子里逃走了。把国民党的军服都脱下丢得远远的,换上百姓家讨来早预备的旧衣裤,溜进了一栋寺庙里。

"师父,救我一命吧,我三天没进食了!"

"阿弥陀佛……请问勇士来自何方?"

和尚见洪然牛高马大,尊称他勇士。洪然以为法师一眼看破他就是个当

兵的,他从心里佩服、仰慕,有气无力,如实相告:

"师父,我是湖南人,被当地国民党民团捆绑才当的兵,上月部队在贵地打了一大仗,我是从树林子里逃生出来的。我生来怕血,我害怕打仗,早就想逃,没有机会。今日总算是远离了战场……"

"孩子,你先过来吃点素食吧。"

洪然跟着和尚进了素食厅。

他太饿了,一阵狼吞虎咽……

餐厅里陆续进来男女信士向厨房大师傅供米、供菜,并过来向和尚双手打拱作揖,走了……

洪然小时候常跟娘去月轮崖烧香,心里明白,这些都是信士送给庙里的。他早就仰慕和尚,不用种粮,不用种菜,不用日晒雨淋,可有人供养着。

吃饱了,他去找和尚套近乎,不识字,却乱翻经书,爱不释手……

"孩子,你很有善根。你要多行善事,功德无量!"

"师父,我想出家,避开尘世,拜您为师,积德行善。请您开恩,收下弟子吧?"说完,高大的洪然,扑通一声跪在地上,双手作揖,磕三声响头。

和尚连忙站立,回礼:"阿弥陀佛,善哉善哉,功德无量!"

从此,洪然就剃头为僧,在这寺庙里安然度日。

一天,洪然同大和尚还是聊起了从炎坦被抓走时的情形,弟弟夺枪救他那声枪响……这一切一直牵挂着。

"我被抓走的前一天,二嫂在楼上上吊,弟弟闯了祸跳河……我站在崖边上喊他,脚下踩滑也跌下河去,我本是不会游水,怕下水啊!……是我那弟弟搭帮,才把我救上了岸啊!今天才有命来拜见师父……"

"阿弥陀佛……罪过罪过,你还尘缘未了……"

"师父,我是佛徒,可还是人啊!您不也常教弟子说因果报应吗?孝父善亲、知恩图报不是中华民族传统美德吗?"

"善哉善哉……"

"为更好地了断尘缘，我想要师父开恩，允许我回湖南老家一次，看看爹娘和亲人们如何？尤其我那二哥二嫂和弟弟，后来情况如何？"

"阿弥陀佛……孽障该除，随缘随缘。"大和尚答应，并告诫，"你本是服役之人，不可暴露身份，快去快回！"

于是，洪然总算一路要饭，找到了家门。

天亮了，见浪江湾靠路边一块菜地上有个年轻妇女在浇菜。

洪然走近打听："叫你嫂子吧，你知道现在青龙寨的人都到哪去了？"

"你是谁？问这干什么？"

"我是青龙寨的亲戚，几年没去了，去了都不见一个人影了。"

"死的死了，搬的搬到龙海那边去了。"

"你知道洪德、洪珠，他们都好吗？"

"洪熙、洪德早死了，嫂子出嫁了，洪珠被抓去吃粮了。"

"呀！爹娘呢？还有一个小女呢？"洪然蹲下身，继续问。

"爹娘也早死了，那妹妹不知跟谁。你是他们什么人？"

"我是渡河那边他们外婆家人，老表，外出多年才回来，想走下亲戚。"洪然看这姑娘还长得端庄，对家里又这么了解，又亲热地说："你这么了解我姑娘家啊？"

"我是洪珠屋里的。没见过您，我们是亲戚。"姑娘唰地红了脸，又说，"一大早的，你去家里打个早伙再走吧？"

洪然惊喜，原来她还是弟媳妇呢！……老弟却又被抓走，可怜留下她孤寡一人……他想起了师父的话，这里离青龙寨又很近，认识他的人很多，只好谢绝：

"啊！你还是我表弟媳呀！……这次我不进屋了，一班人正在承坪岭等我去木梓山打猎，下次我找回来表弟，再去家里吧……"

洪然一步一回头，摇手告别。没见上弟弟，还总算见上了弟媳，也算没白回来一趟吧。这个家，既然都这个样子了，又往哪去找弟弟呢？他也就下定了决心，听师父的话，了断尘缘，一心归佛吧！

10."烤箱"运兵

洪珠被捆进禁闭室,在等待上级处置的节骨眼上,上级传令:十万火急,独山修路工地新兵,紧急调云南。

在兵源紧缺的情况下,又因廉武副班长和仲关的反复讨保,长官决定对上免报洪珠逃兵一事,但要受到一百军棍的惩罚。

"长官,这军罚就交我来执行吧?"廉武主动请求。

"啊呀!……"禁闭室里传出洪珠一声声尖叫。

里面副班长的军棍却棒棒打在沙包上。

当晚七点,紧急集合军号吹响。

新兵按高矮排纵队,操场上集体听长官训话。洪珠又把仲关拉在了自己面前站着。

他们知道了云南军情吃紧,日本鬼子在中缅边界狂轰滥炸,从天上、地上扫荡我云南百姓。洪珠听得拳头紧握,要去打日本鬼子,他心里痒痒的,早恨鬼子,还没见过鬼子是什么样。

队伍向一列黑乎乎的全封闭铁笼子车开进。

这南方的天气,到底要热得多,已是末伏天,傍晚时铁轨还烫脚,鞋踏上去还担心熔了胶。

洪珠和仲关走在队列前,被带进了一节车厢。

说是车厢,其实就是一个大铁盒子,里面全是空的,却火气燎人,像个烤箱,平常是用来装运牲畜、煤或其他物品的。大家鱼贯而入,一个个紧挨着,拥挤得满满一车厢人,报了数经长官检查无空隙了才锁了后面的铁门。

不一会儿，站在铁皮边和中间的兵就燥热难耐，都汗珠豆滚出来了。

"热死了！还不开车？"

"快开车呀！热死人啊！"

站在后面的廉武安慰说："请安静，心静则凉。"

"对，开车就好点了吧？"

"管好自己的水壶。车厢再没储备水。中途除调兵点停车，一律不停！"坐后面的长官在发话。

列车咣当开动了，车厢摇晃起来。

一车厢人就像一车厢扎满的竹笋，车一晃人就昏昏欲睡，却不会右左摇摆，因为里面根本没有"摇摆"的空间。

过一阵儿，后面靠边有人尖叫：

"不好了，我前面这老兄脱水了！满脑壳在下雨，脖子却僵硬发凉，喊他不回话了。"

"马上给他灌水！"

"他壶里没水了。"

"用我的！快，用我的，传过去！……"车厢里好多战友在说。洪珠把仲关的水壶按住，一再把自己的水壶要身边的人往后面传。

"太远不递了。你等下又怎么办？还早呢！让他们旁边就近解决吧！"身后的做反工作，不传。

"战友麻烦你一下，传递给这一排的最后一个吧！他干瘦，这下可更受不了的，帮帮忙，他叫廉武，帮忙递给他吧！"左边的也拒绝，右边的总算接下了。

"请传给后面的廉武！……"

"请传给后面那位长官！……"

"请传给中间的刘苟仔！……"

"请传给那旁边的王牛生！……"

…………

不时冒出呼救的尖叫声和此起彼伏递水的声音，就成了这节车厢的交响

47

乐章。

"谢谢前面战友传递水壶给我！廉武收到！"廉武收到水壶很激动，前后左右看水壶……他为答谢战友，也为让大家安静下来，他大声说：

"心静则凉。我们每人来讲一个关于你的家乡的故事吧！我带个头。"

"好办法！支持！……"响应的多。

"我是湖南人，我们家在湘江中游的支流区，我家乡的上游叫神农河，不知为什么，神农河流入我们家乡一段就叫浪江，"浪"与"冷"，我们当地同音，两个字都写，那上游江水夏天再热流到我的老家那条江也会很快冷却。因为我们那江底布满了四季都冰冷的泉水，水冷得呀，我夏天河里洗澡也打哆嗦，不小心碰上泉水眼时，手指冻得发红，冷得刺骨一样痛呢……"

"哗啦哗啦……"车厢里响起了掌声。

"这冷江嘛，再流入乐江，那乐江再流入永乐江……由冷变乐，并永远快乐！……"

"哈哈……故事讲得好，讲得我也由冷变乐了！"

一个个轮下去讲，轮不下，有的人头发晕，想讲讲不出。

仲关把水壶递给洪珠喝口水，他按住。

"我还不口干。你注意，我发现，你面前铁皮相接的边缘有条毛发丝的缝，透光……"洪珠指给仲关看，又说，"你快用嘴贴近那条小缝呼吸吧！"

仲关也发现了，嘴凑过去……

"啊！有救了！这可是条生命线啊！……"仲关乐得孩子般在车厢上跺脚。他不时侧下身，要洪珠伸过来身子，伏在他背上去对着那条缝呼吸……

前排中间又讲起了……

"我来给大家讲我们老家流传的一个双龙会战的故事吧。我的家乡叫龙脊山，远古时候我们那里就叫龙海，海里有一条红龙和一条白龙……后来白龙战败，玉帝就罚它变成了西方的冰龙。我们火车不是正开向西吗，我们正向那条冰龙步步靠近……"

"你们家乡那红龙真变成了龙形的丹霞山？你们那丹霞山像条龙吗？这

故事倒有意思！"有人在后面称赞。

"等打完了日本鬼子，一定去你们龙脊山看看！看你这牛吹得！"有人羡慕。

"对，打完鬼子，我带你们去我老家！现在我们正走近白龙，马上要去玩冰龙了，现在这天气还是冰龙好玩啊！……玩冰龙透心清凉啊！……"

洪珠说着说着，靠在仲关背后睡觉了，鼾声响起……大家都羡慕鼾声，害怕尖叫声。

"四哥，原来你躲在北方玩冰龙，找得我好苦呢！……四哥，四哥……"洪珠的梦话，也只有他面前的仲关才听得懂。仲关注意不吵醒他，专心凑在那条缝上呼吸着，也好让他同四哥好好玩玩冰龙。

大家的故事再讲得冰冷，中间停车一清点，后面还是热死了两个人。

到了第二天中午，烈日烤得车厢里像有人大声说句话都会着火一样，故事再也讲不起来了，尖叫声也没了。

洪珠只好同仲关轮着靠近那条缝儿呼吸，太靠近了铁皮又烫嘴，水壶加满了水，也很快就喝完了……身后还有股呛鼻的肉臭味扑过来。

长官和廉武他们都转了他处，这节车厢门从关上那一刻起就全交老天爷主宰了。

到昆明下车时，洪珠拉着仲关胆战心惊地从几具尸体上跨过……

11. 开战三枪

国民党第五军二〇〇师是中国远征军于1942年3月首批入缅抗日的队伍。这支国民党装备最精良的王牌师，在缅甸的同古英勇坚持了十二天，因中缅公路时遭日本空中破坏，中国兵源难以补充，英军配合又不投力。二〇〇师陷入孤军奋战的境地，但仍重创日军。同年5月，师长戴安澜在率师返国途中遭日军伏击，壮烈殉国，余部于6月撤回滇西，后于昆明郊区休整，招收新兵。洪珠、仲关、廉武就在昆明被补招入第五军二〇〇师步兵连。

这支中国远征军王牌师，入缅作战英勇顽强，戴安澜牺牲，举国同悲。毛泽东也作《五律·挽戴安澜将军》：

外侮需人御，将军赋采薇。
师称机械化，勇夺虎罴威。
浴血东瓜守，驱倭棠吉归。
沙场竟殒命，壮志也无违。

"哥，戴安澜师长追悼会上的挽联挽诗，印刷本我看到了。连蒋介石重金悬赏的毛泽东，也写了挽诗呢！"

"真的？！蒋介石不捉他了？国共讲和了呀？"洪珠听了高兴，边说边从下床干脆爬上了仲关的上床。

"日本鬼子是中华民族的公敌。这点国共基本上是一致的。"仲关说。

"我们能招进这二〇〇师是个幸运，没赶上出国打鬼子又是遗憾……"

洪珠仰看屋顶，自言自语。

"嘿，日本鬼子就在这附近，你就等着吧。"仲关又摸着洪珠身上的军棍伤痕，笑问，"不想家了？这军棍还是有作用呢。"

"你这小子！……"洪珠摇了摇头，只好给仲关当胸一个空心拳头。

两人闹完了，洪珠认真地说："来了不打几个鬼子划得来吗？"

"没错。我们罗氏，有种！"

"老弟呀，你得记住，见了鬼子千万别给哥丢人。战场上我们比高低！"

"呵，罗家两兄弟又滚到一起去了！"廉武进来了，他们在一起都说安仁话。

廉武已分在别的班做副班长了，不再住一起。他双手反剪身后，抬头问："洪珠，你怎么没水壶呢？"

"水壶丢了。"洪珠回答，"反正我同仲关一起，用他的呗。呃，你怎晓得我丢了水壶？"

"我半个仙呢，包括你在想什么我都晓得。"

"那你就别吹牛。廉武哥，你晓得他正想什么？"仲关问。

"想老婆呗。"

"你错了。我们哥俩刚才就在想着怎么打日本鬼子呢！"

"好家伙！哈，那军棍没多揍上几棍就好了，吓也吓半死了！仗可有我们打的。别急，等呗！"

其他床铺上的人都眨巴着眼，听这三个人说"外星话"。

"这是你的吧？"廉武把水壶从背后拿出来给洪珠看。

洪珠又问："你怎么认出是我的呢？"

"你看，这个地方凹进去了，我当时就注意到了，让我军棍揍的呗。"廉武笑着指给洪珠看。

军营响起了鼾声。

"嘿，我哥还以为你在那猪笼子里，干得把水壶也吃掉了哩！"仲关小声嘀咕。

"真要谢谢洪珠,谢谢你俩!要不,站在后面铁壳边,我也得由你们收尸了!"

"我也要搭帮你俩,否则吃红枣了。这春城,这机场,我也看不到了。"

"都别说了,常说湖南老乡一家人,我们更是自家人!"

"一个好汉要三个帮。出门在外,一家人,我们还用说谢吗?"

"对,不说。我们之间,以后不准说这个字眼!"

廉武出去了。洪珠也背着水壶去接夜班站岗去了。

他们现在的任务是整训,并负责看守昆明机场。

看守机场,又过了一个年。说是过了春节部队就可能开赴前线打日本鬼子。

这可是离家第二年了。洪珠还是没有钱寄到家里去,给妻子的期许也快到了……

不知是这春城留人,还是一天天从各地传来的消息留人?仲关讲,像妹妹新花这么大的女孩被日本鬼子强奸后杀死了,像侄子范伟这么小的孩子被穿在日本鬼子的刺刀上举着玩耍……腾冲县被日本占领了,保山告急,龙陵告急……

在昆明过完了第二个春节,一天,部队紧急动员,滇西大反攻开始了!

军营里三位老乡在一靶场里持枪紧急相聚。廉武紧握住洪珠的手说:"我若死了,你回去告诉我爹,连长已谈话了,好好干,准备火线上接替副排长。村里不就出个军官了吗?"

"那可就死不得。你千万当心点,先保住脑壳再说!"仲关笑看廉武说。

"哈哈……红枣子没长眼睛。"廉武拍着步枪说,"都说说,现在你们最想告家里什么?"

"我死了,不要告诉爹娘。只把我的这本字典带回家,送给我弟弟。说我被部队送军校读书了,读很久很久,把世上所有书都要读完才回……"仲关拿出口袋里的小字典,眼圈红润,喉咙哽咽,对洪珠掉落几个字,"记住，哥啊！"

洪珠把他手里的字典塞进他口袋，一边拍拍他口袋一边说："没出息！还不知是谁先死呢！这宝贝兜稳当，记住，你别下水浸湿了啊。这怒江，只有我不怕它发怒！"

凝滞了一阵，洪珠郑重地说："你俩听着，我死了，你们活着回去了，一定去官陂找到我妹、侄子和侄女，去要报个喜，说我还帮他们仨一人打死一个日本鬼子呢！"

远征军重返滇西中缅边境。兵分多路，紧急出兵。

洪珠随部队先进入了保山县。

"保山城建在一座大石头上，这座石头城三面靠山，一面靠水，天然屏障，易守难攻……"仲关小声说。

"哒哒哒……"高地上敌人的机枪声突然响起。

洪珠看到了机枪阵地上的三个鬼子在蠕动。他贴着仲关的耳朵说："说话轻点，别惊动了敌人。"

说完，他在面前立起拇指对着机枪火力点的鬼子，又伏到仲关身边说："那日本鬼子只比我们多两只狗耳朵，看那个样子也不比我们高……"

机枪停了。

"你看清了？"仲关贴着洪珠耳朵说。

"当然。谁要你近视眼也来当兵呢？应去当文书。"洪珠小声回答。

"长官本也说过。但我不离开哥，爹娘说了。"仲关咬洪珠耳朵嘀咕。

"你好蠢呀！早不告诉我？打完这仗，你去找长官说，你去。哥是光眼瞎子，老跟哥有出息？"

机枪又响起来了。

仲关提高声音说："敌人机枪停停打打的？"

"试探虚实。说明他们已知有部队过来了。"洪珠说，"班长说我们三班要夺下这挺重机枪，我来先试试吧。你去传话给班长。"

"你有什么办法？"班长过来说。

"我看火力点在步枪射程之内。我可以干掉那三个鬼子！"

53

"但我们的目标就暴露了？敌人这边火力会威胁我们。要准才行。"班长伏身他俩中间的草丛中说道。

"有把握，没问题！先干掉机枪手，上一个干一个！"洪珠咬牙说。

"好，我们全班作好火力掩护准备！"班长命令。

"哒哒哒……"机枪还在乱射，班长离开，仲关马上挨近洪珠，一块弹片飞到仲关口袋上，把口袋划破，烧燃，洪珠赶紧掏出那本字典，把燃火灭了，好在字典抵挡了一下，没击穿……

洪珠架稳步枪，瞄准，屏住呼吸，但脑海浮现出仲关讲的像新花妹这么大的女孩被鬼子强奸后杀死的画面，他手扣扳机……

对方机枪哑了。机枪手歪在了一旁。

"狗屎出的！这一枪代我新花打的。"

机枪马上又响起来了……

洪珠又瞄准，屏住呼吸，脑海又闪念出鬼子刺刀刺着范伟这么大小孩的肚子……他扣扳机……

机枪又哑了，机枪手歪在了一旁。

"狗屎出的！这一枪代我范伟打的。"

这边敌人火力点终于发现了目标，"哒哒哒"火力压过来了……

仲关端机枪掩护……

"撤，快隐蔽！"班长过来命令，洪珠却不动，仲关拉他……

"不动，又上来了一个！我还要代我侄女干掉一个！"洪珠不肯动。瞄准，屏住气息，扣扳机……

机关枪哑了，我们的队伍冲上了高地……

"冲啊！"这边双方火力就像煮沸了一锅粥，"哒哒哒……"

12. 浪江嫁妻

"噼噼啪啪……"浪江村子里响起一阵爆竹声。

靠后山纸窗上的红双喜还在,一担女人盛嫁妆的木箱子上红喜字也还贴着的……

洪珠在贴窗上的喜字。他面向窗户对身后的人说:"新花,快看看,你离远点看,看字正了没?"

"上面还偏左点。"

"不,偏右点,偏右点。"

"究竟左点还是右点?移上面还是移下面?"洪珠心里甜,嘴里嗔怪,"桃英别乱说话。听姑姑说。"

"不不,细叔听我说……"范伟也赶紧跟着新花后退,看贴窗花,闹着要听他的。

"上面左点,再左点……好!"新花说。

"哈哈……"传出一屋子的笑。扬辉走进来了,双手剪在后背,也笑着说:"喜字是贴端正了,只是字贴倒了啊!"

一屋子笑脸唰地变成了苦脸,只范伟还不知道字的倒顺是什么。

"也好呀,喜到了,喜到了!"洪珠苦笑着说。

"也是,是乎哉!别小看洪珠,虽然没上学,脑子却灵便。"扬辉对进来看热闹的人说,"他做事好讲究,身上围块罗布帕都比别人讲究……"他似乎就回想起那次在浪江垄路里偶遇了细老弟……

三哥的泪花就忍不住流出来,有愧疚,也有高兴,高兴细老弟总算是有

55

个"家"了……

洪珠见三哥高兴得流泪,他也眼睛潮红,赶紧递块手绢给三哥。

"洪珠要是能上学,他肯定会读书。要比我强……"扬辉抹泪嘀咕。

"福到,喜到……"

"喜到,福到……"

可今天却是扬辉来送老弟的妻子出嫁啊!

扬辉从后山屋里随接亲的队伍出来,一脸愁容,内心苦不堪言。

洪珠被抓去当兵三年没音讯,家人都认为他又成了炮灰。

新花和桃英常梦中哭醒……

"姑呀,我梦见细叔了,他被枪炮打死了呀!血流满地,我抱着他哭,好怕,好心痛啊!……"桃英边哭边说。

新花豁然从床上爬起,问:"细叔跟你说了什么没?"

"没呀,我只抱着一条腿,另一条腿炸得飞到天上去了呀!……"

"啊……我要细叔,我要细叔的腿,我要抱,我要抱……"范伟大哭大闹,半夜里吵醒了一家人。

新花哭着对披衣进屋的扬辉说:"三哥,天亮我就去找细哥,活要见人,死要见尸啊……"

……

扬辉心里也好痛呀……寒冬腊月,宁可自己受冻,路上脱件衣服给弟弟穿……他心痛却手顾不着啊!他又还能帮上什么呢?……

弟媳也坚守不住了,再说洪珠临走时有言,也不能害了人家,只好答应让她嫁人……

"罗保长,有人要你去江口洲一趟。马上就要去!"

来人是承坪光口洲的李松寿派来找扬辉的,说是国共合作了,要他参加湘南游击队,准备打日本。这可让扬辉伤脑筋,李松寿是闻名安仁的"土匪",自己能卷入这块是非之地?古言近朱者赤近墨者黑。可红黑难分时,不得近乎?这就为难了:走近"土匪",自己这副保长不与"匪"同流合污？不走近他，说不定性命也难保？这李松寿是谁，传说神出鬼没，可有飞檐走壁的本领，青龙寨闹土匪就与他有关，也露过面，一顶大斗笠套在腰上就可飞啊……

怎么办呢？

"三哥，我走了……"弟媳拉着三哥的手道别，他才反应过来。

"好吧，你走好……"

两个弟弟当兵久无音讯，今又嫁弟媳……尴尬呀尴尬，读了不少书，也明不少理，就不明老是战争和老是红黑打斗纠缠难解难分的这个理？他翻了又翻那些国学，中庸才四平八稳，这时又去怎样"中庸"？细弟未归，弟媳可以嫁；这"土匪"有请，却进退两难？

扬辉藏一肚子解不开的梦和结。

13. 龙陵救妇

保山胜利后，队伍夜行军，紧急开进龙陵县。

保山战场上副班长牺牲了。队伍行进时，班长插到了洪珠的身后。

"洪珠，你作战勇敢，又好枪法。准备由你来协助我，担任副班长！"班长的身子凑近洪珠的耳朵根说。

"我不行。我不认识一个字，自己名字也不会写……"洪珠摇着头，边走边转过头对班长说，"我给你推荐一个吧？"

"谁？"

"他。"洪珠转一下头，手指了指他前面急行军的一位。

只有脚步声，听班长没说话了。洪珠又后转身，手指前面，小声给身后的班长丢下一句话："那三枪，都是他要我打的呢！他有文化，认得好多字，每读到什么就讲给我听……他最会讲故事……可惜没去做文书……"

急行军，一直都只有脚步声。

龙陵的夜空，战火瞬间烧得半边天都是火龙……

"三班，全体都有，跟排长冲进敌人大本营，冲啊！……"

"冲啊！……"

"罗副班长！"班长发令，"你带几个人堵后门，我堵前门！"

"是！"仲关回令，"我们几位，这边来！"

"是！跟副班长上！"洪珠立即响应。

大本营内敌人一片慌乱："我们全被包围了！长官！"

长官挥刀："这里，机枪……"

廉武闪身避开了机枪手冲锋……前门包围被撕开了口子……

长官又拔刀发令："这边机枪，重伤员和妇女，统统的，死啦死啦的！"

敌人营内因禁了一批妇女，有从当地抢来的，也有从朝鲜押过来的，她们在尖叫："救命呀——我们不想死，救救我们啊！……"

"对，她们无罪！这批日军'慰安妇'，我们应保护她们，让她们冲出鬼门关！"仲关对洪珠说，也在发命令一般。

"是！执行命令！保护妇女！"洪珠边喊边冲，他敬佩仲关有文化，又说出个新名字：慰安妇。他也明白了她们是怎么回事，又联想到自己的新婚妻子……

眼看妇女将要在机枪扫射下一个个倒在血泊中……

洪珠举枪把机枪手击倒。

"老弟，快掩护，我来带她们转移！"洪珠对仲关说，急得不叫官名了。

"轰——"手榴弹在敌营机枪阵地炸响。

洪珠从弹雨中背起一位孕妇就跑，边跑边对妇女们大喊："大家跟着我，冲出去！"

洪珠带出一群妇女从后门冲出来……

到了僻静处，他把孕妇放下来，孕妇和一群妇女都向他跪下，感恩致谢……

"谢谢好人！谢谢好人！谢谢您！……"

"不用谢，不用谢……"洪珠一一拉起她们，又说，"说出你们家的地址，我们安排送你们回家。"

打扫完战场，仲关过来了。

"副班长，快过来！你马上给她们登记家庭地址。"洪珠说。

洪珠问那孕妇："你是哪里人？"

"朝鲜。"

"名字呢？"

"金银花。"

59

"哈，名字还是我们中国一味有名的中药呢！"

"想回家吗？"洪珠问她。见她长得年轻漂亮，也明白这肚子里肯定还是鬼子的官后代——小鬼子。恨她，又同情她。

她不回答。另一个懂中文的朝鲜姑娘和她交流后回答："她说不想回家了。"

孕妇又对洪珠立起了拇指，那姑娘问了她一句后又回答："她说你长得很帅，良心也很好。她要你帮她把肚子里孩子打掉，她要嫁给你。"

"哈哈哈……"身边的男男女女都笑了起来。

"不不不，我是当兵的，不能娶老婆！"洪珠急切摇手拒绝，羞得满脸通红。

"她说她的命是你给的，你不要她，她就死。"那朝鲜姑娘又翻译说。

"你不能死！你无罪，你回家……孩子嘛，你看着办……我们救出你们，不是留给自己做老婆，是救命！救出两条命，算幸运，不容易，一定要活下去，活下去，看世界……"洪珠急了，急得脸色羞红又唰地转白，声音就像哒哒哒的机关枪。

"哥，你莫急。我们会安排保护她。"仲关笑着安慰洪珠。

"对，保护她。"洪珠又转向那能翻译的朝鲜姑娘，"你们负责陪送她，回国吧！"

说完，洪珠赶紧持枪，离开了这班妇女，他远远地窥见仲关他们说服妇女，安排妇女一一上车、离开……

14.四哥奇遇

洪然背着鸟铳,进入了西康省,路过大渡河他当年打仗的地方。

当年,他所在部队被紧急调入西康,任务是配合川军阻止和消灭"赤匪"从西南向西北"逃窜"。

洪然知道,所谓"赤匪",都是从离家乡不远的井冈山上下来的,安仁老百姓都称"朱毛红军",朱德带领的队伍是专门保护穷苦老百姓的,只打地主恶霸,安仁还有好多农民跟朱德上了井冈山,安仁领头的唐天际就是自己隔壁华王乡的,还是个知书达理的读书人,老百姓都信他拥护他。这老蒋抓我们来当兵,要打保护我们自己的人,怎么忍心向他们开枪呢?

有认字的还看到了这里墙上贴着有红军过境的纪律,还是"朱毛"中的朱德发布的"红军万里长征"布告。

洪然举枪瞄准时更看清了,他们衣冠上都三点红,真的是红军。

"不能打他们……"洪然在心里说,警告托枪的手,"抬高一点,再抬高一点……"

"嘣、嘣、嘣……"河水咆哮,峡谷回音。

山涧里有条幽深的小道通往密林,洪然看清了……他几次想当逃兵回家,爹娘和全家人肯定每天都在盼望他,尤其弟弟在月轮崖路边夺枪打人,还不知后果如何……

一阵"冲啊"的喊杀声中,洪然的手上中了一枪,血流出了袖口,他"呀"地滚下了深涧密林……

枪声远去,他抹去血渍,脱下军装,沿那条小路潜行,一直朝大渡河上

61

游走，入夜时看到林中一间小木屋。

"老乡，我是去找寺院烧香的，想到家里落脚过夜。"牛高马大的洪然，一进屋把老两口吓了一跳，听说是去寺院进香的才定下神来。

见洪然的手上有血，太爷急问："你的手？"

"夜里走路不小心，摔了一跤，没关系，划破点皮。"洪然回答。

"来，敷上草药消炎止血。"说完，太爷连忙清理伤口，又面对伤口摇头说，"不是摔伤的，是子弹划伤的。孩子，说实话，你是红军还白军？"

洪然明白老百姓都对红军有好感，他只好撒谎说："红军。"

"你没重伤，怎么不跟上队伍？"太爷一边咀嚼草药一边问。

洪然面对老人家吐在手上清凉的药浆泥不敢再撒谎了。他低头说出了实情："太爷，我是白军。请原谅我刚才说了假话。我是湖南人，是被国民党捆绑抓来当兵的。我怕当兵打仗，我想回家呀！……刚在山下河边就同红军交上了火，我趁负伤就逃出来了。"

"你知道红军保护谁吗？"太爷问。

"知道，红军保护我们穷苦人。"

老人又问："你开枪打死过红军吗？"

"我开过枪，但没有伤过他们。因为他们都是从我们那边的井冈山上下来的，我早知道他们都是好人啊！"他看了一眼老人，又说，"对天发誓，我开过枪，却没伤过他们一根头发。"

"好孩子！既然逃出了国民党队伍，你这身板，应该要去当红军啊！"太爷敷好了药，拍了下洪然的肩膀说。

"太爷，可我胆小，害怕打仗啊！"

"那你逃出来想做什么？"

"想回家看爹娘。"

"回家看爹娘是好。可你是逃兵呀，回家被发现怎么办？"

"所以我想找寺院烧香，求菩萨保平安。"

"你想去哪个寺院？"

"我想去附近最大最灵的寺院。"

"最大的寺院在拉萨的布达拉宫。再过几座山就可以看见，但翻越每座山，都难如登天呀！"

"我不怕远，我只求灵。能保佑我平安回家看爹娘。"

"你是个孝子。"老爷说着向他立起了大拇指，"这座山西边山脚下就有座寺庙，你养好了伤再去吧。"

洪然因脱衣着凉，伤口止了血，人却发起了高烧。

老两口留他在家住了好几天，每天熬药、敷药，直到烧退下，伤口消了炎，才让他离开。

离开那天，老爷还送他上山，看到了山下的寺院……

行路之间回忆着往事，洪然又路过了太爷的木屋。

"阿弥陀佛……太爷，我看爹娘回来了！"洪然敲门说。

老两口热情把他迎进屋。惊问他身上的鸟铳，洪然摸铳泪流不止，他边哭边说："太爷太娘，我爹娘都不在世了呀，这鸟铳是我爹生前的爱物，也是全家的镇宅之宝呀。兄弟姊妹们也不知去哪了，整个村子都没人了……阿弥陀佛……"

太娘陪着流泪，说："孩子，不哭了。这年头，村子肯定遭鬼子了，你回来就好，这么老远，你已尽孝了，阿弥陀佛……"

洪然又被留下过夜。

两间木屋，里间的床铺上却躺着一个年轻漂亮的姑娘。

太爷拉上里间的门，悄悄讲起这姑娘的由来——

咚咚……夜里响起敲门声，一个孕妇倒在了林子的木屋门口。

孕妇已昏迷不醒。老两口把她抬进了里屋铺上，赶紧按人中、灌药汤……

醒来后，姑娘无法同老两口语言交流，只能配合手势说两个汉语单词："谢谢，中国！"

姑娘手指自己高高隆起的肚子，一遍遍愤怒地说"日本"，又指自己的头部反复说"朝鲜"。

太爷点了点头，似乎懂得了她肚子里的孩子是日本鬼子的，她自己是个朝鲜姑娘。

姑娘见太爷点头听懂了，艰难地露出了微笑。紧接着，她双手使劲击打自己肚子里的孩子，表示她不要这孩子，这是日本鬼子的孽种。并手指两位老人，要他们帮助她，也用刚才灌她的草药把孩子打下来。

老太娘也看懂了，连忙对姑娘双手合十，嘴里念叨："阿弥陀佛……"

老两口又都摇手，孕妇如此月份，表示不可不可。

但面对姑娘双手不要命地击打自己肚子里的孩子，又在地上打滚，担心母子双双都难保。

老人会意眼色，都点头答应为姑娘想想办法。

太爷采药，太娘舂药……

过了一段时间，孩子下来了，还是活的，男孩。

朝鲜姑娘爬起身，当即就要把婴儿丢掉。太娘手快，抢了回来。

太爷劝说："日本鬼子该死，孩子无罪。"他边说边把手指折成枪打日本，指孩子时却摇手。

姑娘流泪。经过这段时间的相处，姑娘和两位老人的交流增多了，理解也容易了一些。她痛苦地用手势和少量的词语表示：日本人开枪杀死了她父亲和丈夫，并把她连同一班朝鲜姑娘押到了中国来……

她指自己是被一个中国兵救出来的……然后拍打胸脯连声大喊："中国！中国！……"

她又举"手枪"，连声喊叫："日本！日本！……"

老两口都明白她的生命已属于中国，她要报仇，帮中国打日本……多么慷慨大义啊！

太爷太娘都被她感动，频频点头，向她立起了拇指。又也指这孩子，不能把他向外丢掉，由他们来喂养。

姑娘摇头不可以，指着孩子反复说"日本日本"。

太爷又反复做手势，孩子无辜，不能杀死，他们来养活成人。

直到朝鲜姑娘困倦难支，睡了过去。

洪然从太爷的讲述中大致了解了女子的身世。

"真是个可怜人。"洪然叹道。

"只是这深山老林之中,不是她久待之地。本该让她回到故国,却是山高路远,她又不通汉话……"

洪然思忖片刻,道:"我所在寺院倒是也允许女子修行,还可将这个孩子一同带到寺中抚养。"

太爷沉吟道:"孩子由我们来养活吧。她恨这个孩子,会伤害他的。这也是我不敢留她的另一个原因。"

"原来如此。那就等她醒来之后,我先带她到寺中休养,也可学习一些汉话。至于将来是走是留,再看她的意愿。"

15. 寺院铳响

滇西远征，战斗异常艰苦。从1943年春由楚雄、大理、保山、龙陵，后北上怒江，直转迪庆的松山、腾冲，一直到打到1944年秋冬才停战，1945年1月中美联军在缅北的芒友大会师，整整打了一年半。

历经保山、龙陵、腾冲、松山等恶战，队伍急剧减员，队伍正在做暂时的休整。洪珠所在连排班的建制全部打乱，连的建制成了排。

廉武因为龙陵敌营围困战不利，敌军官逃脱，他做排长的梦没实现，但三位老乡拼到了一个班，他们又走到了一块。他们激动得拥抱，大喊大叫，忘记了鏖战一年多来的苦楚，同时也在庆幸，"从一个连到一个排，多数战友都没命了，咱三位老乡却都还活着。"

三人边交谈边爬上一座小山山梁。

"洪珠，你看，后面山下有个喇嘛寺。" 仲关指着山下一处闪着金光的建筑说。

"我们去寺院里看看吧！"洪珠话音刚落，一位战友跑来传递消息，"一股敌兵向我们逼近，排长命令各班组织突围！"

"我们班先去寺院，也好避一下吧。"廉武对仲关耳语。

"全班目标，寺院隐蔽！"廉武命令。

全班冲进了喇嘛寺。

"阿弥陀佛……"一位高大的喇嘛前来迎客。见是一班国军，他顿时脸色苍白，胆怯回避。

仲关赶紧背枪双手合十，上前安慰："师父别怕，我们只是路过。"

"不好，寺院已被敌人包围！"洪珠向廉武报告。

"莫慌，寻机组织冲出去！"廉武让全班马上进后院。

"佛门净地，我们直接冲进去是否妥当？"仲关对洪珠说。

"不管他什么地了，我们赶快冲出去，也不影响他们吧？"洪珠边说边拉仲关往里走，只听背后一声枪声，廉武倒在了地上……

"班长——"

"廉武——"

仲关和洪珠想搏过去救老乡，外面紧接着又是一枪，伴着女人的一声尖叫，一位女喇嘛倒在了血泊中……

洪珠和仲关手持冲锋枪，背靠背，同全班战友寻机从后门冲开了一道口子，突围出去……

密集的枪声和尖叫声，打破了寺院的宁静。

有凶残的敌人从寺院前门冲进来了，见人就开枪，几个男女喇嘛倒在地上……

一位拿手枪的敌长官发现了内室床底下藏了个人，抓出来正是那个高个喇嘛，又发现他的床头有杆鸟铳，取了下来，押喇嘛来到了大厅里。

"快招，几个军人呢？交出来我们不会杀你！"敌长官又说，"这是什么枪？"

"打鸟的。"

"它还能打人吗？"

"不说？我来试试，看它能不能打死人。"鬼子看铳狞笑。

"救命，太君。我是学佛之人，与国军无缘，请饶了我吧！"喇嘛跪地哀求。

"哈，你去拜菩萨吧。"长官身边一位汉奸狞笑说，"他们不是菩萨，他们只管杀人！"

一阵狞笑……

"切莫杀僧人，切莫杀僧人，杀僧人罪上加罪啊！"高个喇嘛哭着哀求。

"好的，好的，你僧人的，有这个？我就用你的这个……"

鬼子长官对着跪在地上的喇嘛瞄准，扣扳机——

轰隆一声，喇嘛身子歪倒地上，法衣上下渗出一身的鲜血……

鸟铳声让洪珠猛地一惊……他和仲关早冲出了突围，并带全班抢占了刚才爬上的那个高地。

凭借几个高地，他们夺得了这场突围战的最后胜利。可他们这个连死的死，逃的逃，也就只剩下洪珠和仲关还在一起。两人默默打扫战场，掩埋了廉武等战友们和受害群众的尸体。

全团撤退时，身后寺院方向又传来一声鸟铳枪响，洪珠心里又猛地一惊……

16. 二次出逃

"缅北滇西战役"是抗日战争史上的重要战役。中国远征军总投入兵力四十万人，伤亡近二十万人，日本在中缅印战区投入总兵力三十余万人，被歼灭十八万五千余人。中国远征军用鲜血和生命书写了中华民族史上极为悲壮的一页，为世界反法西斯战争作出了伟大贡献。

1945年9月2日，日本向盟军投降仪式在东京湾密苏里军舰上举行。在包括中国在内的九个受降国代表的注视下，日本代表在投降书上签字。9月3日，中华民族历经十四年的抗日战争胜利结束，举国欢腾。

9月3日这天，洪珠和战友们正在昆明郊区接新兵整训，他同新老战友们一起在训练场上含泪庆祝："日本鬼子投降了，中国人民胜利了！……"

欢呼声中，他想起许许多多牺牲的战友，同仲关忆廉武，相对落泪……

"哥，你们那地方要出个军官……现在就靠你了啊……"仲关流泪说，苦笑。

洪珠含泪说："我不想，打完了鬼子，我只想回家。"

…………

因作战勇敢，长官把洪珠和仲关都选调进入部队做后勤保卫工作。

姜排长、高副排长都是湖南人，他们把洪珠和仲关这两个老乡带在身边视为兄弟。仲关也升级当了警卫班长。

日本投降后，蒋介石故作姿态，三次发电邀请毛泽东到重庆商谈"国际、国内重大问题"。西安事变后共产党好不容易促成了第二次国共合作，共同抗日，并且获得了胜利。苏联共产党和国内民主党派都希望国共继续合作，和平治国。毛泽东同周恩来、王若飞当月去了重庆与蒋介石进行和谈，并于十月十日签订了《双十协定》。可蒋介石假谈真打，边谈边打，在美国的怂恿下暗里争抢地盘，发动内战，做着把抗日同伴共产党一口吃掉的白日梦。

入寝后，洪珠又同仲关睡在一起，他打听："仲关，国共双方不是写好了《双十协定》吗？又说要打仗了？"

仲关拿出了一张报纸，说："老蒋是假谈。去年9月3日庆祝抗战胜利，9月6日前他就在山西的上党地区挑起争端，实际是想向共产党武力示威，结果示威不成反还失利。6月26日，老蒋仗着强大的军事力量，背后又有美国撑腰，就公然撕毁了停战协定，据说，他正调动一百九十三个旅一百五十八万兵力向共产党的解放区发动全面进攻，内战已经爆发……"

洪珠只侧耳倾听，不说话，接过报纸，正反面看看，也只能看几张新闻图……他摇头叹息：摇头这仗再打下去已没意思，叹息自己大字不认得，小字墨墨黑。

内战很快也在西南打了起来。

"冲啊——"姜排长举枪一声喊，当胸中枪，应声倒下，洪珠赶紧把排长抱在怀里，在隐避处坐下，大声疾呼：

"排长，挺住！"

"卫生员，快来！"

排长胸口的血往外喷，洪珠用手按住，热血从他手指间流出……

排长慢慢张开眼，嘴巴有气无力地吐出几个字："这仗，不该打，没法打，你想回，回吧……"

排长说完，闭上了双眼。

洪珠痛哭道："排长，醒醒啊！你走了，我还怎么回啊？……"

高副排长接替了排长，他与洪珠来到河道上散步，他们深情忆排长，亲切思故乡。

"罗洪珠，姜排长生前就说过，要用你。你就这么想回湖南？"高排长说。

"谢谢谢谢！我光眼瞎一个，你俩老乡都知道我的情况。我又抓出来六七年了，四哥抓出来死活无音信，我又不回去，三个小孩子还不知是个什么样子。"洪珠回答，擦一把脸上的汗珠，或是泪水。

高排长叹声气，说："理解。尤其那新婚蜜月里的老婆，肯定已跟别人睡觉去了……我们都这个年纪了啊！你还开过荤呢，你比我强。"说完，他苦笑。

洪珠笑不出来。他想四哥，当初安慰妹妹和侄女，说他出来也好找回四哥，可四哥的影子一直只在梦里。现在连自己也出来六七年了，还不知新花是否真也出门去找哥哥了？……他又想起了浪江河边那离别一吻……也想起那漂亮的朝鲜姑娘主动提出要嫁给自己……

两人来到了河边的树荫下，高排长说："歇歇，这鬼天，热死人。"

他放下枪和行包，下到河里浇水洗脸，又转脸喊洪珠："把东西带下来，洗个澡凉快一下吧！"

洪珠赶紧带行装下到河滩，藏好，取了毛巾，脱下外衣外裤，飞快下河。

河水清澈见底，看不出深浅，排长下到深处，随波浪卷走了……

洪珠先以为排长会游泳，他也随波浪下去，谁知排长并不是有意闷水，两只手在水中乱舞，头露不出水面……洪珠急了，可水是急流，他只好拼命猛追前面水里的人影。

他一个猛子扎进水底，把排长托出水面，好不容易才避开急流靠岸，这时他肩上的人呼吸几乎停止，全身沉重地压住他，让洪珠难以出水喘口气……拼命挣扎，洪珠一只手好不容易才抓住了岸边的柴草，把排长抱上河滩，让他喝足了水的肚子卧压在树根上，又赶紧嘴对嘴地帮助他呼吸……

洪珠紧张得手发抖……见排长自己能呼吸了，他慢慢扶排长坐直身子，压抑着喊："老乡，快醒醒，醒醒……"

"啊……"排长总算醒了，呆呆看着洪珠，有气无力地说，"谢谢，老乡，多亏你，没有你……"

"老乡还说谢？我不知道你不会游水呀！怪我先没问问你。"洪珠心里难过，见人醒来了又高兴，逗他，"嘿，我还应感谢你呢，让我亲了嘴……"

"却不该是男人的嘴!"

"还是死人的嘴。"

两人又苦笑了起来。

"你没……喊救人吧?没其他人知道吧?赶快去上游,把东西都拿过来。"排长喘气说。

他们穿好衣裤,戴好行装,朝整训的军营回走。

洪珠想扶扶他,他不让。

"今天这事,回去不可对任何人说,对仲关也不要说。"高排长转脸见洪珠点了头,又说,"没想到,你还这么会水性!"

"我们家里有条神农河,小时候我就在河里洗澡、扎猛子去崖石底下抓鱼呀。打日本那年,强渡怒江,罗仲关和另一个老乡都是我帮着他们游过去的呢……"洪珠得意地说。

"老乡,我劝你,还是不回家算了。有几套硬本事,总会混出个名堂的!"排长说。

"不。你不能改口,姜排长牺牲前还答应了我呢!再说,现在这仗,中国人打中国人,我下不得这手。"

"倒也是呀,有本事用在打一起抗日的伙伴身上,心里也确实有说不出的滋味……"排长也认同,但话锋一转,"这话也只能我们老乡说说,对外人都不能讲,现在部队正在整训,报了上去会杀头的呀!"

"杀!杀!杀!……"

演兵场上的喊杀声惊天动地……这时的"杀"声在洪珠的嘴里喊出来,就像吃了怪酸的东西酸透了牙根儿不是个味,心里堵得慌……朱德过安仁的队伍就打土豪、除恶霸,扶贫苦人当农会主席。可这声声喊杀不是在"杀"向帮助自己这种穷苦人的人身上吗?……

他想起下午是仲关站岗值班,去岗哨找到了他。他掀开身上起的红点点,悄悄说:"我皮肤病犯了,一身奇痒难忍,想去下面江里泡泡……"

仲关明白他心里最想"泡"的是什么,犹豫了一下,说:"这太阳大呀？"

"太阳没关系。我自有办法。"洪珠向他显出决意的眼神说，"你只跟那站岗的士兵打个招呼，三分钟就上来。"

不容分说，洪珠飞快脱下了外衣外裤，手捏毛巾，只穿条内短裤。仲关带洪珠过来，对岗哨说："他身上有皮肤病，让他下去河里泡一会儿，三分钟。"

洪珠飞腿下到河里，潜入水中，随急流飞速向下游漂去……他想好了：三分钟可以从这小河漂到下游的河湾，然后一个猛子过到大河对岸，钻入林子，往前不远就有火车站，他就扒火车回家。

三分钟过去了，泡水的士兵没上岸，站岗的报给班长，仲关不在，另一个值班的命令他："你马上去河边查看！"

"河边没人，人可能淹死，或是逃跑了？"士兵向岗哨大喊大叫。

仲关第一个冲下来了，命令道："你胡说，他会水，都不可能。不许乱叫！"

"会水就逃走了。快来人抓逃兵呀！有人逃跑了！"另一值班员惊叫起来。

洪珠在河下游已听到了岗哨里的惊叫声，他拼命向下划水，潜入水里……

"你看到人下河，后来有人上岸没有？"

"没有。整个这条河，没人上过岸。"

"抓逃兵呀！去下游抓逃兵呀！"

快到河湾处，岸上人发现了河水里的人影。

"水里有人，水底有人……"

"开枪，开枪！"

"不准开枪！他本身有病，肯定是被水淹漂下来的！"仲关制止，边说边冲下了河口，跳下了河……

接着陆续有几个士兵也跳下了水。

仲关心想洪珠已逃不出了，现在只有保命。他把洪珠从水里截住，托出

73

水面，故意大声说："还好，人还有口气，是泡在水里发病了，被冲下来的！"

"快，快救上岸，去救护站！"

洪珠看一眼仲关，闭目，任仲关带着他游上岸边，背在背上，向救护站跑去。

救护站报告：洪珠腹中并没有积水。

营部作出结论：洪珠并不是水里发病而溺水，是有意下河潜逃。应作为部队整训时期的反面教案，现场枪毙，严格军纪。

当天傍晚，全营操场大集合。洪珠被捆绑在操场一侧的木桩上，面对主席台，面对全场列队的官兵。

营长宣读团部公开枪毙罗洪珠的决定。

连长上台向全体官兵报告逃兵罗洪珠的基本情况和逃跑过程。

高排长上台报告了罗洪珠参加滇西远征抗日的情况，保山开战三枪、龙陵英勇救人、带头强渡怒江……

班长仲关上台，痛哭讲述罗洪珠几次战火中救他和怒江洪水里抢救战友的事迹……

仲关的话被强行打断，营长宣布："为严厉军纪，马上枪毙！"

这位英勇的抗日战士马上就要被枪毙，台下发出一片忍不住的抽泣声……

仲关第一个在主席台上向长官下跪，他痛哭着说："看在他英勇抗日的分上吧，请长官饶他不死，留他一命为党国效劳？再说他本身就有皮肤病，加上腿抽筋……"

扑通扑通，排长也在下面跪下了，全排战友都跪下了，全连官兵也陆续跪下一大片……

洪珠的泪水夺眶而出……

跪声把周围几只乌鸦也惊飞了……

长官看看决定，手发抖，命令：

"把台上这位下跪的也捆起来，把高排长捆起来，一同枪毙！"

扑通扑通扑通……全场更大一片下跪了。

洪珠撕心般痛哭，反复高喊："长官不可以！谢谢好战友，你们马上都站起来吧！救救排长班长，枪毙我一人就足够了啊！赶快向我开枪吧！"

全场没见几人站起来，仲关和高排长也被捆了起来，全场骚动，众人的声音惊天动地。

"要毙就毙吧！"仲关含泪说。

"不可以！营长开恩救命！我不是怕你枪毙我，可这样反而会乱了军心啊！"高排长大声喊叫，"罗洪珠本身就有病啊？"

"长官绝对不可以！请收回命令！"

"要枪毙就把我们都枪毙了吧！"

"日本鬼子打不死我们，这条命却要被咱中国人自己打死？反正已死了这么多战友，开枪吧！"

全场跪下的人反而增多了，呼声更大，台上的长官吓得脸色苍白。

仲关说："这夏天，水里腿抽筋，是常有的事，洪珠的身体就不得不随水下漂。正因为他会闷水，他肚子里才不会呛水。这完全可能啊！不能硬定他是当逃兵啊！"

很多跪下的战友也响应仲关的分析：

"有道理。凭腹中没水，不能硬定是逃兵！"

"有可能误判，请长官三思！"

"不能误判！"

…………

主席台上有长官离开去汇报了。操场一时死一般静候。

长官重新宣布：

"请为排长、班长松绑！全场起立！"

"接团部改判命令：枪毙罗洪珠命令撤销。罚他所在连官兵每人当场打他十大军棍！请连长马上组织执行！"

全场起立。洪珠长长出了一口气……

啪嗒、啪嗒！……操场上扁担打人声声回音，仲关和高排长把扁担都打在了洪珠背面的木桩上……

监视的连长，接过高排长手里的扁担，几扁担把高排长和仲关打得跪在地上……

洪珠仰天、咬牙、闭目，排队的人流伴着木扁担的声响陆续从身边走过……

17. 走向梦想

"洪珠哥，醒醒！哥醒醒啊你醒醒……"

仲关伏在洪珠身上边哭边喊，高排长也一边流泪一边按他的人中。

"你不是要回你的老家龙脊山吗？我们还有机会，还有机会回家呀，你的妹妹、侄子、侄女他们都在盼你回去啊！"

"你不还要回去，跟你三哥把临别相见不说话的事问个明白吗？你不还要去找你四哥吗？"

"哥啊，那两个小孩子还跪在承坪岭桥头等你啊！还有那个朝鲜姑娘，她还在等着，要嫁给你啊！醒醒，你快醒醒吧……"

"我们全排全连的战友都为你下跪，我和排长都宁可为你挨扁担……你不醒来，你对得住人吗？……"

仲关的哭诉，战友的泪水……洪珠终于苏醒了，两滴泪水豆滚出来……他有气无力地对仲关说："仲关，老弟帮我，我，给家里，写封信……"

见他醒了，旁边的战友都喜笑颜开，仲关高兴地擦了一把泪，排长赶紧拿水壶喂水……

仲关看到了水瓶上凹陷下去的伤疤，知道这是洪珠身上自己那把水壶，这是他渴望逃离战争回归龙脊山，第一次留下来的军棍印记……

今天是第二次，他的屁股、腰被打得红肿，只能伏身卧床。

在救护所的床上，洪珠向仲关口述：

三哥、新花、桃英和范伟亲人们：

你们都好吧？

我是洪珠。我还活着，没有死。四哥回家了吗？我还在寻找他啊！

我从抓来那天开始就总想回家，后来部队紧急调来了云南，遇上打日本鬼子后中间没想家了，只想打完鬼子才回家。打日本我总算活下来了，滇西战争打得惨，我们一个连只剩下三个，我还帮妹妹、侄女和侄子指名多打了三个鬼子，你们高兴吧！范伟也已十岁，等细叔回家再慢慢给你讲故事。

我命大，打不死，感觉人不该死终有救，几次都死里逃生，多亏了湖南老乡，尤其还有安仁老乡，人走天涯，老乡就是亲人，战友一起也是家。

算年龄，新花应该成家了吧？我随信汇去一点钱给你补家用。不要给我写回信，仗又打起来了，部队马上出发，没有固定居所。

祝全家平安！

（信是托同班战友安仁老乡关王人罗仲关匆匆记录的）

罗洪珠
一九四七年七月二十日于云南

仲关记录完毕，向洪珠念一遍，洪珠满意地点了头，竖直拇指夸仲关：

"你真是个才子，老当班长亏了你！"

"是你说得好，你才是才子，我基本是照你说的记录下来。你这口才就蛮不错，说话见文采，我这读了书的人也赶不上你啊！"仲关回答，放下钢笔，双手立拇指。

洪珠把信亲手折叠好，塞进信封里，要仲关在信封上写上收件地址、收件人：湖南省安仁县龙海乡官陂曾古谢家陂罗扬辉收。

洪珠可下床跛着走路了，他手叉腰，由仲关陪护，去了军营的临时邮递处，亲手把信塞进了邮筒。又要邮递员办理汇款手续，汇款地址和收款人的填写又叫仲关查验无误，他才从口袋里掏出几块银元，交给邮递员，收取汇票存根。

这封寄出的信件和银元，带去了洪珠回家的心愿。

不久，洪珠被选去担任新任营长的警卫员。几个月后营长很赏识洪珠的勤奋、憨实。他的私下活动都不回避他，晚上聚赌也请洪珠参加服务。

"哈哈哈，我又和了！"营长乐开怀，盼咐，"洪珠，倒茶，给大家倒茶！"

"洪珠守着我们熬夜也辛苦了！我赢了，也留点点辛苦费给你吧。"营长把几块银板向洪珠脚下一丢，其他赢家也学营长向洪珠脚下丢一两块……

内战打得越来越激烈，云南部队急急调向东部战区。

转移途中，解放军围追加剧。洪珠伴营长左右，身上带的银钱太沉重，从来没有带过这么多钱啊！这时他既兴奋，又苦恼，苦恼自己的钱影响了急行军速度，有时警卫员还跟不上营长，又不放心把这已到手的银钱交给营长的管家。经老乡战友指点，路过云南边界一县城歇下来时，洪珠去军部兑换成了金项链、金戒指，还兑换了一条八斤重的金腰带系在身上。洪珠真可谓腰缠万贯了啊！

可过云南边界时解放军追击更加猛烈，不说保护营长，跑不动自己性命也难保。他急中开悟：留得青山在，何愁没柴烧。爹在世时也老告诫他钱财如粪土，仁义重千斤。就让身上的金银财宝归土吧！

队伍被追击刚进入四川地界，夜里他朦胧发现旁边有棵大树，便说了句去树卜大便一下，飞快拔下枪上的刺刀，在树蔸旁挖了一个小坑，把身上的金腰带、项链和戒指等金银器具全取下埋进土坑，并摸索着抓树叶盖住，心想：今生有机会时就来找到这棵大树……

洪珠所在的国民党第五军第二〇〇师师长邱清泉被蒋介石提升为第五军军长。第五军一直是国民党装备最精良的部队，现在是被蒋介石调去东进参加徐蚌大会战（淮海战役）。

1948年11月6日，战役打响。

79

洪珠同仲关仍然在警卫班肩并肩战斗着。

一个阵地战接着一个阵地战，洪珠多次亲眼看到了三点红的解放军，他想：四哥或许就是去当解放军了，解放军就是朱毛在井冈山会师的红军，朱德的农军都从咱安仁上的井冈山，安仁又是在龙海塘街上打的第一枪，抓的就是地主恶霸，穷苦百姓都欢迎他们，这枪口能对准红军打吗？弟弟举枪要打哥哥了吗？不！把枪口抬高几分吧，抬高，再抬高，子弹都呼呼地从解放军的头顶飞过……

洪珠又亲眼看到了解放军阵地背后密密麻麻像蚂蚁搬家一般的队伍在蠕动，他知道那是推独轮车给解放军运送物资的老百姓。

"啊……"他兴奋！因为眼前一次次证实了自己心里所想的，解放军才是咱老百姓的队伍啊！

"老弟，你看！"洪珠向仲关指着远处的"蚂蚁行动"……

"是独轮车，都是独轮车……"

"是啊，独轮车，是独轮车……"

"难得一道人间风景啊！"仲关感叹。

"老弟，你说这仗还能打多久？"洪珠嘴里担心，心里却高兴地问。

"国民党已是兔子的尾巴，长不了了，大势所趋！"他们几乎是同时从心底发出来感叹。

一个月鏖战过去了。国民党参加徐蚌会战的邱清泉第二兵团、李弥第十三兵团共二十二个师死守徐州，被解放军华东野战军团团包围。

商丘，淮海战役支前总兵站，站台上、仓库里到处是各种各样的支前物资，车站已变成了一座座炮弹山、炸药山、粮食山、布匹山、服装山、军鞋山……

解放军围而不歼，日夜用高音喇叭发起政治攻势。国民党军只能依靠空投物资，官兵食物供应严重不足。政治攻心、饥饿攻身。解放军极富耐心，这样包围着，已持续一个多月了。

四周高音喇叭轮番播音："国军官兵们，理解你们多是迫于无奈而替蒋家王朝卖命，你们都是穷苦人的子弟，我们都是弟兄，我们不忍心伤害你们。解放军是劳苦大众的队伍，我们要推翻蒋家王朝，建立我们劳动人民自己当家作主的新中国……"

洪珠每天都听得开心，尤其"我们都是弟兄"他听得双目泪淋，似乎那就是四哥在喊话啊！四哥肯定去了解放军队伍，他要过去，掉转枪口，推翻蒋家王朝，建立咱劳动人民自己当家作主的新中国，穷人不再受压迫，不再受剥削……那年除夕在地主家，八仙桌上大鱼大肉都摆好了，他们入席时却一脚把洪珠踢出了门槛……一幕幕映现在眼前……这蒋家王朝不打倒，穷人怎么能翻身呢？这不时机已到吗？！两次当逃兵未脱虎口，哪怕逃出去了，不还是回去活受那些地主的剥削、压迫吗？去，去投诚，到解放军那边去！

"仲关，你听广播……"洪珠对仲关悄悄说，"找机会过去吧，你不说蒋介石已是兔子尾巴吗？这国民党我们早都已看清，跟他们卖命不值，现在更是死路一条了啊！"

"你说逃过去，谈何容易啊？怎么过得去？"仲关叹息，"我也想，却不敢！"

"反正过不去也是死，不是打死，就是饿死，还不如这样去死吧！我死也不死在这一边，死到那一边去也值呀！仲关老弟，我是铁了心，这回我是决计要过去！"

洪珠一把将仲关抱得紧紧的，哭着说："我们兄弟不分开，要死也一起去死吧？！"

仲关哭得更厉害，边哭边说："哥，这回绝对过不去呀，你没看到岗哨监管这么严吗？不冒险也许不会死呢，等长官决定，等部队都投降吧？……我们不死，兄弟不分开啊！"

傍晚，飞机空投物资来了，官兵一窝蜂冲上去，抢食品和物品……洪珠拼命抢到了一小包压缩饼干，仲关却被拥挤的人群推倒踩在了脚下，洪珠冲过去，拼命把人推开，拖出仲关，又帮他拍打身上的鞋印……

他分一半饼干给仲关，两人狼吞虎咽着……

正是新年元旦的前一天晚上，班长仲关站岗值深夜十一点至零点这一班。洪珠去找他,悄悄说:"今晚你值班,又没月光,我们兄弟俩一起过去投降吧?"

"你真要冒这险?"仲关知道洪珠的性格,想定要做的事九头牛也拉不回,他一边说手就不自觉发抖了,"哥,我可不敢呀!"

"那就让我先从你身边偷偷过去。我已观察好了出去的路,我若没事,你随后跟着我这条路,过去……"

夜黑风高,饥饿的营部,还能喊"饿"的人也无精力了,死一般寂静,解放军的高音喇叭也早停了,好让国民党官兵做个投诚起义的美梦……

深夜十一点过五分,洪珠悄然带走口袋能带走的东西,起床小便……

他打赤脚,不留丁点声响,悄然来到仲关的岗哨,两人相对无语,伸手拥抱,洪珠用力甩开了他……

仲关看着面前一个黑影迅速朝高音喇叭方向移动……

快靠近高音喇叭时,洪珠把口袋里准备好的一条白毛巾掏出、高举,挥舞着。

"举手,不许动!"

"我是投降的。"

"几个人?"

"我一个人。"

"快过来!"

解放军检查洪珠没带任何武器,赶紧带他去了连部,一落座二话不说,后勤兵马上送给他一双军鞋,又端来了一堆馒头和一大碗面条,不管三七二十一,洪珠只顾狼吞虎咽……

"你慢点吃吧,别噎着。反正都是给你的,吃不完的你装进口袋。"坐在面前的解放军连长,笑着对他说。

洪珠从惊恐、饥饿中慢慢回过神来,他一边吃馒头一边傻盯面前的解放军不放,那三点红让他目不转睛,尤其那红色五角星,他多少回梦见过啊,那不就是青龙寨山前屋后开得五角鲜艳红彤彤的朱老花[1]吗？！……洪珠两行热泪不由自主流出来……

"别哭，你过来了该庆幸才是。我们欢迎你投诚！"解放军安慰他。

洪珠啃了馒头又吃面条，只顾吃，只顾流泪，不说话。连长又吩咐后勤为他端来一堆馒头。

"吃不完的你都装好吧。"连长招呼一句，开始问他姓名和所在部队及情况，又问，"你一人是怎么逃过来的呢？"

"这零点班是我的老乡站岗，他是班长，他不敢来，悄悄放我过来了。"洪珠吃力地回答，因饿得过度，气力一时还没有恢复过来。

连长看手表，笑着说："太好了！这个班还有四十来分钟。交给你一项光荣的任务：你在老乡未换岗前马上回去，把老乡和要好的战友都带过来，好吗？"

洪珠不敢说话，只是摇头。他闪念回想自己两次当逃兵，这回是抱着赴死的念头才从虎口里好不容易逃出来，又要只身回到虎口里去，多大的风险啊……

"你宁可让你的老乡和好战友，都死在总攻的炮火中吗？"连长深情地说。

洪珠又想起了仲关和高排长为他挨打，众战友为保他一命扑通扑通下跪……

连长见洪珠抬眼看他了，恳切地说："没时间犹豫了，再拖延，你老乡换了岗就没有办法救他们了！"

"执行命令！长官，我马上过去！"洪珠含泪回答。

冬天的深夜，寒气逼人。洪珠把解放军送他的军鞋又脱了下来，后勤又送过来一包馒头。

"带过去，给你老乡和战友们吃。快去快回，能带过来的都带过来！"连长命令，又伸手拍拍洪珠身上的泥土。

---

[1] 杜鹃花的俗称。

洪珠提着馒头，蹑手蹑脚，又飞一般跨越过来。

"谁？"仲关远远就看到是洪珠的影子。

"仲关，是我。"洪珠高兴，他还没换岗。

两个战友又紧紧拥抱。

"你狗胆包天，不要命了？怎么又回来？"仲关流泪和喘息声洪珠都分明听得到。他先把一个馒头塞到仲关嘴里……仲关边流泪边吃，洪珠一边给仲关说起他返回来的目的……

"快！趁换岗时间前行动，我马上去找排长。你随后见机行事！"洪珠再向仲关口袋里塞进几个馒头，提着馒头包进了连部。

高排长醒来，被洪珠拉到僻静处，他一边狼吞虎咽，一边听洪珠说话……

高排长立即命令全排偷偷集合，跟随洪珠越过警戒线。

解放军连部，连长同洪珠和高排长迅速碰头，洪珠再次陪高排长返回。

"不许动！"营部里营长正在酣睡，高排长和洪珠举枪活捉了营长。

"还想活，就马上下命令，召集各连长开会！"高排长说。

连长都从睡梦中过来，都眼馋洪珠手里举着的白馒头……

全营官兵都带过来了。

天亮了，已在解放军营部的国民党张营长接到电话命令："请张营长八点准时带部队进王家庄。"

九点急电："我是马团长！张营长，你怎么搞的，敢抗军令？不要命了？现在九点，还没见你营一点动静？老子枪毙了你！"

站一旁的解放军指挥员也听到了张营长手里传话筒气急败坏的声音，他握住送话器，命令张营长说一句，又松手让张营长对着话筒传一句：

"马团长，我马上派人过去向你报告！这边情况紧急，我不方便电话报告。"

"再见！"

马团长俘获。

全团俘获。

洪珠和投诚队伍都被送到淮海战场后方，先招待官兵们吃饱，再安排他们看解放军文工团演戏，接受教育。

洪珠和仲关、高排长等都被解放军部队视为起义有功人员作了特殊招待。

三位老乡仍然安排在一块，他们都在解放军工兵团第三师休息，并分头接受解放军对他们的谈心和问话。

"你就是罗洪珠。这次你带动了队伍起义，你有功！"

"我应该做的。"

"你什么职务？"

"普通战士，步枪手。"

"家在哪里？说具体地址。"

"湖南省安仁县承坪乡樊古保浪江青龙寨。"

"家里还有什么人？"

"家里有一个哥哥，一个妹妹，一个侄女，一个侄子。我还有个哥哥被国民党抓去当兵了，至今十来年不知是死了还是活着，不知是还在国军里还是当了解放军。"

"当兵的哥哥叫什么名字？"

"叫罗洪然。我们兄弟他排老四，我叫他四哥。长官，您帮我在解放军队伍里也打听一下吧？"

"好的，我已记下他的名字，叫罗洪然。一旦发现有这个名字的同志，我会通知你同他联系。请你记住，解放军都是人民子弟兵，是革命的队伍，没有官兵之分，没有长官，都叫同志，对当干部的都叫指挥员，以后不再叫长官。对了，你多大年龄了？"

"我生庚辛酉，1921年农历十月二十四日出生，我比四哥洪然小两岁。"

"你在国军几年了？"

"快七年了。1941年被抓来的。"

"参加过抗日吗？"

"参加过，在云南参加过滇西远征……"

"啊！你还是抗日英雄。1921辛酉年生，今年1949年，己丑年你二十八虚年，老兵了。"问话的解放军掰着指头算，不由自主地向洪珠伸出了拇指，又说，"按照解放军对投诚起义人员的政策，愿回家的可以发给路费，愿留下的可以参加中国人民解放军。"见洪珠想说话，解放军笑着制止，"不急，不要你马上回答，要想好，三天后才回答。"

18. 举起右手

起义队伍休整，好吃好招待。在此期间，洪珠看到了解放军官兵一致、相敬如宾的亲密战友关系。

"罗洪珠，两天不见，吃得好睡得好吗？"找他谈话的解放军连长走过来，关切地问，主动向他伸过手来，紧握着。

"敬礼！"洪珠激动，另一手连忙行军礼。连长也举手向他回礼。

洪珠看连长也向他敬礼，心里震惊，陡然一股暖流涌遍全身……这是有生以来还从没有受到过的礼遇啊！他头一次感受到做人的体面和温馨。

"报告排长，连洪珠都不想回家了啊……"仲关向高排长说这话时两眼饱含热泪，因洪珠两次当逃兵的情景一幕幕向他扑来……

第二天，洪珠和仲关、高排长一起，都兴高采烈去报名处报了名，他们都参加了中国人民解放军。

洪珠脱下了国军服，换上一身崭新的解放军军装，对着镜子摸了又摸头上那颗五角星，还有衣领上两面鲜艳的红领章，他把白衬衣领整理出雪亮的线条，挂上风纪扣……

"敬礼！"他给自己也悄悄敬了个标准的军礼。

一位帅小伙，配上三点红，瘦脸庞上根根眉毛都充满了精神。

洪珠和仲关、高排长都被分到了工兵七团警卫连。

队伍操练整训结束，各连队整队向战士发书。

洪珠从连长手里庄重接来一本《识字课本》。伸手接书那一刻，他心潮澎湃啊……少年时为翻翻富家孩子一本书，他宁可让人当马骑，烂衣裤被人拍打得屁股都露了出来，还遭铁火钳毒打……

洪珠抚摸一下书封，热泪止不住地流在了封面上，"连长，敬礼！"他激动不已，急转身，朝已走过身发书的连长追补一个标准军礼。

洪珠赶紧从文具店买来专用包书的黑色干胶厚纸，精心把课本的封面粘贴包好。

他端庄坐进教室，认真听教导员讲汉语拼音，看图识字：

"玻、坡、摸……"

夜晚，他带着书入睡。

"哥，你才最像个读书的。"仲关这样夸奖他。

"仲关，你是我第一个老师，在云南你教我写了自己的名字。"洪珠心里吃了蜜糖一样地甜，无限感激地对仲关说，又把"羅洪珠"三个字歪歪斜斜写在书扉上，送给仲关看。

"如今解放军部队办战友扫盲班，这就好了啊！"仲关感叹说。

"仲关，我终于也能上学读书了啊！"洪珠伸手紧紧拥抱着仲关，也紧抱着书，他激动，他流泪，他像回到少年那般天真，大喊大叫着：

"我也上学了！读书了！……"

"哒哒嘀哒，嘀哒，哒哒……"悠扬婉转的解放军军号在军营上空回响，林中刚出巢的鸟叫也是那么动听、和谐，与军号声汇合成天籁一般的醒世交响曲。

起床军号吹响时，洪珠已悄悄对着镜子在正衣冠了，双手在耳弦上端军帽，让头上的红五星端端正正；扣上风纪扣，整理军衣领里边的白衬衣衣领，前后左右捏一捏，一定得让白衣领环绕脖子成一条白亮的线条；再抚摸衣领上让白亮线条映衬出的两面尤为鲜艳的红领章，还有左胸口袋上的"中国人民解放军"方正发亮的军牌……

营地出完早操，仲关跑到洪珠跟前，喜形于色相告："哥有喜事了，指导员要找你谈话，你马上去一下！"

见指导员和连长都在等，洪珠心里一股暖流涌上心头，话未开口，喜上

88

眉梢。

连长说:"洪珠,据班排长和战士们所反映的情况,我们也看在眼里,你从旧军队回到人民军队以来,精神饱满,训练有素,尤其文化学习非常勤奋,进步快,还有多名战友称赞你乐于助人,加上你在淮海战役中带动战友投诚起义有功,高排长提名要提拔你。"

"连长说得好。高排长对你军事方面尤其赏识,他想让你担任班长。可指导员却说你政治觉悟比军事更过硬,要培养你加入中国共产党……"

指导员后面说的话,洪珠似乎就没去用心听了,他听到了自己可以加入中国共产党了,热血就呼地冲到头顶——共产党是一个为穷人求翻身、为劳苦大众求解放的组织,他做梦都想加入啊!却又不敢说出口,连对最亲近的老乡罗仲关也不好意思说,因为在他心目中,共产党人是特殊材料制成的,自己想都不敢想啊!

洪珠又想起自己为了能翻看一本书给人做马骑……自己躲兵住窑洞租种七亩田,带着妹妹和侄子侄女度日,为借一撮盐巴差点掉进大水塘……在国民党部队又两次当逃兵,是怕死当逃兵,还是想逃出那个混同于妖魔一般的世界呢?……他一时对自己的过去说不清白,自己心里矛盾着。他只明白中国共产党是一个圣洁的组织,普普通通的人进不了那个神圣的殿堂。

"我能够加入中国共产党吗?我做梦都想啊!可我不想做官,什么提拔我都不想要,就只想要这个提拔:当一个党员……"说话间,洪珠饱含着热泪,泪光中快快闪现过早失去了父母的几位叔侄们一连串的辛酸镜头,面前却有一个他心仪的党组织想接收他,他就像马上要回到家中了……这就是他想要的,有众多父老和兄弟姊妹们呵护和帮助自己的那个他想要的"家"啊!

组织上早已了解洪珠的家庭情况和他的经历,从他说话的泪光中更分明看到了他对党组织的热切渴望。为考虑平衡,连长和指导员也就先选择了培养洪珠加入党组织。

高排长也同时被定为入党培养对象。

经过组织上一段时间的培养和考验,洪珠站在了连队党支部新党员入党宣誓台上。

面对一面镰刀斧头的鲜艳党旗，洪珠举起了右手——

他注视党徽，明白自己是来自其中那轮弯弯月牙镰刀钩的一部分：那弯弯钩不像龙脊山的炎坦吗？它既像一条红石卧龙，又像一把镰刀啊！难忘自己曾在这"镰刀"背上也举起过右手，那是夺过来民团的枪，砰的一枪……却因孤身一人，自己反遭民团捆绑和一顿毒打……

更难忘一次大年除夕，已饥肠辘辘、馋涎欲滴，为地主家安排好丰盛的年饭了，这时地主却要把自己赶出门，几筒米一个小包就算了了自己三个月的劳动，一气之下自己也举起了右手……然而，得到的又是地主家狗腿子们的一顿拳打脚踢，除夕的鞭炮声中自己只好一路哭回了自己没有家的那个"家"中……

今天，随解放军二野部队在山东的海滨城市，他又举起了右手——这可是在中国人民解放军这个神圣的队伍中高举起的右手啊！……

洪珠把拳头攥得紧紧的，紧紧的，热泪流淌着，流淌着……

指导员领诵誓言的环绕声，新党员宣誓发出的雷鸣声，冲出洞口，汇入东海回潮咆哮的声音……

在党旗下举起右手的这一夜，洪珠彻夜难眠。他拿起笔，把刚学会的几个文字，给妹妹和侄女侄子们写成了几句话，第二早出操前又找高排长补上不会写的一些字。信立即从军营寄去了龙脊山——

"……细哥加入中国共产党了啊！"

19. 解放西南

天安门升起五星红旗，毛主席宣告中华人民共和国成立的神圣时刻，洪珠正同战友们紧握钢枪在守卫着新中国的疆土。

哨所迎来新中国第一缕阳光……

经过三大战役、渡江战役，国民党军不断被歼灭，主力丧失殆尽，残存的部队纷纷溃退到华南、西南和台湾等地。蒋介石在美国的支持下，以白崇禧、胡宗南两集团为骨干，进行最后的挣扎。他以为西南地区的地理和政治条件可利用：秦岭、大巴山和武陵山山脉，像一道天然的围屏，隔断了川黔与内地的联系；盘根错节的封建势力和遍地林立的军阀土匪，是他反动统治的基础；地处边陲，便于取得帝国主义的直接援助。于是，蒋介石企图在大西南负隅顽抗。

早在当年5月23日，毛泽东在向全国进军的部署中就明确指出：胡宗南全军正向四川撤退，并有向昆明撤退消息。蒋介石、何应钦及桂系正在做建都重庆割据西南的梦。而欲消灭胡军及川康诸敌，非从川南进军断其退路不可。9月11日，又进一步指示第二野战军的作战行动：第二野战军第四兵团归第四野战军指挥，担任大迂回任务，由赣南就势于10月出广东，尔后再由广西兜击云南，彻底截断敌军逃窜国外的退路。第二野战军主力，待广州解放和国民党政府迁至重庆后，在第四野战军发起广西作战的同时，以大迂回的动作，取道湘西、鄂西，挺进叙府（即宜宾）、泸州、重庆一线，直出贵州，切断胡宗南集团及川境诸敌退往云南的道路及其与白崇禧的联系，与一野第十八兵团等部积极呼应，遏制胡宗南集团于秦岭地区。待二野将川敌退往康滇的道路切断后，即迅速占领川北及成都地区，尔后协同二野聚歼胡宗南集团，并迅速扩占全川，展开决战。

1949年11月1日，进军大西南作战发起。刘伯承、邓小平指挥北路军直出彭水、黔江地区，右路军会战彭水以东地区，南路军实行大迂回，直入贵州，夺取贵阳、遵义，进击宜宾、纳溪、泸州，断敌胡宗南集团及川境诸敌逃往云南的退路。

国民党在慌乱中急忙调整部署，黔境之敌拟西撤毕节、贞丰一线，阻挡解放军西进，东援部拟会合在彭水、黔江地区，依托乌江，进行顽抗。

此时，坐镇重庆的蒋介石察觉解放军由鄂西进川黔迂回重庆、成都的企图，急令胡宗南集团由秦岭、大巴山南撤入川。令国民党第二十和十五兵团在南川及其以东地区布防，以迟滞解放军前进，掩护胡宗南集团南撤。基于此，毛泽东、刘伯承令解放军第五兵团主力和第十军迅速经黔西北向泸州、宜宾前进，令第三兵团和第四十七军等部立即强渡乌江，进至南川地区，围歼国民党第十五、第二十兵团。

第二野战军南路加速迂回行动，在占领贵州后，休息不到三天，跋涉贵州大山险峰，连日冒雨挺进。北路渡江追击，并加强地方思想工作，坚决执行民族政策，利用地方旧乡保人员支持，充分发动群众拆门板、扎竹筏，抄近道，保证渡江顺利，有的队伍日夜兼程上百公里。

"哥，这是乌江。有首长说，红军长征强渡乌江也是从这里过江的。"仲关与洪珠一边结竹排一边聊，"那次红军强渡乌江，对岸有国民党军堵截红军……"

"哈，这次我们倒过来了，我们强渡是为抄近道加快进军速度，堵截敌人！"

"对！我们的任务就是要截住国民党军残部向滇西逃窜。哥上了夜校，到底就不一样，还蛮像个知识分子呢！"

"哈哈，哪里，我这是从指导员和高排长那儿知道的，以后还要多向我班长老弟好好学习，也做百事通。"

"哥是党员了，老弟只能向你学习呢！"

军号吹响，竹排下水，部队从湍急的乌江渡江上岸……

1949年11月28日，国民党第二十、第十五兵团三万余人被包围。

29日，蒋介石集团逃往成都。

30日，人民解放军占领重庆。

人民解放军在进行军事打击的同时，还积极开展对敌政治攻势，向国民党西南军政人员提出四项忠告，号召他们停止抵抗，立功赎罪，并明确规定政策，对起义和投诚的武装，一律暂不编散，不收缴武器，指定地点集中安置。

被包围的国民党第七、第十五、第二十兵团宣布起义。

突然面对这么多起义设诚人员，指导员们为难了。先做集会宣传后，只好临时立一道"光荣参加人民解放军"的拱门，起义、投诚、被俘人员自己选择从光荣门里进去入编、换装，不进这门从门外走过的每人发两块光洋回家……

"欢迎你们入伍！快去那边换上解放军军装！"高排长和仲关等人站在门里面，拍手欢迎。

"拿稳当，平安回家见爹娘。"站在门外发光洋的洪珠又想起了自己在国民党军队里当逃兵的日子，军棍的响声……

国民党军西南投诚部队的人，就这么从速、简便由自己选择，各自走向了解放自由的道路。

1949年年关，解放军第二野战军第五兵团七军一四六团接受了新的任务，与边纵六支队配合作战，追歼逃往云南的国民党中央军残余，一直追到云南曲靖沾益县的西平镇。

西平古镇是沾益县城所在地，县城处在一片开阔地中，独有一座松林山矗立其间，叫玉林山。国民党残部就盘踞在这山上。

反复攻山的胶着战打得如火如荼。

"洪珠，危险！"伴着高排长一声喊，冲过来的敌人正朝洪珠他们夺回的阵地举枪射击。

嘟嘟嘟……敌机枪手从侧面射过来的子弹飞向洪珠他们的一刹那，高排长高喊"洪珠卧倒"……说时迟,那时快,一位排长扑在了一位副班长的身上,他举枪击倒了机枪手,但自己也被飞过来的子弹击中了胸膛……

洪珠把高排长搂在怀里痛哭、高喊:"高排长!高——排——长——醒醒,醒醒呀!……我们说好了,打完仗,你带我去邵阳老家,我带你去龙脊山,你有娘,我们要去看老娘啊!……"

高排长胸口涌出来的血,染红了洪珠的军衣,喷上了洪珠的脸庞……洪珠脑海里浮现出了从河里救高排长上岸时,做人工呼吸的情景……但这一次,一切都来不及了。

高排长为保护全班战士,自己英勇牺牲了。战士们怒火中烧,血债要用血还……

"冲啊——为高排长报仇!为高排长报仇!……"

嘟嘟嘟……松炮树林子里的胶着战,打得昏天黑地。

1950年元旦,六支队和沾益广大民兵,终于与解放军在玉林山胜利会师,沾益县城获得解放。

此战毙敌四十余人,俘敌一千余人,缴获长短枪一千三百余支,子弹五万余发,炮三十门,炮弹数万发。

二野五兵团七军四十九师政治部为会师祝捷大会写了一副对联高高挂在松林里:

  冀鲁豫发展成长,上升主力,过黄河,战淮海,渡长江,克京沪,进军西南三千里,堪称得革命军队;

  滇东北从无到有,由小到大,克罗平,打雨碌,陷会泽,攻松林,血战宣威分水岭,不愧为人民武装。

横批是:胜利会师。

洪珠抬眼看对联,虽已上了解放军夜校,还是认不出这副对子,两眼泪光里,只看到了字里行间有高排长胸膛在淌血……

云南部分地区和平解放之后,部队响应毛主席"一面进军,一面修路"

的指示，队伍挺进西藏，一边剿匪一边修建青藏公路，促进西藏和平解放。

洪珠在西藏耳闻目睹了农奴遭受的残酷压迫，感觉自己住两年窑洞、十多岁还没有一件出门的衣服、在地主家打工除夕还被赶出家门……这些苦和农奴相比就不算苦了。

有句藏族民谚：农奴身上三把刀，差多、租重、利息高；农奴面前三条路，逃荒、为奴和乞讨。农奴成年累月辛勤劳动，温饱无保障，只好靠借高利贷糊口，最后形成永远还不清的"子孙债"和以借贷人和担保人全部破产而告终的"连保债"，而如此走向绝路或终身成为农奴主的"牲口"。

旧西藏通行了几百年的《十三法典》和《十六法典》，把人分为三等九级。除地方政府设法庭、监狱外，领主还可在自己庄园私设监狱，刑法野蛮残酷：挖眼、抽筋、割舌、剁肢、投崖等，惨无人道……

洪珠听不下去、看不下去……

土匪一般几十人、上百人结队下山寨抢劫，他们不是解放军的对手。一般发现匪巢，解放军就可动用枪炮将其连窝端掉。但也有遇到危险的时候。一次战斗短兵相接，洪珠和仲关身上都没有刀，土匪有马有刀，洪珠见势不妙，拉仲关拼命跨过山涧，险些落崖……

1950年1月，中央政府正式通知地方当局"派出代表到北京谈判西藏和平解放"。当时控制西藏地方政府的摄政达扎·阿旺松绕等在外国势力的支持下，往西藏东部昌都一线调集藏军主力，布兵设防，企图以武力对抗中央。1950年10月，解放军二野接中央命令，洪珠随大部队渡过金沙江，解放了昌都。

昌都解放后，解放军协助地方政府落实废除农奴制度。洪珠和战友们所到处都受到深情欢迎，农奴分地、分农具、分牲口……洪珠就像自己在龙脊山分得这些东西一样，整日心里乐开了花……

他越来越觉得共产党是为老百姓做主的。

"解放军仗没白打，战友们血没白流……"洪珠与战友们都发出感叹。

洪珠离家征战十年，头一回看到老百姓分享翻身解放的成果，看到翻身农奴当家做主，他心里有说不出的幸福和自豪，"毛主席"和"金珠玛米"

都是他们的救星，自己也受到了藏民感谢恩人的尊贵待遇。

　　青稞酒、酥油茶捧给亲人喝，分得的风干肉，第一刀要送给洪珠和战友们……

20. 修建天路

大西南解放了。蒋家王朝在大陆的最后一块盘踞地宣告解放。

1950年初，洪珠随部队将工作重点转为修建青藏公路。

这是一条世界上最难修的"天路"，平均海拔在四千米以上，全线需要翻越昆仑山、唐古拉山等十一座大山，山上有永冻层，还有翻浆地带，气候恶劣，雪裹冰，风如刀，加上缺氧带来的高原反应……

自从松赞干布与文成公主通婚以来，藏汉儿女就渴望这里能开出一条"马路"，结束肩挑背扛上高原的历史，但始终无法实现。冈底斯山的羊八井石峡，九曲十折，全长十五公里，宽仅二三十米，中间夹着一条深深的山漳，流水奔腾，整个石峡酷似一把巨大的石锁，把拉萨的西北大门紧紧锁住。多少世纪以来，来往于黑河、拉萨之间的商人、旅行者和朝拜者，只能望"锁"兴叹。

之前都是民工筑路，因民工不能爆破，"锁"无法打开。毛主席指示解放大西南的工兵团入藏修路，洪珠和战友们就每天战斗在黑河通往拉萨的阻塞之"锁"上。

可想当年文成公主第一次进藏，面对这险恶的山漳挤压得黑河水愤怒咆哮的样子，她会发出怎样的惊叹……

因为路段必须穿悬崖中部而过，负责凿炮眼的战士都得从悬崖顶上用绳索系在腰上吊在半空，选准立足点才好扶钎打锤，解放军"当当"的铁锤声正为黑河水自远古来谱就的咆啸曲加上了铿锵的节奏……解放军在为天路开"锁"的工程上创造了一口气连击上千锤的人间记录。

洪珠和仲关正开凿一个爆眼。

"哥,你胆子真大!"

"怕什么?我小时候在青龙寨习惯了。"

"没你带头跳下来,大家还真不敢动,我看峡谷底下的水,腿就发麻!"说着,仲关一边扶钎,忍不住又往下瞅一眼。

"嗨,扶稳!不要往下看!你不看,想着在平地!嗨……"

洪珠炮筒一般地发音,又习惯一锤一声地"嗨"……"嗨"也一锤锤嗨进了铁钎,"嗨"也一声声嗨入了黑河山漳,给峡谷咆哮曲又添了一个冲破恐慌的音符……

时不时,伴着"嗨",他嘴里还吐出一点唾沫在抡锤的手心上,铁锤手柄握得更牢,砸下去更稳、更有力。

"哥,青龙寨那些红石崖你都攀过?"

"攀过!连禾机冲的炎坦我都攀过!"

洪珠就又回想起,那次从炎坦上跳下河救四哥,又带四哥从炎坦攀上崖……他的"嗨"就又夹带着一丝丝叹息声……叹自己带四哥从崖里攀上来,却把四哥送入了"老虎口"……自己已从军十多年了,从国民党军找到了人民解放军,还没找到四哥的影子……

悬崖上连环爆眼都开凿好了。

塞炸药,放雷管,接出引硝线……

眼看炸药要点火了,没有连到崖顶的引线,下面需要有一个人留下来点火,点燃后继续依靠攀绳一跳一爬迅速攀上崖顶,攀崖动作不快就很危险,说不定人会同炸飞的崖石一起落下谷底……

连长、排长请大家合议,大家都本能地俯瞰一眼谷底,倒吸一口凉气。

"我留下吧,我不怕!"洪珠想了想,坚定地说。

"不,我是班长。"仲关说,"还是我留下吧。"

"你留下?"洪珠笑着说,"这时不比官大,比官大也轮不到你仲关。"他又严肃地说,"这时要看本领。点燃后要能尽快离开危险区,攀上去,否则……"

他转向排长说:"排长,攀崖,我腿脚最利索。再说嘛,仲关家有爹娘,我都没了……"

在场的指战员们都很感动,仲关眼睛也红了……片刻,只听见黑河山漳的抒怀……

"好!这任务就交给副班长罗洪珠完成!我们相信他会出色完成,尽快归队!其他战士现全部马上攀崖撤回!"排长下了命令。

洪珠抬眼看战友都上到崖顶和指定安全位置了。

"罗洪珠——战友都上来了——你也开始准备上攀——并做好点火准备!"排长命令。

"哥——先试一下腰上的绳子……"仲关在喊。

"别打扰他,让他镇定!"排长制止。

"排长、仲关,你们都放心吧!"洪珠抬头向悬崖顶喊一句。

他拉了拉腰上的绳子,仰目选了几个攀崖的立足点……然后不慌不忙,从口袋里掏出来一盒火柴,嚓地划燃,又嗤地点燃了硝引……

洪珠朝预先选点——上攀,有条不紊……

崖上的战友都为洪珠捏出了一把汗……

"哥,快,加油……"

"洪珠,快,加油!……"

"罗洪珠,加油!争取每一秒钟……"

山漳的咆啸曲这时都统一填的是"洪珠加油"的词。

轰隆——

轰隆隆——

炸药连环爆炸起来了,有石子飞上了崖顶,峡谷底里的咆啸曲又填上一声声崖石下落千丈的"飞石调"……

终于,黑河谷底的"礼炮"也把洪珠送上了平安的崖巅。

但是,人民解放军为开通这条汉藏"天路",结束汉藏交流自古肩挑背扛的历史,付出了血的代价……罗仲关后来也把生命献给了"天路"。

21. 见总司令

洪珠算幸存者。他每次掩埋战友的遗体后，一天茶水不思，几日饮食无味……尤其与他一起被国民党抓壮丁，从关进安仁关王监狱朝夕相处，又从国民党军一起来到人民解放军队伍里的仲关，乡亲同姓胜弟兄，一路战火生死相依，却因修建天路，连他遗体也没法找回来见上一眼啊……

洪珠又算幸运者。排里连里级级上报，他修建青藏公路立下了二等功。

1951年初，中央军委在重庆召开解放大西南庆功大会。洪珠心情既沉重又兴奋，戴着功勋章光荣出席了这次盛会，也幸福地见到了朱总司令、刘伯承司令员和邓小平政委……

中午，大厅里设西餐国宴，盛情款待参加会议的立功代表。

代表们坐满了摆上圆席的餐厅，大家对面前摆上的刀刀叉叉餐具都面面相觑，不知所措。这时，餐厅里走进来一班人，工作人员领这班人上了餐厅的正堂席。

"朱总司令来了！朱总司令好！！"

"欢迎总司令！"

"哗啦哗啦……"

全餐厅的指战员都霍地站了起来，喊声、掌声、欢呼声，声声雷动，全场沸腾……

朱德总司令身穿军大衣，红光满面，和蔼可亲地笑出雪白宽大的门牙，站着向大家频频招手，又不停地打招呼：

"大家好！同志们辛苦了！……"

"总司令好！总司令辛苦了！"

坐得远的战士有的还跑过来了，被工作人员劝阻。有在后面看不到的还急得跳了起来……

洪珠坐在总司令餐桌附近，正对着总司令。他激动得说不出话，呆呆站着只知道摇手，定睛看着总司令——平常只看到朱总司令的照片常同毛主席照片贴在正墙上，今天可看到了那心里崇敬已久的照片上的真人了啊……

洪珠是一个普通战士，平日连长都难得见上，今天却见到了总司令啊！还有刘伯承司令、邓小平政委……洪珠激动得说不出话来，可见心里那幸福感，温暖感，无法表达，整个人都呆住了。

所有战士都和洪珠一样，呆呆看着朱总司令。

总司令看大家都没动桌上的东西，站起身，笑态可掬，那声音就像阵地上发出来的榴弹炮，他说："大家都吃呀！都辛苦了！摆上餐桌的都是用来招待大家的，不是用来看的。吃！"说着，他还拿起桌上的刀刀叉叉比划着，笑说着，"吃吧，就这样，拿出我们在战场上对付敌人的勇气，干掉它！"

大家这才坐下来，幸福地陆陆续续地拿刀叉吃起来……

洪珠还是没吃，一不会用刀叉，二不愿意向总司令移开视线……

总司令手指着洪珠，笑着问："你怎么老看着，不吃？你是哪里人？"

洪珠大胆地从席上站起来，行标准军礼：

"报告总司令！我是湖南人。"

"是湖南哪里的？"总司令又问。

"湖南安仁县人。"洪珠回军礼。

"安仁人！"总司令喜从心里油然而生，"安仁我熟，你快坐下，吃饭！当年，我就是在你们安仁决定上井冈山同毛主席会师的啊……"

听总司令这么一说，周围的人又都把羡慕的目光移向了洪珠……

洪珠心里好自豪、好骄傲啊！……

洪珠抚摸军功章，泪水夺眶而出……流过嘴唇，他咽进肚肠……又流上胸口的军功章，他借泪水反复擦拭，军功章闪着亮光，这亮光是战友的眼

101

神,战友双双眼睛正盯着他,闪耀着期待的汩汩波光……

同村廉武的期盼……

高排长躺在怀里的凝视……

仲关还在咆哮的黑河、怒江、雅鲁藏布江……

眼前又闪回自己的经历:

在国民党军两次当逃兵,军棍的凶光……

自己被下令枪毙,全班、全排、全连战友下跪着,"救救洪珠"的呼声……

妹妹、侄女送兵送到乐江桥头,跪盼细哥(细叔)回家的童声,激起山洪汹涌,涟涟泪光……

淮海战场起义后,自己面对一面斧头镰刀的红旗,高举右手、饱含泪水……

新中国和人民政府才刚刚成立,美帝国主义向我东北邻国挑起战争,已招集来十多个国家的兵力,面对我新生的中华人民共和国虎视眈眈……

一批伤员被送回国紧急救治,也带回了前线惨烈的战斗消息。听说伤员中有一位老兵叫廖昌文,子弹从他的心脏和肺中间穿过,情况危急……

洪珠自忖:"军功章你已佩戴满胸膛了,首长也说按年龄、军龄你早可以退伍复员回老家了,可你和廖昌文相比,还年轻许多呢!你举起右手宣誓入党又是为什么呢?只为那妹妹、侄女桥头的哭声,为回老家团聚吗?以美国为首的'联合国军'把战火烧到了鸭绿江,威胁我新生共和国,你可以安心回家团聚吗?再说战友们多战死沙场,他们又能回家团聚吗?再说妹妹、侄女已先后成家,自己没爹没娘的急于回家干什么……打!继续打!!打完了敌人才回家吧!你去继续打!把仗打完才回家!!"

洪珠毅然走进了解放军参加志愿军报名的队列——

"敬礼!罗洪珠报到!今年三十周岁!湖南省安仁县人!现正在工兵团服役!我申请,保家卫国!抗美援朝!"

1951年3月19日,洪珠脱下解放军军装换上了用新棉花特制的志愿军服装，佩戴"中国人民志愿军"的胸章，高唱"雄赳赳，气昂昂"的战歌，随全国第二批征集的入朝部队，开向鸭绿江……

到凤凰城时，师里选了些老兵留下，在这里接到从四川来的110名新兵，组建新兵师紧急军训，训练之后带到朝鲜支援战斗。

带新兵步行两天才到达丹东。当时，火车、汽车都忙着运送军用物资。新兵师借过鸭绿江之机军训，每人配发鞋子、雨布、干粮、湿粮加行装、枪弹等，背六七十斤重的东西行军。快到鸭绿江大桥时部队才停下休息。白天目标太大，很容易引来敌机猛烈轰炸，等到天黑，队伍跨过了鸭绿江。

22. 鸟铳梦游

　　从朝鲜的新义州到达师部驻地，还有七八天路程，洪珠一面教新兵们重新扎好防空帽，一面做新兵的思想工作，队伍躲避敌机轰炸到达宿营地，配合首长完成交接新兵的任务。

　　过了鸭绿江，一路看到了朝鲜老百姓多数人流离失所、无家可归。洪珠心里非常难过，他不禁想起了日本鬼子在滇西留下的残酷暴行，当时他看到遭罪的妇女个个都像妹妹和侄女，小孩都像范伟侄儿……他就有个念头，决不能再让敌人把战火烧到祖国的大地上，他宁可死在朝鲜，也不能让敌人打到我们的国土上去，要让祖国亲人过上安宁的生活。他想：能让已有家的兄妹、侄女们安居乐业，能让乡亲们不再遭受战乱流离的苦和罪，自己就当好一个老兵吧。

　　第二批志愿军共九个军跨过鸭绿江，洪珠分在第十五军一三五团二营九连。志愿军宿营地有的在野外也有的在民房。洪珠这个侦通连安排在民房，同朝鲜老百姓住在一起。

　　洪珠早没了父母，他把住户的阿妈妮看成了自己的娘。志愿军和老百姓都亲如一家。

　　志愿军刚入朝，除了怀着对敌人糟蹋百姓的憎恨，对异国百姓的劳作生活也有一种新鲜感，还要学习简单的朝鲜语方便对话。队伍休整时，洪珠又瞅着阿妈妮的那张脸，她的相貌和言行举止总觉得很像一个人。

　　"副班长走神了？"住一起的战士也看出来了，"三十而立的人了，都可理解，可以理解……"

"你说什么?"说话间,洪珠举手要揍战友,一边说一边追赶着,"这是咱娘的年龄了,你竟敢这么乱说,不怕雷公老子打你?"

"朝鲜女子长得漂亮嘛……"

"缺德的,你还敢说,还敢说……朝鲜女子漂亮也不能笑阿妈妮呀!老子脱鞋打歪你的臭嘴巴……"

嘻哈打闹一阵之后,见阿妈妮转回家了。大家都不再笑,规矩坐着不说话。

静了一会之后,洪珠忍不住对战友说了,把过去自己在滇西远征抗日时,于战火中救出了一位日本军官的"慰安妇",一位已明显怀有身孕的朝鲜姑娘的事讲给了战友。

"这阿妈妮,就很像那位朝鲜姑娘。"洪珠说。

"她后来呢?"战友问。

"救出她之后,她竟当着那么多战友的面,提出要嫁给我,要嫁给中国好人……"洪珠一边说,一边红着脸笑。

"啊,难怪!"战友对着洪珠立起拇指说,"中国好人,应该嫁,应该,我是女人也应该嫁给你。再后来呢?"

"那是战场,还有后来吗?我和战友把她强行推向了送俘虏的车……"

"后来呢?"

"后来她盯着我们这群'中国好人',哭着走了……"

"还是看上了你呢!咱罗副班长还是长得挺帅的!"

"哈哈哈哈……"

"我们挺帅有用吗?"洪珠自笑又自言自语,"战士的帅要帅在战场上啊!"

谈笑之后,洪珠突然发现住房放梯子的土墙阴暗一角,挂着一个东西,一闪念他想起了父亲挂在门角落里的鸟铳……

走近一看,还真是一把鸟铳,一把擦得锃亮的鸟铳,取下来,大吃一惊:还真像父亲的那把鸟铳……只是上面磨去了父亲留上的记号。

天下说大可大,说小可小。这不是做梦吧?从军十年,走南闯北,想找

105

到四哥却没见到四哥的影子，在异国他乡却见到了父亲的鸟铳，这真是父亲的那把鸟铳吗？

洪珠赶紧找来了阿妈妮。对阿妈妮手指鸟铳，要阿妈妮家正在学汉语的孙子传达自己的问话："侄子，你来帮我问奶奶。"

洪珠把住户的孙子唤侄儿，他们已玩得叔侄一般亲热了，这"侄子"也成了这位朝鲜初中学生的名儿，孩子也知道了这"中国叔叔"家里正有一位让他常常思念的"侄子"。洪珠又爱抚着孩子的头，自言自语："我范伟也有这么高了呢！"

"阿妈妮，这鸟铳谁用过？"洪珠问孩子，也问阿妈妮。

这个问题，侄子也知道："是我姑姑用过的。"

"姑姑去哪了？怎么一直不见她。"

"姑姑早去你们中国了。回来了，又走了。"

"这鸟铳从中国来？是中国鸟铳！"洪珠心里惊喜，自问自答，"还是中国安仁青龙寨的鸟铳吧？"

洪珠又看一眼侄子，与阿妈妮说话，朝语他听不懂，但可见阿妈妮在一一点头认同，这鸟铳应是一杆中国鸟铳！

可中国鸟铳怎么来的？这"姑姑"是不是洪珠救出来的那位朝鲜女子？那她肚子里的孩子呢？……洪珠脑海里的问号，翻来覆去像炒着一盘豆芽菜，让他无法入睡……

嘟嘟嘟——夜半紧急集合哨吹响，营部有紧急任务！

23. 继光老弟

1952年10月19日星夜，二营接到命令，急奔前沿阵地接防。

"各连队都有！目标五圣山上甘岭右翼！序列跟上，跑步前进！"营长下令。

脚步声，大地蓦然像下起了暴雨。

急速行进间，洪珠发现路边有个战友抱头喘气蹲着，他边跑边伸出手拉他过来——

"怎么？跑不动了？"洪珠拉他，边跑边问，"呦，是你呀，继光，你的副指导员呢？"

"啊，是罗哥！"星光下黄继光认出了洪珠，笑着说，"我困得不行，只好请假方便。罗副班长，谢谢你啊！"

"叫罗哥就叫罗哥，还叫什么罗副班长？这副班长，世上最小的官，好听吗？"洪珠嗔怪，也边跑边笑，"你落到我们连来了，等着副指导员训你！"

"谢谢罗哥，拉上我……"

"别说谢，我们是一条藤上的两个苦瓜嘛！"

…………

对话停止了，静听大地上一阵阵暴雨声……

黄继光，比洪珠小十岁。这位四川伢子，同洪珠一样的苦难少年，他十岁死了父亲，从小给地主家做长工打短工，受尽了剥削压迫。他与老兵洪珠在过鸭绿江前军训时就熟了，现在又在一个营的兄弟连，又都做的通讯员工作。洪珠早就是解放军营部通讯员，继光这位刚入伍的新兵，通讯工作不懂的就找"罗哥"，老兵洪珠待他像小弟弟，文化上认字洪珠又可找继光，继光上过学，比洪珠多认得几个字。这一对"苦瓜"一有空见面就聊家常，诉说小时候各自在地主家的苦。抗美援朝四川招志愿兵时，黄继光因个子不够高先被拒收，他却找招兵的营长死缠硬磨：

"我要当兵，我要去朝鲜打敌人，我个子虽不高，可我蹦得高……营长，我们来比试，你比不过，就招了我？……"

营长也就破格招了继光当志愿兵。新兵刚过鸭绿江，训练不足就都匆匆派上了岗。六连副指导员见他人矮小却很机灵，就选他做了通讯员。洪珠就自然做了他的业务指导。当通讯员干后勤，不能在前线打鬼子，继光见同他一起入伍的新兵讲各自每次上火线打死了多少多少个敌人，他羡慕，他心急，同副指导员说，方便时也找罗哥说：

"搞后勤不过瘾，我真想上火线，打敌人！罗哥，你打过不少敌人吧？"

"我肯定打过，已数不清了呀！只记得我三枪，就打死了三个日本鬼子，打死的都还是机枪手呢！"洪珠一边跑一边拉着他，很得意地回答。

"呀！罗哥！真厉害！但这美国鬼子，你总没打过吧？"

"我有机会，你也有机会。既来当志愿军，肯定要打敌人。你放心！"

"老跟在首长身后，没意思。我真想要换工作。"

"嘿，你个新兵蛋子，通讯员没干几天就腻了？"

"当兵，不杀鬼子？手痒呀！"继光又用劲捏捏洪珠拉他的手说，"罗哥，你的手，三枪崩了三个日本鬼子，哪这么好的枪法？"

"从小跟着父亲，玩鸟铳呗，没事就背鸟铳练瞄准……"洪珠说着，想起了在青龙寨跟爹打猎，脑海里又浮现出阿妈妮家那把鸟铳……他兴奋，津津乐道，"天上飞的麻雀，也打过，熟能生巧，并不奇怪。"

"罗哥，我在家当儿童团长时，组织大伙抓住了逃跑的地主，还搜出了地主老财藏在家里的手枪，搜到当即就上交了，可惜没打过手枪呢。呃，你方便时再教我，教我打盘子机枪？"

"这不在紧急接防吗？不性急，有的是机会。"

"当通讯员，哪有机会？"

"这不有了吗？首长把通讯连都调上了阵地，有你杀敌人的机会了！你个小志大，勇敢帅气，又认得不少字，我向你多学习！"

"哈，哥背上这报话机才帅气呢！"

"嘿！战士真帅，要帅在战场上！"

"是呀！哥，帅在战场上才真帅！"

"你比我帅，有文化！"

"多亏共产党和毛主席，多亏解放军，我这穷人的孩子，才上了学。"

"打完仗，你这年龄，还要继续上学。"

"我喜欢读书。可听说，美国鬼子想用战火烧新中国，我坐不住，我们穷人，刚解放，要保卫新中国！"

"是啊！誓死保卫毛主席带领我们打下的人民江山，保卫新中国！打完仗，多读书，多多读书，将来努力建设新中国！"

…………

上甘岭战事吃紧，军长命令把全部通讯战士都用上了，恶战在前，每个战士身上背着武器、干粮和水，带几十斤跑步，新兵锻炼少，都气喘吁吁，黄继光个子矮小，体力难支，洪珠牵他，自己也觉累了。

"呃，你还是个小伙子。让点东西给我背吧？"洪珠看他一眼，喘气地说。

"不！你身上还多个东西。"继光又说，"呃，你个了也不高，当兵怎么也要了你呢？"

"哈，我是国民党抓兵抓来的，还顾你个子高矮？再说，我也没你矮吧？"

"嘿，可我蹦得高，招兵的营长也没我蹦得高！"

"也是。我们老家有句古话：打架不论高矮，只要矮子来得快。"

"你湖南老家，叫什么地方？"

"安仁，龙海，青龙寨。"

"还龙海呀？有青龙还有红龙、白龙吗？"

"龙海嘛，都有。还有红龙和白龙打仗的故事呢！红龙打赢了，地盘就占住了，我们老家，如今到处是红龙的化石！"

"哈，红龙化石，像龙吗？"

"像龙，活像龙，各种各样，各种形态，数不清，千条万条，才叫龙海呗！"

"真的？都是红色的龙？"

"红色的。后来海枯了，龙都化成了红石，都成了红石盘龙山呀！"

"你那老家，肯定好看，神奇。"

"当然！还有将军岭、共和石、蛇咀上、炎坦……"

"等咱打败了美国鬼子，我们回国了，我一定……一定去你老家看看。看你吹牛不！"

"嘿，吹什么牛呢！那时都复员，回老家，我一定带你去我家乡，到处看，让你看个饱！对了，我也去你老家，看白龙。你四川，什么地方？"

"中江县，石马乡。但没听说有白龙。"

"四川，不是有好多雪山吗？"

"噢……"

"白龙，在我们龙海战败后，就都被贬去了西北方向，成了雪山呀……"

"哈哈哈……"两人都大笑，喘气地笑。

"哈，罗哥，讲神话呀？"

"嘿，不来点神话提提神，你年轻人不老想困觉吗？"

24. 英勇牺牲

　　1952年10月14日，"联合国军"开始向江原道金化郡上甘岭右翼的597.9高地发起疯狂进攻。上甘岭是志愿军中线的大门，也是扎进"联合国军"心窝的一把钢刀。在不到四平方公里的高地上，"联合国军"动用两个师的兵力，在飞机、坦克、大炮的配合下，连续发动了进攻。志愿军与以美军为首的"联合国军"展开了激烈的争夺战。

　　二营的紧急接防任务是19日当晚天亮前从敌人手里夺回已丢失的597.9高地，为整个反击战的胜利奠定基础。

　　敌人设在0号阵地的集团火力点，压制得志愿军反击部队很难前进。营参谋长命令第六连组织爆破组炸掉敌人火力点。

　　黄继光所在的第六连已发起了五次冲锋，但仍未能摧毁敌人火力点。眼看一个又一个战友倒在敌人的火力点前，而且黎明也即将到来……

　　时间就是生命。关键时刻，站在营参谋长身旁的黄继光脑海里闪过——倒在阵地的战友……他咬牙切齿，挺身而出，毅然决然从口袋里掏出了自己早写好的决心书，按在参谋长手里："参谋长，把任务交给我吧，只要我有一口气，保证完成任务！"

　　参谋长见黄继光在决心书上写道："坚决完成上级交给的一切任务，争取立功当英雄，争取入党！"

　　参谋长沉思片刻，面对黄继光坚定地说："黄继光，这次任务就交给你。我任命你为第六连第六班代理班长，一定要完成任务！"

　　"是！"黄继光果断接受任务，立即提上手雷，带领两名战士向敌军的

111

火力点爬去。

他们在照明弹的弹光下巧妙地找掩蔽体前进，当离敌军火力点只有三四十米时，一名战士牺牲，另一名战士负重伤。黄继光的左臂也被打穿，血流如注。面对敌人的猛烈扫射，他毫无畏惧，强忍伤痛，不断向敌人火力点前进。在距敌军火力点八九米的时候，他举右手将手雷接连投向敌军，但敌火力点太大，只炸毁了半边，当部队趁势发起冲击时，残存地堡内的机枪又突然疯狂扫射，志愿军反击部队的战友又一次倒在机枪下……冲锋受阻。

黄继光也再次负伤倒下。眼看天就快亮了，黄继光身边已无弹药，身体又多处受伤，他看一眼敌机枪口的高度，顽强爬向火力点，冲着敌军狂喷火舌的枪口，用一只好手支起前身，用尚存的一条腿猛地一蹬，让身子高高弹跳起来，挺起胸膛，张开双臂，胸膛朝机枪口扑了过去……

霎时，敌地堡机枪口被黄继光宽阔厚实的胸膛堵住，机枪火舌灭了，疯狂的声音哑了。

"冲啊！为黄继光战友报仇！"

六连战友最先喊出了这句口号，四连、九连……二营全营战友冲上去了！

洪珠也听到了"为黄继光战友报仇"的呐喊声——他咬紧牙关端起盘子机枪冲上去了，咆哮着扫射守敌……

"为黄继光战友报仇！继光老弟，我来了！罗哥来了！为你报仇啊！"

嘟嘟嘟……这时，子弹是最最解恨的声音。

英勇的二营战士很快全歼了占据上甘岭0号阵地的两个营的守敌。

天亮了，全军大反击开始了。志愿军取得中线大门上的一次决定性胜利！

战斗结束，洪珠飞腿来到被攻陷的敌军阵地，寻找继光老弟遗体……战火烤焦了牺牲战士的遗体，洪珠的喉咙也嘶哑了，他哭诉着：

"继光老弟！你本还不能死！你还，还想要读书！你还要去我家看红龙啊！我要带你去湖南看红龙……"

洪珠在0号阵地的地堡处，发现黄继光敦实的身躯仍然压在敌人的射击孔上，他的手还牢牢地抓着周围的麻袋……

洪珠和战友们心如刀绞，又肃然起敬，心底震颤……面对战友遗体，不由自主摘帽敬礼——他们看到黄继光的腿已被打断,身上有七处重伤,身后爬过来一道长长的血印,一条腿已落在了十米以外。牺牲后的黄继光全身伤口都没有流血,地堡前也没有流血——血都在他爬行的路上流光了!

　　洪珠可以想象,在最后时刻,继光老弟是以何等坚强的毅力完成了使命!这并不是刚才紧急接防时累得跑步还在犯困的小老弟。正是凭他跑步牵过的那只手掌的功夫,拖着重伤的身躯,爬到敌人的地堡前,又凭他要来当志愿军同营长比试跳高的那拼死一跃,才让一只好手一条伤腿的残躯裹藏着还能跳动的心脏堵住,堵住……

　　洪珠和战友都心灵震撼……——察看黄继光身上的七处重伤,抚摸战友堵住枪口的那个胸膛,收捡断腿……

　　"继光老弟!你本还不能死啊!你还年轻,你说还要读书……你还说了要入党啊!"洪珠止不住哭出嘶哑的声音……

25. 坑道战斗

夺回了阵地，巩固和守住阵地任务同样艰巨。

敌人不甘心失败，纠集更多的兵力来反扑。飞机、大炮不断向我阵地狂轰滥炸。山头就像正在海面行驶的一艘船，摇晃不定，阵地表面无法站人。洪珠和战友迅速将伤员转移进坑道内。有的已牺牲的战友甚至来不及抢回遗体，敌人的炮火就上来了。残忍的美军为了不给我军缓冲的机会，他们连自己的伤员也不抢救，一阵炮火就把一切炸得不见踪影。

每次炮火和敌机狂轰滥炸之后，又是一次次大规模的地面进攻。我军为了保存有生力量，采用阵地运动战：敌人火力密集时，大家进坑道隐蔽，阵地上留下几个观察哨；一旦敌人发起地面进攻，战友们立即运动到阵地上，迅速反击。

洪珠接连长向营长报告阵地情况："敌人的炮火狠猛，炮火狠猛，地面已炸得站不稳脚，站不稳脚……"

"连队马上撤入坑道，先守住坑道，晚上再战！"这是营长通过步话机转达团首长的命令，排长命令洪珠向首长回报，回报有时只能选择高坡，信号才好，"报告首长，战士都不肯放弃阵地，不肯放弃阵地，大家不想进坑道……"

轰隆隆——一枚炮弹正落在洪珠身旁，战友飞身扑过来把洪珠连人带报话机推下了土坑，可土坑又被炸塌一堵泥墙，洪珠被掩埋在泥土里，只报话机天线露在外面，好在这些崖石和泥土外表两三尺一层早震成粉末状，泥土里报话机首长还在问话："请回话，请回话，这是命令！进坑道正是为了守住阵地！快回答，请执行命令！战士都进坑道了没有……"

"进坑道了，进坑道了，没来得及进的，也进了土堆……"洪珠从土堆里钻出来抓紧报话，"首长命令全部撤入坑道！报告首长，连排长正在做工作，战士们确实都进坑道了，请首长放心！"

"坑道战斗，是与敌人展开封锁与反封锁、破坏与反破坏、围攻与反围攻的战斗。你们既为拖住敌人，又为保存自己，更为有效地消灭敌人……"洪珠适时背报话机冲出坑道接收信号，又把指导员的话传给守坑道的指战员们。

敌人已发现志愿军进入了坑道作战。最初敌人看志愿军坑道里的人少，用大量人力和火力冲击坑道口。先用炮弹轰一阵，然后几十人一起冲击。但美军致命的弱点就是胆小怕死，一冲到坑道口就畏缩不前了，坑道里的战士用一挺机枪或两支冲锋枪就把敌人打退，每打退一次进攻，坑道口前就留下二三十具敌人的尸体成了坑道掩蔽体。

冲击坑道口失败，敌人又改变方式，用土埋的办法。敌人向坑道口推土，后又边推土边用机枪封锁坑道口。敌人外面推土，战友们就在里面挖土掘进。

洪珠是挖田土长大的。他嫌战友挖土不利索，取下刺刀，抢了战友挖土的位置疯狂挖起来……敌人推土的速度赶不上他挖土的速度。

"洪珠挖土厉害！有功！"连长称赞。后来，连长还因此为他报了三等功。

推土埋不住，敌人又施毒招。往坑道口推炸药，想把洞口炸塌，把志愿军震死在洞里。每一包炸药都有二三十公斤。开始志愿军没有更好的办法应对，有一个排的战士就这样被敌人炸了坑道口，全部牺牲在坑道里面。

洪珠是从工程兵过来的，又有修青藏公路爆破的经验，他想：这样被敌人闷死，还不如冒死一搏，继光老弟可明明白白用生命换取了胜利，自己何不在炸药未炸时行动？炸药包从被推下来到爆炸需要一段时间，这段时间可以把炸药包抱起来甩出去，或可剪断导火索。于是，洪珠向排长建议，带头抱炸药包丢出坑道，试验成功，然后组织全班行动，又向全连推广。连里为此又为他报功。

敌人又施一计：扔油气桶，放火烧，扔毒气弹……

指战员又研究打坑道运动战。坑道上方布满了敌人碉堡，最近的只有十几米远。洪珠和战友掌握敌人出入侵袭坑道的时间规律，钻空隙行动。敌来我躲，敌走我击。尤其夜间出坑道，有时可炸毁敌人六七个碉堡。尽管山头到处积了上膝盖深的浮土，脚踩进去有时会踩到腐烂的尸体，看到脚上有蛆才恶心恐怖，但再恐怖也得出坑道，要把敌人送来的炸药包"还"给他们……

洪珠又想出了个声东击西的办法：把炸断的电话线拴上罐头盒和小油桶，脱下坑道口敌人的衣服穿上，跑出坑道口在不同位置挂上罐头盒，北风中吸引敌人到处乱放枪，或有意弄出些声响，把敌人注意力吸引过去，让敌人使劲开枪打东头的罐头盒，不料敌人西头的碉堡轰隆一声被炸翻了。洪珠这一招，连里又给他报了功。

全连在坑道里已坚守了十天，战友幸存无几。

报话机传来营长命令："今天晚上零点前，全连撤出坑道！你们牵制敌人的任务完成。马上报告连长！"

"……"洪珠和战友都因几天送不上水来，喉咙都已干哑说不出话，战友之间只好用手势交流。

"九连九连，请回答！请回答！"首长急得在反复喊话。

洪珠拿着话筒说不出，只能发出"咳、咳"的单音节声音，对方无法听懂。

洪珠急得只好用手掌打自己的嘴巴……

战友们也基本说不出话，只好对洪珠摇手：不要打了，打嘴巴也没用。

有战友上前拉住了洪珠打自己嘴巴的手。

"快回话！快回话！这是什么声音？这是什么声音？"首长在电话那边干着急，"你们零点不离开坑道，大反攻的炮火就会把你们全部……"

最后总算还有个战友，嘴巴还可以发出微弱的声音来：

"报告首长，那是通讯员，大家嘴巴多已干渴得发不出声了，是他在自已打自己嘴巴的声音啊……"说这话的战士一边说一边抽泣了。

首长那边也哽咽了，心痛地说："别打了！别打了！……你们今晚零点前全部撤离坑道！你们已守住了阵地，牵制了敌人，胜利完成了任务！活下来的，都给我一个个活着回来！"

26. 护灵归国

上甘岭战役胜利后，志愿军中线战场越打越勇，仗越打越漂亮，战局明显向有利于中朝方面发展。洪珠明白战斗打得愈痛快愈明朗，志愿军离开朝鲜的日子就愈近了。

洪珠来朝鲜两年了，他有点想回国了。可每想回国，心底里就总像有个什么在牵挂着：继光和战友们都葬在了朝鲜，其中还有毛主席的儿子毛岸英同志，有的战友还在朝鲜失踪了，加上阿妈妮家楼梯角挂着的那杆鸟铳，那朝鲜姑娘一回来就可以说出鸟铳的来历，有了来历或许就可以找到什么线索，家里只有流落在外的四哥，鸟铳是否与四哥有关？可四哥被抓走那天他跟在身边，并没有带出父亲的鸟铳……

洪珠又独自取下那杆鸟铳，抚摸、细瞧，除了父亲留在枪托上"罗树斌"的名字记号被磨得溜光不见了，别的到处都像自家的那把鸟铳。那次跟父亲带鸟铳在将军岭上狩猎，枪托在红石上碰掉了一点木屑，那个疤痕正是……凭感觉，这鸟铳不是朝鲜的，是中国的，这鸟铳不是别人的，正是自己父亲的！

想带鸟铳回国还次要，重要的是他想要通过鸟铳找到四哥，四哥也来朝鲜当志愿军了吗？四哥与那朝鲜姑娘是什么关系？四哥也像那些在炮火中失踪了的战友吗？……

仗要快打完了，思亲人，想回国，却没想到回国的喜讯来得这么快。

"洪珠，你想回国吗？"指导员突然过来问。

"想呀！"洪珠回答，心里却矛盾，可高兴还是占据了"高地"，打望指导员，追问，"都要回国了？！"

"还不能都回国。但准备让你回国一趟，执行一个光荣任务。"指导员笑着说，"根据上级指示，黄继光的遗体要运送回国。你与黄继光是好战友，我们连安排你参加护送。愿意吗？"

"当然愿意！我一定参加！"洪珠高兴得一把搂住指导员的腰，满口"谢谢"。

原来上级指示：牺牲的战斗英雄、团以上干部、立过一等功的营级干部都要运送回祖国安葬。

接到这项任务，洪珠心中五味杂陈，一夜辗转反侧，难以入眠。

第二天，他同护送队的其他连战友都赶到了军政治部报到。负责这项工作的闫干事给大家作了分工。全体人员共分成两组，闫干事负责一组，带四辆汽车去找黄继光、孙占元等烈士的遗体；由二十九师张干事负责一组，带一辆汽车去找邱少云烈士的遗体。两组分头行动，然后在预定地点会合。

1953年2月21日，这正是黄继光在朝鲜牺牲和安葬四个月的日子，洪珠亲自参加了继光战友遗体收容和安葬，他做向导，领闫干事他们带汽车去了墓地。这时还没停战，敌人的飞机随时可能袭来……

墓地的杂草已一人深，木牌都被野草严严实实遮住了，洪珠也只记得个大概位置，十多个战友夜里打手电寻找，好不容易才一排排、一行行从烈士墓园中找到了"二营六连黄继光烈士"的牌子。

第二天凌晨五点多，两个组的车队在预约的地点会合了。车队又经过五个多小时的奔波，终于又跨过了鸭绿江，回到了已阔别两年的祖国。踏上祖国的热土，战友们都泪如泉涌，感慨得说不出话来。

洪珠感觉像回到丁老家龙脊山青龙寨那样地踏实，他双脚在地上着意蹬一蹬，似乎蹬起这地面上的灰尘，也有股青龙寨瓦屋顶上冒出袅袅炊烟散发出来的烟火味……

他心里默念着："首长、战友，我的祖国，我的乡亲，我们回家了，我们回家了！"

有的战友控制不住内心的激动，放开喉咙喊了，洪珠只好也喊出了炮筒的声音：

"祖国，我的爹娘啊！您的儿子又回到您的怀抱了！"

"继光老弟，我们都回家了！你的妈妈，邓妈妈要来看你了啊！……"

下午四点多，五辆运送烈士遗体的汽车停在了安东市七道沟十五军留守处的操场上。操场两边早聚满了人群，男女老少，还有学生队伍，大家手舞红旗和鲜花，热烈欢呼：

"热烈欢迎最最可爱的志愿军指战员护送英烈回国！"

"祖国欢迎你们！热烈欢迎黄继光、邱少云、孙占元、刘光义等烈士回家！"

"抗美援朝，保家卫国！"

"志愿军辛苦了！向志愿军学习，向志愿军致敬！向英雄烈士鞠躬！你们洒热血保卫家乡、保卫世界和平，你们是最最可爱的人！"

"伟大的中国人民志愿军万岁！"

"伟大的中华人民共和国万岁！"

"伟大的中朝友谊万岁！"

"伟大的中国共产党万岁！"

"伟大的领袖毛主席万岁！"

洪珠和战友们都陪护烈士遗体，站在汽车两旁，含泪深情挥动手臂，挥舞军帽……

"祖国万岁！人民万岁！……"战士们也回应着呼喊口号。

口号声，欢呼声，响彻操场上空……

待欢迎的队伍离去，留守处的同志早已准备好了二十九口红漆大棺木，陆续在操场上分三排摆好。

第一排头一口是特等功、特级战斗英雄黄继光，第二口是特等功、一级战斗英雄邱少云，第三口是特等功、一级战斗英雄孙占元，第四口是特等功刘光义烈士。

烈士的遗体——安详入殓。

经过简洁的出发送行仪式，第一排的四口红漆棺木送往沈阳志愿军烈士陵园安葬。其他二十五位烈士遗体都在东安志愿军烈士陵园安葬。

洪珠和几位战友护送黄继光烈士的棺木去了沈阳志愿军烈士陵园，并参加了安葬黄继光烈士仪式。

参加完护送黄继光、邱少云、孙占元、刘光义烈士遗体的战友，都接通知，安排进北京参观和休整一个星期。

一天上午，宾馆早餐后，闫干事组织这几十个战友在大厅里整队集合，大家只知道今天要去天安门广场参观。

突然，两辆小轿车先后停在宾馆门外，周恩来总理和朱德总司令都身穿大衣从门口向大厅走了进来——

一阵幸福的暖流涌遍全身。大家都惊呆了，只顾鼓掌，一阵阵掌声，一行行热泪……

"志愿军战友们好！我们代表祖国欢迎你们！"

"总理、总司令好！"

"大家辛苦了！"

"首长辛苦！"

"你们都是同黄继光、邱少云等烈士英勇战斗过的亲密战友，我代表军委慰问大家，通过你们向全体志愿军战友们问好！希望大家继续英勇杀敌，早日取得抗美援朝战争的最后胜利！"

随着战友们一声声"好"的应答，大厅里响起一阵阵掌声，一阵阵雷鸣般的掌声……

总理和总司令，先后走向队列，同战士　　握手。

当总司令走向洪珠时，洪珠赶紧说："总司令好，我就是参加重庆庆功大会的那位湖南井冈山脚下的安仁战士。"

"嘿，好一个安仁勇士，你又去了朝鲜战场！"

"安仁勇士"……后来，这个声音洪珠认了，并一直都烙在了他的脑海里，要做个"勇士"！

27. 胜利归来

志愿军护灵队在京休整一周后返回朝鲜，回到原部队。

洪珠和战友分别被安排到各部队讲护送英灵回国的见闻和感受……

在大操场的课堂上，志愿军指战员们对洪珠的报告报以一阵又一阵掌声，洪珠人生头一回上台给众人讲话呀，这向着自己鼓来的掌声比紧急接防跑步和上甘岭发出的弹雨声悦耳上万倍，他新鲜，他遐想，他心里却又像打翻了五味瓶：

"这掌声不该是向着我的吧，是黄继光的啊！是毛岸英他们的啊！是千千万万英勇牺牲的战友们的啊！周总理、朱总司令接见、慰问我们的幸福和荣光也不能让我站在这讲台上独占了！上甘岭你先修路、后上战场，战友们多数都牺牲了，你为什么还活着？你活着，就是来找大家要掌声来的吗？你在这里兴高采烈，战友们都躺在那里，有的成了五圣山上的粉末，是坐是卧、是倒是顺、是踩是压、是哭是笑，他们享受得到这掌声吗？……

"这掌声有点像当年从西南国民党军操场上传过来的……那却是官兵们用膝盖发出来的，上千个膝盖跪地，求饶不要枪毙、让洪珠活下来……可同你滇西远征的战友、上甘岭上的战友有许多没活下来啊！让你今天还来到朝鲜活着，活着能听到掌声，听到为你喝彩的掌声……

"你是不是贪生怕死，专门在躲敌人的子弹而活着呀？战友死了那么多，让你活着听掌声、听膝盖声？听得下去吗？……"

惨烈的战斗场面浮现在脑海，洪珠的泪水再也挡不住了，涌出来了——

1952年10月25日是抗美援朝两周年的日子，上甘岭战役正处胶着状，这日的前一天,十五军军长秦基伟下令把军部警卫通讯连也全部派上了前沿阵地。在十五军和十二军的配合下,上甘岭战役当日大捷。这一天,后来也被定为抗美援朝胜利纪念日。

上甘岭战役,在一个不到四平方公里的阵地上,"联合国军"先后投入6万人的兵力,大炮300余门,坦克170多辆,出动飞机3000多架次,倾泄了190万发炮弹和5000枚航弹,最多的一天达30万发。战斗激烈程度前所未有,特别是炮兵火力密集,已超过第二次世界大战最高程度。我方阵地山头被削低两米,持续鏖战43天,敌我反复争夺阵地59次,我军击退敌人900多次冲锋。10月25日我军取得上甘岭这场中线大门上的决战大捷时,山上草木已荡然无存,岩石构成的山头已被打成半米多的粉末堆。在这样常人难以想象的火海弹雨中,志愿军先后只有两个连的兵力轮番接防,坚守了阵地。这场战争涌现出了以黄继光等为代表的用文字也难以完全描写出来的神话般的战斗英雄,创造了人类战争史上的奇迹!

1952年10月30日,志愿军下达了朝鲜战场中线决定性反击命令。

1953年7月27日,以美国为首的"联合国军"被迫签订《朝鲜停战协定》,历时两年零九个月的抗美援朝战争宣告胜利结束。

这次战争,美联社公布的"联合国军"伤亡人数147万余人,中国人民志愿军伤亡人数共80多万人。美国在这次战争中消耗战费400亿美元,中国消耗战费62.5亿元(相当于当时的25亿美元)。

"联合国军"损失坦克3064辆、飞机12224架、各种炮7695门、舰艇257艘。志愿军共损失坦克9辆、飞机231架、各种炮4371门。志愿军击毁击损敌方坦克2006辆、飞机10629架、各种炮538门,并缴获坦克245辆、飞机11架、各种炮4037门。

洪珠获悉抗美援朝战争胜利后一些不完全的统计数字,他心里第一是兴奋,第二是欣慰,第三是庆幸。兴奋:称霸世界的美帝国主义所组建的"联合国军"终于被他们打败。欣慰:永远离去的继光老弟,被中国人民志愿军追记特等功,并授予"特级英雄"称号,还被所在部队党委追授为中国共产党正式党员;朝鲜民主主义人民共和国还授予他"朝鲜民主主义人民共和国英雄"和金星奖章及一级国旗勋章。庆幸：自己还活着，并在朝鲜战场没有"挂花"（负伤），还立下三等功四次，获得四枚朝鲜银质奖章。

欢天喜地的日子里，洪珠反复端详、抚摸奖章和他不认识的朝文奖状。作为一个普通战士，还有他更多并不明白和知晓的：这场战争的胜利，维护了亚洲和世界和平，巩固了中国新生的人民政权，打破了美国不可战胜的神话，顶住了帝国主义侵略扩张的势头，让中国的国际威望空前提高，极大地增强了中国人民的民族自信心和自豪感，为国内经济建设和社会发展赢得了相对稳定的和平坏境……

"哗啦啦……"掌声一阵又一阵，潮水一般……

"热烈欢呼！衷心感谢！朝中友谊万岁！……"朝鲜学生和老百姓都手舞鲜花和红旗，那是新中国的五星红旗……万众夹道欢送志愿军回国。

洪珠和战友住户的那位"侄子"认出了他们，孩子挤出了队列，冲过来抱着已出发的洪珠痛哭着："罗叔叔，你也要走？你们不能走啊！不能走！不要走！……"

十三四岁的孩子了，他最懂得为什么志愿军叔叔不能走，他抱了洪珠的腰……

孩子仰面看到罗叔叔也在哭，滚热的泪水滴落到自己的脸蛋上……

洪珠和战友出了队列，放下行装，擦尽泪水，露出微笑，以广场上的英雄塔做背景，让摄影师"咔嚓"了一张，留下了他们永远的瞬间。

入队列后，孩子又跟着洪珠跑，阿妈妮一眼看到了，提来满篮子的熟鸡蛋，使劲往洪珠和战友们的口袋里塞……

"阿妈妮！"洪珠一把搂住老人干瘦的身子，深情地大声喊叫，"您要多保重啊！……看好家里那杆鸟铳吧，您女儿回家了，就给我写信，我已留下了我老家的地址啊！……"

"毛主席万岁！毛主席万岁！！……"洪珠在队列里含泪振臂高呼，阿妈妮和学生孩子们也跟着深情高呼……战士们在朝鲜国土上呼出这句口号，心理上还代表着、深情纪念留在了朝鲜土地上的毛岸英烈士。毛主席把儿子送到朝鲜，献出了宝贵生命，主席却并没把自己儿子的遗体运送回国，让岸英陪着所有牺牲的志愿军战士们留在了朝鲜,留在了异国他乡……

洪珠每想到这里,他就有忍不住的泪花,崇敬、幸运、惭愧的复杂心情油然而生。回国高兴,心里难受……

"雄赳赳,气昂昂……"

1953年12月,洪珠第四次跨过鸭绿江,随同一批返国的志愿军回到了祖国。

28. 当个老兵

回国换上了解放军服装，随部队在山东泰安休整。

山东是洪珠六年前（1948年）的秋天急于催到未到的地方。那是随国民党军滇西远征之后昆明休整，又随杜聿明、邱清泉部急调东部徐州集结，并急急北援济南。没想到解放军进兵神速，仅用八个昼夜，就攻破了国民党十万重兵据守坚固的济南城。洪珠们的脚板声还在半路，解放军"济南战役"胜利的欢呼声就响彻了济南城，国民政府的山东省长王耀武在城墙里穿便衣逃跑也被活捉了。

那次是打了日本鬼子之后蒋介石急调他们来抢占山东，这次是痛击了美国鬼子之后，毛主席调他们来协助地方加强东部防护并建设山东。

营部设在山东泰安县泰山脚下。泰安离省会济南六七十公里，中间就隔着泰山。可想，通讯员陪首长翻越泰山是日常工作，当年进济南被堵，今日济南城墙便成了家门口。洪珠也知道泰山同家乡的南岳衡山齐名，可家乡附近的那座名山，穷小子可望不可即，这东岳泰山却成了门前山，他有工作要上，有余暇也邀战友上。

自古有"泰山安，四海皆安"的说法。这号称"天下第一山""五岳之首""五岳之尊"的泰山是国山，这是国泰民安的象征，守泰山是解放军的荣耀和神圣的使命。部队落营不久，洪珠借上山同地方工作联系，与战友夜里启程，凌晨赶泰山观日出。

主峰玉皇峰顶是泰山之巅，海拔1532.8米。

"到了。"战友上气不接下气地说，"罗副班长，坐下歇一会吧？"

"你来过？"洪珠也喘了口粗气。

战友又打手电朝石柱上一照，说："你看！"

"看什么？四个字我只认出个'五'字。"洪珠摇头叹息。

"'五岳之尊'，表示至高处到了。"战友告诉他。

"哪五岳？你知道吗？"洪珠问，掀开棉大衣掏出烟丝包，"有纸吗？"

"罗副班长，我也没带。"

"读书人怎不带纸走啊？"

"呃，对了，有本记录本。"战友连忙从挎包里掏出来，要撕。

洪珠赶紧按住他的手说："不行。你还读书人呢！好好的还没写过的记录本纸，不能撕。我是说用过了的废纸。"

洪珠一边说一边打手电从地上拾捡到两片枯木叶。他卷了烟，扯地上一根草丝把喇叭筒捆好，送战友一支，点烟，咝咝地抽。

"罗副班长，你这么爱惜纸，倒像个读书人。"

"小吴，别再这么叫我呀，我生气了！"

"好好好，叫罗哥。"战友改口，笑说，"叫罗哥怕不尊敬首长啊！"

"我在朝鲜就警告你了，不准这么叫，不长记性。副班长是首长？"

"呃，听说落营后，部队马上要提拔你了呢，罗哥。"

"别乱说。我想当官，早当了。已回国了，看完泰山早回老家，离家出来，算虚年已十三年了啊！"

"想家了？"

"当然。"洪珠又反问，"你不想？"

"也想，很想妈妈。"

"新兵蛋子，你在朝鲜只能算两年呢。现在好了，你回山东老家了，等会天一亮，你就可以在这泰山顶上看到你妈妈了……"

"哈，真是，这泰山顶可能真能看到我家乡呢！"战友说得兴奋起来。

一时只听到晨风吹，烟咝响……洪珠在想，这里再高也是看不到龙脊山啊……

"呃，刚才你说到五岳，哪五岳？我家乡有个南岳。"洪珠问。

"东岳泰山，南岳衡山，西岳华山，北岳恒山，中岳叫嵩山吧。"战友一口气回答。

"还是读书人强啊！"洪珠向战友立起拇指。

"罗哥，我们这东岳泰山，传说是盘古的头呢！"

"为什么这么说？"

"传说盘古开了天地，也一天天跟着天长高长大，长成顶天立地的巨人，他怕天又会塌下来，使劲地长，顶着天。顶了不知多少年，盘古老了，支撑不住后就倒下来了，他头仰着天，倒在我们山东，对了，盘古的头就成了我们脚下这座泰山。"战友神秘地叙说。

"哈，我们不就坐在盘古的头上了？！"洪珠也神秘起来。

"传说盘古倒下后，左臂在你们湖南衡山，右臂在山西恒山，双腿就在陕西华山，说华山还正是两道走向的山脉呢，胸脯就在河南的嵩山，头发就变成了草木，汗水变成了江河，呼吸就化作了风雨雷电，他高兴时就晴天丽日，他不高兴就阴天下雨……"战友津津乐道。洪珠特地打手电照着他，照照他的嘴，又照照他的头和两条手臂、两条腿……似乎就要从战友身上看出盘古来……

战友也莫名其妙，让他照着、讲着……

"你是丢了东西？找什么？"战友终于问。

洪珠心领神会地伸出拇指，回答："读书人强啊！"又摇头说，"丢了盘古，我们要找回来……"

"哈哈哈哈……"战友俩就开怀大笑，洪珠抛下烟蒂，战友也丢下烟蒂，洪珠和颜悦色，欣赏战友把地上的两只烟蒂踩灭……

洪珠一把将战友抱了起来，高兴地说："走，天亮了，让你骑在我肩膀上，去看到你家乡！"

洪珠又回想起肩膀上坐着侄子范伟……

东边天，由鱼肚白很快转为蛋黄色，淡红，血红……远眺黄海鳞鳞波光，一个红点跳出水面，一轮朝阳冉冉升起……

"天亮了！看到你家乡了吗？"洪珠仰头问坐在肩上的战友。

"看到了，看到了，村口的那棵大树，应该就是我村口的大树……"战友开心地说。

"大树下不有个黑点吗？那小黑点准是你妈！"洪珠同战友一样开心。

"是啊！……罗哥，我妈送我参加志愿军，就送到那棵大树下啊！"

战友激动的泪花落了下来，落在了洪珠的脸上……

高兴之余，洪珠和战友又都浮想：我们还能爬到这盘古爷爷的头上来看日出，我们的战友多数都落入了九泉啊……

回到营部，指导员找洪珠谈话："洪珠，你是老兵了，据你战功，也早该提拔。你班长准备升副排长，你准备当班长，你们班小吴在朝鲜也有战功，提拔当副班长。听听你的意见。"

"我没文化啊。指导员，小吴完全可以提拔，战功也不少，让他破格做班长吧？"看得出来，洪珠是发自内心。

"那不好。小吴比你年轻九岁，他还有机会。你当上了班长，再干好两年升个副排没问题呀。"

"指导员，当解放军让我会写自己名字了……战友多死了，我却没死，我已很知足。虽然解放军让我脱了文盲，但大字难认一箩筐，开会不会记笔记，多数字只会画符号打圈圈，当个副班长都很勉强。再说我早对你说过，等在朝鲜打败了鬼子，我有命回国就复员回老家。你不记得了？"

两人一时无语。洪珠想：这次要当班长，估计又几年回不了家。小吴家在山东，多有机会可回家看母亲，让他任班长，让他在山东发展，自己还是守住这副班长算了吧。

洪珠笑着说："班长当不了，还当排副呢？谢谢指导员鼓励！小吴有义化，且学问深，我一定会听他的，请指导员放心吧，我就当好这个副班长，当好一个老党员、当好老兵，也让你的老兵早点复员吧。反正仗打完了，当解放军也是建设国家，我还不如回家去参加建设国家呀！"

小吴破格直接当了班长。洪珠还要排长把他留在原来自己这个班。

"报告罗班长！我俩以后在战士面前不分正副班长，罗哥是兄长，是老党员，我都听你的。"小吴老不习惯，他反复这样同洪珠声明。

"吴班长！严肃一点。"洪珠立正站在小吴面前，呼口令，"立正！请听一位老党员的命令：这是军令，军令如山！"

洪珠也接受了命令，作为老党员、老兵，他都有责任培养和协助好小吴开展工作。他在山东又被留下了两年，两年陪小吴为地方建设工作，去了小吴家乡，看了大树和大树下的母亲，跑遍了周围县市，西面的黄河，环泰山的汶、泗、淮水，黄海、渤海、东海岸都留下了足迹。

29. 回家的路

1955年1月20日傍晚，军营宿舍里传来男人们阵阵抽泣声……

"罗哥，我们为什么就一定要分开呢？……"战友拿着洪珠刚批下来的复员证书，一边诉说，忍不住痛哭、抽泣，"上甘岭的炮火，手里随便抓一把灰土，一半是弹片铁屑……都没能让我们分开啊！"

"上甘岭……"这可勾起了洪珠的心痛，他半天只说出来三个字，就全是大炮打进坑道一般的抽泣声，他用手使劲捂住自己号啕的大嘴，声音还是从指缝里挤出了手心，"那山，是台金属的破碎机啊……它也没能破碎我们、分开我们……"

洪珠脑海里浮现出在上甘岭与战友一起进行坑道战斗、在黄继光堵枪口后呼唤"为黄继光战友报仇"冲上0号高地，互相掩护，拼命杀敌的一幕幕……

"我们为什么要分开啊？"两位战友抱头痛哭、抽泣……

其他战友闻声过来了，全班的战友都过来了，见班长和副班长哭得如此难分难舍，新战士都哭起来了……

"洪珠，我早说过你，不要老想回家……"排长说着，也忍不住哭了。

洪珠见排长也哭了，觉得自己不对，擦一把泪水，强咽抽泣，猛放人炮："大家都不许哭，这是军营，军营呀，钢铁男子，像什么样？……"

一位从上甘岭走下来的老党员、老兵发出来的命令，让排长、班长都肃然起敬，意识到面前多是新战士啊，军人最需要的是刚强。

男儿有泪不轻弹，哪怕是到了伤心别离时。

"全班都有，"洪珠立正呼口令，"立正，向左转，齐步走！"

"报告排长！报告班长！老战士罗洪珠，今天晚上的火车离开军营，离开山东！"

……………

班长陪洪珠去了一趟泰安供销社，洪珠特意选购了一只带铜拉链的中号红花荷包，回到宿舍，洪珠独自把军功章，纪念章，几枚从滇西远征、上甘岭等重大战役上带下来的子弹，一枚枚、一颗颗从通讯员的牛皮挎包里取出，小心翼翼装进红花荷包里，沉甸甸、鼓囊囊，又把铜拉链平平展展拉上。

他又对着镜子，几次伸手又缩回来，最终还是把红领章和冬帽上的五角星取下来，捧在手心上，放在镜台上，像头一次见到，细细端详，眼眶红润……

镜子里，他突然发现自己额头上的两条明显的皱纹一夜间变深了，已三十五岁虚年的男人，要回家了，回家意味着要有家，可自己没有呀！妹妹侄女都出嫁了，有个哥哥也早是别人家的……

吴班长悄悄进来，早看清了战友心里的这一切……

"罗哥，帽徽、领章你就带回去留作纪念吧，"班长把放在镜前的帽徽、领章塞进了洪珠的口袋，"还有这个通讯挎背，你也带走吧，跟着你多少年了，带回去纪念！……"

列车鸣笛，车要开了。洪珠挣脱战友，告别战友，告别了军营，踏上了回家的路。

十五年了啊！漫漫回家路……

为了护养三个年幼的孩子，从新婚蜜月里走出来，两年躲兵单身住窑洞，夜晚才出来摸着干农活……等到的却还是像四哥一样被国民党抓了壮丁……

一次次梦想走出战争，两次当逃兵都险些丢命……

嗵！嗵！军棍一声声闷响，却因老乡廉武的袒护，打在了麻包上……又是操场里战友跪地求救的声音，众战友高举的扁担又一声声击在泥土上，泥土被打成了一条小沟，长官的扁担却又落到了战友的身上……

后来，总算遇上了共产党和解放军，首长和战士可把自己真正当作了亲人，送夜校读书，入党，带兵，想回家还发盘缠……

"我却不想离开这个军营了啊！我还到哪里去找家呢？解放军队伍就是最好的家啊！……

"我为何要回家呢？排长说了我当了班长当排长呀……

"皱纹渐深，年岁增大，岁月不饶人，我有幸能活下来，总得生儿育女吧，战友们多数年纪轻轻就牺牲了，他们也有这梦想，却没这机会了；再说龙脊山需要我，离开这么久了，兄妹亲人们早写信在盼我回家，青龙寨的老家、浪江村租借的那个夫妻蜜月的家，还有大芙塘七亩垄的那个破窑洞的家，三哥、妹妹、侄女、侄子。我亲人们的那个家，尤其自己幼小时爹娘就早早长眠在龙脊山那块土地上……他们都过得如何呢？"

"哐当哐当……"列车驶出了长长的隧道，猛地一颠簸，洪珠从似睡非睡的幻觉中惊醒，反问自己："你可马上回家了，你许多的战友呢？……"

廉武梦想当个军官回家……

仲关梦想还要读书，好好孝敬爹娘……

高排长躺在自己怀里最想说的话……

继光老弟梦想入党立功回家告诉妈妈……

那些沿继光血路冲上去拼杀倒地的众战友们，一双双等待胜利喜讯而未能闭合了的双眼……

那些为我跪地求救的众战友们，战场上还来不及留上一句话……

还有那要嫁给"中国好人"的朝鲜姑娘和她身上的孩子以及那杆鸟铳带来的梦……

那被日军、美军带来的战火摧残后留下残墙断壁的家，阿妈妮临别时手里的热鸡蛋、孩子泪光里的梦……

刚刚，排长和战友们那男人抽泣的梦……

乐江桥边我答应妹妹要找回四哥的梦……

洪珠十五年漫漫回家路啊！一路兴奋，一路沉重，一路酸辣苦甜涌上心头……

30. 赤子还乡

　　洪珠回家的路到了安仁县城。他下了从省城开来的长途汽车，带着行李出站，又转入安仁汽车站的候车室，放下行李，整理好置于被子上端的一双备用军鞋，背带上肩，军帽戴端正，把退色的军衣风纪扣摸摸，平整扣好，把橘黄退色得有些发白的衣襟往下拉直，把军用腰带拉平，山东休整的两年让肚子也隆起来了，镜前可见自己红光满面，一双被战火烤得乌金般发亮的眼睛，加上这一身旧得发白的军衣、军鞋……

　　"洪珠呀洪珠，解放军早把你打造得珠光宝气！"洪珠心里自笑。这"珠光宝气"也是仲关战友送给他的绰号，"珠光"代表名，"宝气"是因为他为人耿直，说话做事死心眼，炮筒子直来直去。尤其他为营长当警卫时得到了一笔外路横财，可谓腰缠万贯，除送了点给仲关，剩下的为保性命不得不掩埋在路上了。"宝气"也就又成了仲关嘴里的本义了。

　　洪珠这时想到的却不是诨号，也不是它的本义，他是想到了十五年前自己是光着上身、一条破短裤，在大芙塘坳上被新棕索捆走离开安仁的……今天却是穿一身厚实的军装回到了这块土地上……

　　花十五年用战火历练，他壮实得浑身有使不完的力气，似乎双手可举起一座山，一掌可击倒一堵厚墙。

　　一位一手提着一只猪皮皮箱，又一手提着棕色军用通讯皮包的人不时在安仁街道上向路人打听，他去了县人武部，又向民政科走去……

　　凭部队复员证明，他受到了县民政科的热情接待。

　　女民政助理看了又看介绍信，连忙为洪珠倒了开水沏了茶，竖直拇指说："你是功臣啊！立了不少功，能让我们欣赏欣赏你的奖章吗？"

洪珠从通讯皮包里取出沉甸甸的红花荷包，平整一下，拉开拉链，一枚枚功勋章、银质奖章、纪念章，磕碰出悦耳的清音，银光闪闪摆满了半个办公桌。

"啊，四枚金日成银质奖章，从抗美援朝战场上回来的呢，英雄，人也英俊！"男助理故意向女同事竖直大拇指。

女助理又看一眼洪珠，转身把科长也请过来了。

科长是位老军人，认真看了证明材料，欣赏一枚枚奖章纪念章，一边看一边说："参加过滇西远征抗日，淮海战役起义，解放大西南，进军西藏，修青藏公路，抗美援朝……罗洪珠同志了不起呀，有功之臣复员！我们马上报政府，尽早安排你工作。"科长又转向洪珠问，"你的文化程度呢？"

洪珠一时傻眼了，他不懂"文化程度"是什么。

"我们科长问你，读了多少书？"

洪珠回答："在家没上学，只在部队里上了几天夜校。"

女助理打开复员军人花名册，正在填写。她边填边说，"1921年10月出生，1948年10月入伍、10月入党，新兵火线入党呀！只任过副班长，立这么多功怎么只当过副班长？"

办公室的同志都一时哑然。

"穷苦人的孩子，国民党抓兵去的，没文化呗。"还是科长打破了大家一时的沉默。

"是，刚参加解放军时，就只认识我自己的名字。"洪珠说。

女助理又问："那文化程度怎么填？"

"文盲。"洪珠回答。

"扫盲班吧。"男助理说。

"你未婚吧？"女助理又问。

"不，已婚。"洪珠回答。

"已婚？"女助理抬头看洪珠，反问，"离家十五年，老兵带家属？"

"我们战士，哪能呀？"回到家乡洪珠尽量在说"安仁话"，可像"我

135

们"这个词的安仁话早忘记了，他不得不说了外地官话。

"老罗不容易，"男助理感动地说，"不要问了，人家一口家乡话都转不过来了啊。"

"问问没事。我结婚不到半年就被抓走了。"洪珠解释。

"妻子呢？"

"不用问了。你家中有什么困难，都尽管跟组织上说。你先回老家，我们会通知你乡里。"科长一边帮洪珠收拾奖章装袋，一边说，"这些都是你用生命换来的！一定收好，珍藏好！"

科长转身对男助理说："今天安排老罗在县招待所住一宿。休息一晚，明天你还找一个同志，一起送他去承坪。他肯定没来过县城，帮他带路提行李，也给乡政府的同志打声招呼，一定由他们派人送他到老家去。"

"谢谢科长了！不用送，行李也轻，路在嘴上。"

民政科请洪珠去食堂吃了午饭。安排的招待所他却让退了，打起背包就踏上了回龙脊山的路……

游子踏上了回家的路。几次冒死都想回家，可真的回家了家又在哪呢？

洪珠早想好退伍不给家里写信。父母在青龙寨的家早不住人了，三哥也是别人的家，加上那个嫂子，他也不想去，妹妹和侄女都出嫁，大芙塘的房是租的，被抓走那年房租也没来得及交，连那七亩田的禾已成熟了也没收……离开龙脊山最后的"家"只是那个破窑洞，连那窑洞也并不属于自己啊……

想到这里，他去龙脊山路上的第一念头，就是要去承坪樊古找到那个旧保长，光着身子用新棕索捆得他一身的血痕，今天想起似乎还在隐隐作痛……先去找他！先甩他三个耳光再说话！

去龙脊山六十里山路，走到承坪乡政府已到掌灯时。

"你就是光荣复员的罗洪珠同志吧？"乡秘书戴眼镜，连忙上前接行李，嘴里喷怪，"县政府早就打电话来了，说你县招待所没住，县里明天派人送你，你今夜就赶回来了？理解，明天过年了，赶回家过年。"

"也是吧，回家过年。谢谢秘书同志！"洪珠若有所思地回答，"十五年没回家过年了啊!"

"理解理解。罗首长,你是我们新中国的功臣,若白天到,我还准备要组织学生和群众敲锣打鼓来迎接你呢!"秘书笑着说,一边送他去了招待室。

"哈,你不要叫我首长,我小小战士,只是个老兵,叫老罗吧。"

"好,好,叫老罗。我姓刘。你一路走累了,先洗洗,再去食堂。我去要大师傅加班做点吃的,你肯定饿了。"

"谢谢刘秘书!我先洗个脸。冬天走长路还好,一路好舒服!"

"好,洗脸,我去打盆热水!"

"不不不,我自己去打,打冷水。"洪珠说着,抢了秘书手里的脸盆,去了井边。

"安仁解放六七年了,一路来,变化大。真是解放区的天,是明朗的天……"洪珠同秘书说得很高兴。

他从井边路过,看见了原来老乡工所那个关他的地方,他想起了妹妹和侄女一夜通宵守在窗子外边陪着他……第二天早上押去安平时,他已饿了三天,肚子里只有一碗薯皮粥呀,他饿得又忍住没吃,把两个包子留给了姑侄俩……

刘秘书要厨师煮了一碗大面条,还煎了三个荷包蛋,又从饮食店买来一堆包子。

"老罗,你慢慢吃,今天肯定走饿了。"秘书说。

看到雪白的包子,他特别高兴。当兵长期在外最喜欢吃包子,加上脑海又浮现出在这里送给妹妹、侄女那两个包子的情景……

第二天一大早,他独自去看了乡工所的那个积满了岁月青苔的窗户,又去过了一次那乐江河长长的木桥,还去了他小时候卖柴的承坪圩上。这过年前的最后一圩,赶集的摆摊的早早就熙熙攘攘了,大家都在看一位戴雪帽的帅解放军笑脸穿行街道,急着去店里买纸包糖、买小鞭炮、砍猪肉、请人写春联……

刘秘书要送他回家,他也拒绝了。大家都要过年了。

他去圩上与一个人撞个满怀,抬头一惊,正是那个捆他当兵的麻子旧保长……洪珠认出了他,心里猛地咯噔了一下……但右手还是没能举起来,因为突然触到了胸口那个小小的"本子":已是党员呀,老百姓都过年了,人已回家,日子还长着呢。麻子自然认不出他,老鼠撞了猫一般叽喳两声,怆惶逃走了。

自己回家了,实际上没有家。但这回家一路来,看到了共产党领导的新国家还真像自己的"家"一样啊,自己还正是这个"家"的一员呢——一名光荣的中国共产党党员……他又下意识地触摸一回兜在内衣口袋贴胸的那本小小的"党章",每当摸摸这里,他心里就很得意、很自豪。起义逮住了营长和团长,又不由自主浮现了淮海战役胜利后指导员找自己入党谈话,领自己入党宣誓、举起右手……

"共产党员不仅只是为了自己这个家。安仁解放了,妹妹侄女侄子他们都该有了自己的家,并且这个社会家家平等、人人平等,再没有了人吃人、人剥削人的社会制度。自己还有什么不满足的呢?游子南北东西征战,带回来的虽只是一包不能吃也不能用的铁硬的家伙,可这是自己和战友们用鲜血和生命换来的啊!哪怕别人看不上,自己看重吧!

"当年离开承坪是光着身子、打着赤脚……今天回来你至少带回秋冬军服几套,军鞋几双,尤其还带回了生命,多数战友带回什么了?一起出去的廉武、仲关都没回啊!……不是这旧保长抓你去当兵,不去赶跑日本鬼子,不去打垮蒋介石,不去打垮美国鬼子,新中国、新社会会自己从天上掉下来吗?你今天还不知道是不是光着身子呢!……"

洪珠想来想去,心里很满足,想起刚看到那麻子破帽遮颜粒粒麻星都憔悴失光了……自己今天不动手也是胜利者吧?!

他已想好,直接去官陂村的曾古谢家陂三哥家里。

把木棍换了,墟上买了根竹扁担,把重了的行装一担挑着。这回家的一路上——

他经过了与麻子他们搏斗,蹲下死不肯走的地方,因为听到了身后年幼的妹妹、侄女追过来的哭声……

他经过了妻子搂抱、哭别的浪江河……

他经过了浪江路边那间自己的新婚租房……

他经过了泉水井边三哥脱下白洋布衫的地方……

…………

一一笑过,他把苦难青年走过的这条路上所有的不愉快,统统抛去了乐江河里,有了共产党,什么都气壮,什么都快乐,什么都亮堂……

可是,人的思想斗争有时非常复杂,是人本身也难以把握控制的。本来一路反复挣扎最终想好了去三哥家过年,可当自己来到翻梁坳上时,一目看到了这个离开了十多年的地方,他又不想去了。山顶上看到了坳下左侧的曾古——当年自己借盐的地方。曾古对面的谢家陂一排瓦房,是从青龙寨搬迁过来的本家,右侧山脚下是大水塘,大水塘进去是大芙塘——那有自己住了两年的窑洞,又想起了和妹妹、侄女、侄子租房……已过去了十五年,他们都长大了,范伟也十八岁成人,都早没住大芙塘了,信上说妹妹嫁到了右边不远的那个村子,侄女嫁到了曾古。

觉得最亲的还是新花妹妹啊……第一想去妹妹家,可妹妹已是别人家的人了,桃英侄女也是别人家的人了啊……三哥亲,可想起那个嫂子就又不想去……

除夕午间家家都在忙炒年货、煎油锅了,瓦房上炊烟袅袅,油香飘上了眉梢,正作弄得鼻毛习习响……游子离开这么久,连亲人都难以认出自己了,你去哪家呢?哪里是你的家呢?……

洪珠又突然感觉落寞,在外拼死奋斗了十多年,天天想回家、盼回家,今天回家了,眼前却没有家……磨蹭了十五年的腿来家门口突然迈不开步了……他扫一眼坳顶周围没有人,十脆放卜肩上的行李,找片红石盘腿坐卜来歇息,顺手抓一把红石上的雷公菌,塞进嘴里,乡味乡情咀嚼着……腿啊,你离开得太仓促,也走得太远,应该歇歇脚了,同坳顶上这过年的寒风、雷公菌、光秃秃半枯不死的小叶樟柴说说话……泪水就止不住地流出来……

不知不觉,手又触碰到左胸内口袋的"硬本本"……"我是一名中国共产党党员啊!"

他也突然感到这里的村庄虽没添什么新房,但却气象一新了,他还看清了曾古湾和谢家陂新屋的垛子上刷出来的红色宣传标语:

高举毛泽东思想伟大红旗奋勇前进!
伟大的中国共产党万岁!
伟大的领袖毛主席万岁!
…………

曾古湾人远远看到从翻梁坳上走下来一位解放军,打背包,还挑一担,穿过六亩大坵的田塍,朝谢家陂的小木桥吱呀走过,左转弯,向新屋的[1]走去……

---

1 的,方言,表示村寨,类似于"里"。

31. 团圆的泪

噼啪噼啪……

哗啦啦啦啦……轰！

噼哩啪啦轰，噼哩啪啦轰……

官陂垌一带九个组陆陆续续传来了吃年午饭的爆竹声，整个垌就像一张鼓，鼓被擂响了，新屋的正是鼓点的中心……洪珠听上甘岭的枪炮声他并不心慌胆怯，这时的爆竹声倒让他不安起来，脚步局促不前……

人往往是关键时候不争气，几次冒死当逃兵要回家，回到家门口却腿脚铅重难迈；战场上可当英雄好汉，家门口却裹足不前……

正在洪珠犹豫迟疑的那一刻，一位比洪珠高的中年男子点燃一挂鞭炮从大厅里冲到了大门口——

鞭炮声中，洪珠看出来了，是三哥。

"三哥，过年好！"洪珠连忙喊一声，唤得热泪眼圈里转。

"过年好，过年好，大吉大利也！……"扬辉满嘴应答，却还没认出挑一担行李的人来，"你是……"

"我是洪珠呀，三哥！我复员回家了。"洪珠说得有些腼腆。

"你是珠即？！"扬辉赶紧大步向前，顾不上接行李，一把抱住洪珠，"我的细老弟，你终于回来了啊……"扬辉话未说完，泪花就流出来了。

洪珠不由自主将一担行李放在了地上，兄弟俩紧紧抱住、抱住……

"是哪个？……扬辉！"嫂子见丈夫放鞭炮还未进屋，连忙出门来打望，问他们却不回话，一时蒙了。

"嫂子好！我是珠即。"洪珠松开一只手擦了一把眼泪，连忙打招呼。

"啊！是珠即回来了！快进屋快进屋！……"大叔、大婶，还有洪珠见过的冬苟、洪泽、娇即、娥女、梅英、朱英、笔英他们堂弟妹们都围过来了，大叔大婶嗔怪扬辉："你呀，怎不先接下行李回家？人回来了就好！人回了就好！过年了，流什么眼泪呀？快进屋，吃年饭！"

扬辉帮洪珠把行李搬进了屋。

午饭在家族的大厅堂里吃，都已摆好了丰盛的九碗荤素菜，席间其他家人正在烧纸、倒酒、敬饭，洪珠双腿跪在了大堂桌前的香火台前，忍不住抽泣，说：

"爹爹、娭毑[1]……我回来了啊，对不住，十多年了……没忠没孝……"

大叔寒苟说："珠即回来了！全家的大喜事啊！你保家卫国，这是最大的忠孝啊！"

"过年哭什么？大好事！好好吃个团圆饭。"大家都说。

流泪的都擦去了泪花，寒苟叔叔硬拉洪珠陪他坐了上席，一家大小欢欢喜喜吃起了年饭，洪珠碗里堆满了长辈和扬辉让过来的荤菜……

年午饭过后，珠即从部队复员回来了的消息就不胫而走了，全曾古湾的人都知道了。

"扬辉辣锅的细老弟呷粮回来了，当了大官回来了……"

吃完午饭，安顿好洪珠放行李、落住，扬辉也一路飞快过了小木桥，踩得木桥也嘻嘻哈哈笑，他去了前面的大屋的妹妹家……

这个除夕，新屋的复员了一位解放军，整个罗家人的年味特别浓厚，曾古湾的年味也显得特别新鲜，官陂村的干部知道这消息的也赶过来了，连几里路外的禾机冲也晓得消息了，村干部吴平赃也赶回了村部。

村部正设在新屋的靠山那边细叔的厅堂里。

妹妹新花、侄女桃英知道了这一消息，全都放下手上的活，几乎都是满

---

[1] 方言，指爸爸、妈妈。

142

脸泪花跑到新屋的来的……

两个孩子面对咆哮的洪水，跪在乐江桥头哭哥哥、哭细叔的情景，都历历浮现眼前，两个幼小的头颅磕碰桥木板的响声，洪珠在桥那头还在回头哭喊的声音，又回荡耳畔：

"新花，你不要哭了，快带侄女回官陂，大胆去新屋的找三哥，实在没得呷就讨饭，讨饭呷也要活下来，我去找四哥了，等我回来啊！……"

都算活下来了，兄姊、叔侄阔别十五年啊！见面谁都不敢相认：面前这威武的解放军叔叔就是细哥（细叔）吗？面前这两个大姑娘就是当年站在承坪乡工所铁窗外面守一夜通宵的姑侄俩吗？

洪珠正爬在梯子上，在大门上贴春联，洪泽和新花、桃英夫妇都赶来帮忙了。

面对年夜的团圆饭，姊妹、叔侄都食无口味，只管互相看着，用泪光打探这么多年来亲人脸上留下的岁月的变迁，都只干陪着其他家人还有几个村干部吃年饭，只听他们说话……

"洪珠哥，你打了十五年仗，没功劳有苦劳，当了大官吧？"村干部吴平赃问。

"你在国民党几年？你在共产党几年呢？"

洪珠回答："在国民党有六年，在共产党九年。咱文盲呀，在国民党就是个兵，为长官做了警卫员；在共产党解放军部队上了扫盲识字班，后来也只当过副班长，我们解放军官兵一致，称长官叫首长，统一叫指战员。"

洪珠尽量说家乡话，但有些词确实忘了在家时的那个说法——如"洗脸"安仁叫"洗面"等——只能安仁土话夹着"官话"了。

"在外这么多年，怎么就没当到大官呢？"扬辉说得有点叹息。

"官没当到，倒学会了一口官腔，'我们我们'的……"嫂子不苟言笑。

"人回了，比什么都好。"新花插话，"要当什么官呢！"

"是啊，这句话说得好！有什么比人更重要的？"扬辉认了这句话，大家都点头认了这句话，"吃菜，吃菜，过年，今天是大团圆啊！"

"大团圆！难得，村干部也陪我们一家子吃年饭呢！"族上三个叔叔都很高兴。

"大团圆，就差我侄子范伟没见面了……他也是十八岁的成年人了啊！"洪珠高兴，放下筷子说。

家人们听这话，都面面相觑。

"他在洞口妈妈家过年……"扬辉说，又向新华和桃英使眼色，有意把话岔开，大家都心里明白，这是大年三十啊！

32. 新年来了

吃完年夜饭，傍晚还有点光，准备除夕守岁。听说三哥家守岁没有柏树蔸佬，洪珠二话没说，找把一字口锄头就上了当门山，挖柏树蔸佬去，新花、桃英也都追过来了。

"爹爹在时，我们年年三十晚烤柏树蔸佬火守岁，满屋子连头发梢都是喷香的，这才叫做坐岁呀！"洪珠对身后追过来这对姑侄，心里感到很甜蜜，虽脑里回闪了一下十五年前她俩的那次追赶，可眼看她俩都已当家立户了，身上曾由棕索捆绑的深痕和裂开的皮肉也不再生痛，内心没有了当年一丝的悲情，只剩下甜蜜蜜的回忆。

"细哥还是早一样，手脚勤快。"

"叔即，就是刚挖出来的柏树蔸佬烧不燃吧？"

"别的干蔸佬先烧，它不慢慢也烤干了，只图它烤燃喷香呀！"

"也是，我们今夜不睡，都在三哥家守岁。"新花说。

"你们都还是回家吧，你们都长大了，都有家了，不再是小时候啦……"洪珠不想往下说了。

"细哥，我想接你到我家里去住。"

"姑姑家远，还是去我家近。"

"哪里都不去，就住三哥家。哥嫂已安排了，冬苟老弟家有空间房。我已回来，以后天天在家里，有空我们天天都可以在一起，想见面每天都可以见面呀！"

…………

一家子都围着三哥家火塘守岁，蔸佬火烧得旺旺的，柏树篼佬也渐渐烧燃了，满屋子喷香，红红的木炭光照得周围的脸蛋儿红脱脱，人笑，火笑，不亦乐乎，新花和桃英姑侄也像小时候一样，话说累了就一左一右干脆靠在了细哥（细叔）的肩膀上……

嫂子看她们一眼，飞快把脸转开。

洪珠掏出怀表一看，快新年零点了，他催两对年轻夫妻回家。

"今是过大年，你们还有家人，一年图个好兆头，快回去吧！都马上回去，回家早点睡，明早开个好财门……"洪珠劝他们。

洪珠先起身，进房间打开皮箱，样样拿出来，当着嫂子的面，送一件橘黄色崭新的军衬衣给三哥，新花和桃英也各人另有一份，还留一份给范伟……他叫新花起身，代他向三个叔叔家去送纸包糖……

今夜星光灿烂。气温虽低，老天却像一个镶满了银宝石的乌金锅，官陂垌被璀灿星锅罩着……

洪珠又从通讯皮包里拿出来手电筒，新花、桃英一人发一盏。

"不用，有星光。"

"有光也都拿回家用吧！"

送过了小木桥，两柱手电光朝南北两个不同的方向照去，他们又深怕洪珠转身过桥看不清，灯光又照到了小木桥上来了……

"哈，你们放心吧！我在部队，这些年发的手电基本没用，没看都是新的哩？哥哥打仗，早练出了夜光眼！"

送走了妹妹侄女，洪珠进屋了。三哥也点燃鞭炮"封财门"。

噼啪噼啪……

哗啦啦啦……轰！

噼里啪啦轰，噼里啪啦轰……

官陂垌的四周八组，鞭炮就像煮沸了一锅粥……

"三哥嫂子你们睡吧，今夜我守岁。"

洪珠看三哥他们进屋睡了，他也端油灯去了冬荷堂弟家，进了卧室，把通讯皮包里那个红花荷包捧出来，又换套新军衣，还让军衣套上白衣

146

领，再小心拉开红花荷包拉链，对着镜子，把里面的勋章、奖章、纪念章一挂挂、一枚枚端端正正戴在左胸口，让四枚银质的排在一行，左胸排不下排正胸，让"和平鸽"挂在上排正中间，佩戴出来的图形组合讲究整齐又对称……

"哈哈……"洪珠在这年夜里做了一个梦，与仲关、廉武一起在部队里玩耍取闹，并从梦中笑醒来。

醒来却是在老家龙脊山的龙海官陂曾古新屋的。他除夕就想好了，这新年大节不可以去两位战友家，等出了元宵节，再到关王和樊古两位战友的家里去"认爹娘"……

新年头月头日，他凌晨四点穿好新军服，早起烧好胡椒开水。

噼里啪啦轰，噼里啪啦轰……凌晨四点左右官陂垌"开财门"的鞭炮声也陆陆续续响起，那是后背曾古湾的，那是大芙塘的，那是龙古、大屋的……三哥也起来"开财门"了……

洪珠向三哥夫妇鞠躬拜年，一身新军装，满胸奖章风铃一般悦耳晃荡……三哥心里为之一敬，三嫂捂嘴笑，他又出门给三位叔叔婶婶家拜了年，让老人两眼增光辉……

找把镰刀，洪珠悄然过了小木桥。常言"初一仔，初二郎"，洪珠带上香和钱纸、杀柴工具，给爹娘拜年去了。他昨晚已约了三哥，但三嫂说他初一不出去，也就兄弟各人随喜吧。

离开龙脊山这片土地十五年了啊！他感觉家里一山一水一草一木到处是新鲜的。虽然真正的春天还未到，可早春的气息迎面扑来……

他先从翻梁坳上去了大芙塘的凤凰咀上，娘是葬在山咀上，挖墓地时还砍倒了一棵大枫树，为此还引起了一场风波。那时他小，家里三哥当场，也凭他还能说上句公道话才算摆平吧。十多二十年了，为找这块墓地下了功夫，娘葬下后却少有人来过了。柴草深得人进不去，洪珠看准位置杀出一条路，又把一堆长方形土坡上的柴草杀尽，好不容易才完整见到了娘的墓，他擦一把汗水和泪水，焚香烧纸，双腿跪地，猛喊一声：

"娭毑——我是细仔洪珠！十五年没看您了啊！今头月头日赶来给您

拜大年……请您老人家原谅我吧！我也是在保护这个家，南征北战打鬼子，打败了鬼子才回家，我能回来您应高兴呀，我们还有好多战友死在战场上回不来了啊，他们也有娭毑，也有爹啊！……"洪珠自言自语，终于忍不住大哭起来……

男人的哭声，惊天动地，痛心痛肺……惊动了一旁墓上拜年的人，他们过来劝说："哪个家孩子？这是过年啊，莫哭莫哭……"

族上的老人终于认出来："呦，这是扬辉在外面呷粮的细老弟回来了！你是珠即吧？"

洪珠擦一把泪，抬头一看，竟是满苟叔。

"是满苟叔呀，我是珠即，昨日回来的。"洪珠回答，再向墓地谒个头、双手合十作个揖，他站起了身。

"满苟叔，我给你拜个年！"洪珠合十说，一身银铃叮当响。

"啊！珠即，你有大出息了啊！叔对不住你呢，那次叫你砍棵瓜棚树，没想到却把你送入了虎口……"老人也双手合十。

"不怪你，不怪你。怪只怪那麻子，当时硬用新棕索捆……"洪珠连忙解释，"那天，要不是你那碗薯皮粥，我也说不定饿死了，我三天没吃一粒饭啊……"

"不说了不说了，你回来了就好啊！"老人也红了眼眶。

洪珠穿过山嘴上的树隙，看到了山脚下的那口山塘，当年就是饿不过了在这山塘里喝口水，被他一眼看到……从此，就走向了戎马生涯十五年难归之路……

"珠即，到屋里去坐坐吧。"满苟叔热情邀请。

"好的，我先去找到我爹的坟。等会一定去您家里拜年！"洪珠恳切地回答。他是准备要去大芙塘乙花婶家里拜年的，还想去满苟叔家里再吃碗薯皮粥……

他先去了墓主山，寻找儿时送爹上山来的那条小路，却早已没了路，灌木丛长得茂密，又用镰刀砍杀一条路来，墓地更被布满荆棘的灌木蓬严严实实覆盖住了，他心里有点怨三哥，人在家里怎么也不来看看……

砍完荆棘蓬，长期拿枪的手被荆棘划出了血，他不觉痛，血任它去流，并让血流在爹的墓地上……这可是并排两座墓，他只知道是这个位置，却已认不出哪一座是爹了，他焚香烧纸，双腿只好跪在两座坟的中间，把手指上的血流在两个坟头上，反正都是族上的长辈，让他们都知道有个亲人回家了……

"爹啊，大年初一给您拜新年，您九泉安息吧！我是你细仔，昨日才回来，对不住爹啊，您原谅吧！细仔打仗缴获了不少洋枪洋炮，也用洋枪洋炮打了鬼子，那枪比您鸟铳好用，用它消灭的鬼子我也没法计个数。我出去也想要找到四哥，可四哥还是没找到啊！我却在朝鲜见到了你平生心爱的鸟铳。不知怎么，鸟铳早已换成了朝鲜主人啊。那鸟铳也就留给朝鲜吧……儿的这一切，您应早都知道吧？我常在梦里见到您啊……今天戴上这些打鬼子得到的奖章，让爹看看，那可是比去青龙寨的土匪凶狠得多的鬼子啊，都被我们给打败了，打败了！你细仔打完了鬼子才回家！如今是共产党坐天下，你细仔还是一位共产党员呢！……"

洪珠在爹面前没流泪。爹生前常对他说男子汉宁可流血不流泪，爹的性格儿子最懂得。

面前正是七亩垄，山那边的破窑洞才是他真正的"家"啊！他应该去家里……

他驻足窑门前，肃立，不好进去，"家"里没人，人和家当都在自己身上，新年的清风徐徐吹来，银铃叮当响……

咚咚锵，咚锵咚锵咚咚锵……

噼噼啪啪……

洪珠刚进屋，门外的锣鼓和鞭炮都响进三哥家来了，龙灯也跟进屋来。

"洪珠哥，拜年啊！"是村干部他们为军烈属拜年来了，还庄重向洪珠送上一张军烈属拜年年画。

"拜年！祝您新年快快找个好老婆！"平赃并没有笑，发自内心认真地说。

149

"洪珠叔，革命十多年，您该成家了，您不成家，我这做侄子的哪敢找对象？"这是大芙塘族上的罗保佽，说完却哈哈大笑。

"哥哥，给您拜年！"邻里的洪泽、冬苟、娇即、笔英他们也追热闹来了，洪泽、笔英还说，"哥哥的纸包糖，好甜呢！……"

洪珠突然记起皮箱里还有纸包糖，他赶紧都拿出来，每人发几粒。趁他发糖，大家都要伸手摸一下洪珠身上的奖章，小孩闹着要取下来玩……

"嘿，这个就不能随便玩的！"平赈说，"人家打江山，是用鲜血和命换来的！"

"呃，请洪珠叔讲讲这些奖章的故事吧。"保佽说。

洪泽一边吃糖一边跳起来，"讲故事，讲故事……"说得糖水都喷出了嘴。

这时，妹妹、侄女两家拜年的也来了。

平赈对扬辉打招呼："罗老师，今天人多，不坐了。你要多关心你这个革命英雄的老弟啊，找个好对象，让他早成家！"他又转向洪珠说，"今天过年，故事留给以后讲吧。上面也传话下来了，你尽快成家，有困难尽管提出，党和政府在关心你！"

"政府应该全力帮助啊！他青龙寨父母的屋也早倒塌了……"有人说。

"好，今天过年，就都说高兴的事。"平赈招呼，"龙灯队到大厅屋里去舞起来！"

大堂里锣鼓响起来，龙灯舞起来……

新花、桃英也拉着洪珠去看大家舞龙灯、耍狮子了。

洪珠赶紧把买来的小鞭炮都分给小孩子们，小孩子都纷纷点燃小炮向龙灯、狮子叔叔的脚下丢，龙灯队看人越来越多，曾古湾的小孩也赶过来了，龙头飞向了门前的禾坪里，石灰铺的禾坪宽畅亮堂，好摆阵场，大家舞得越欢越起劲，小孩子的鞭炮也丢得起劲，既丢到龙和狮子的脚上，又抛向了天空……

洪珠热泪环在眼里，快乐甜在心里……战友们南征北战、流血牺牲，不就是为的老百姓这一天吗？

33. "山"的形成

元宵未过，洪珠实在坐不住了，他先去了附近樊古的廉武家。廉武的父母都不在世了，廉武在家里人的心目中也同洪珠四哥一样，父母离世时儿还下落不明，还在叨念儿子回来……洪珠由其家人带去了老人的墓地，他跪拜焚香烧纸，诉说廉武把军棍棒棒打在了麻包上，他又是怎么在火车皮里救廉武……都一五一十告诉九泉下的爹娘，以求老人安息。

洪珠也去了青龙寨，拜了爹娘留下的瓦砾废墟，又去拜了祖上墓，还有大哥、二哥……

他想不要等到出节了，赶紧拔腿赶去了百多里以外的关王庙，好不容易才找到仲关战友的家。遗憾的是，这户罗家的父母都在收到仲关烈士证书后不久，先后过世了……

洪珠长跪墓地焚香烧纸钱，唤爹娘……

"爹啊，娘啊，你们九泉安息吧！我是仲关，你罗家的仲关今天回家了啊！……"洪珠还真把自己看成了仲关，并把结识洪珠这个罗家老哥，从关王监狱开始到远征军，到解放军的故事历数一遍……还把自己立功受奖，退伍复员，受到各级政府的热情接待，干部春节来家里拜年舞龙灯狮子的情景都一一汇报"爹娘"，仲关修路牺牲的事却只字不提，心想就让老人家九泉之下认定吧：仲关牺牲是误传，仲关起死回生了！

洪珠爬起身，抹去泪花，露出一丝笑意，心里默念：仲关老弟，你不管今天是在水里游，还是在河滩长成了树，你都安息吧！爹娘已知道你回家了，你也可继续去读书啊，还有后面的人会去代你读书的啊……

从关王回来，洪珠同三哥、新花三姊妹都被请到热塘的侄女家过元宵节。几个人吃元宵时，洪珠又提及："三哥，我明天去洞口，还是要给大嫂拜个年。"

没谁搭理他。

"桃英怎么不早给娘拜年，也要等到元宵之后？这不太好，娘嫁人了也是没法，她是你娘呀，十月怀胎，终生难报呢！"洪珠独自又说，"我很想要看范伟了？他也十八岁了，长成人了呀，怎么今天还不知道细叔回了？也不来给三哥和姐姐家拜个年？这就是大嫂不对，孩子不懂事，娘也不懂？"

看几个人都不理他说话，洪珠心里生疑，也生气，他大声说："桃英，明日出节了，家里没什么事了，你明上午陪细叔去洞口，我真想去看范伟了！"

桃英却把手里的元宵碗放在桌上，进了内屋。内屋传出来桃英强止不住的哭声……

洪珠像让电触了一下，马上放碗，新花却放碗干脆伏在桌子上哭了……

"到底怎么回事？快告诉我！新花，出了什么事？"洪珠板着脸，极担忧地说。

"细哥，你就莫再找侄子了啊！范伟早死了呢！"新花边哭边说。

"怎么回事啊？——"洪珠的大炮喉咙猛吼一声，忍不住捂住了嘴，声音从指缝里抽泣着出来，"你们怎么不早写信告诉我呢？究竟怎么回事啊？为什么孩子好好的，我不在家了，你们就……"

范伟骑在细叔脖子上的情景浮现在洪珠的眼前……

新花也就干脆把范伟的死因和结果简单地告诉了细哥：患上眼病，到双目失明，到肚子难饱……

洪珠由悲痛转为气愤，站起身指扬辉质问："你，你……你对得住大哥吗？"他又看着新花说，"我们对得住大哥吗？"

扬辉也放了碗，只看着洪珠，不说话。

桃英在里屋哭爹爹、哭弟弟哭得好伤心……

"桃英，今日元宵节，莫哭了。人已死了，还回得来吗？"洪珠也帮侄婿进里屋去劝。转身，他谁也不招呼，径直出了门。

洪珠上了热塘的塘坝路，一路愤愤然，过了丫厂，爬上了共和石。他站在共和石，环顾四周，向新屋的、石岭、禾机冲和大芙塘远远看去，在寻找什么，然后又蹲下身，像要对共和石诉说什么……

他又起身，沿共和石的一个把柄样的山梁上走着……离开共和石，紧接着祖露的红石有了一层薄薄的土壤，上面长满青苔、马兰草和一片片干黄的丝毛草，青苔和丝毛草间还零零落落长出一小片一小片矮矮的青松……脚踏在这层薄土上就像击着鼓点，洪珠突然想起这层薄土应该就是上天馈赠给红色卧龙的披肩，又像农夫遮风挡雨的蓑衣，也像武夫的盔甲……也就难怪，过了共和石这道把柄样的山梁右拐就叫将军岭，将军岭上覆盖的一层土壤较厚，灌木林也较茂密，青松也长得高大，青松下还随处可见废墟瓦砾和头颅骨……这是一座古代屯兵的山头，也是古战场，多墓地，白骨无主，现在这山下夭折了的年轻人不归祖的也多埋在这里，归了将军这个祖。他想，范伟或许也在将军岭那棵青松下……

龙脊山这一带，为何红石山上独有将军岭积土层较厚？似乎比原来还厚？

阔别龙脊山回家，这正月里他谒拜过不少红砂壤的土堆和山坡，这墓地、这土坡、这"山"，不正是人类之灵世世代代一天又一天所堆砌起来的吗？无论水里游的，陆上走的，天上飞的，谁又能回避造"山"呢？只看你造的是什么"山"什么"岭"吧！仲关你造雅鲁藏布江，高排长造玉林山，廉武造保山，红龙白龙造龙脊山，志愿军造上甘岭，这里的百姓又伴将军造这将军岭……

洪珠从将军岭一路下翻梁坳，坐在半月前复员回来在山脊歇脚时席地而坐的红石坡上，回头看上共和石一路走过的连体山梁，心里猛地一惊：这不正是个"山"字吗？

他不认识几个字，共产党和解放军教他认识了这个"山"字，可眼下这个由双龙会战造化的红石"山"，并不是简单三画写在红石坡上的"山"，这"山"非那"山","山"里还有"山"……

待新花和桃英姑侄俩从共和石那把柄样的山梁上追过来时,洪珠回首那道"山"的路,又触摸到胸口的那个"红本本",感到将军岭和共和石的这座连体"山"已深藏了一个千千万万年的人间秘密。

34. 土改组长

屋背小河没日没夜地流淌着，哪怕夜深人静，万籁俱寂，都听不到一丝流水的声响，从上游长乐、卜下、石壁上流下来的泉水安分守己，悄无声息……

悄无声息的还有石壁上的一眸清波，远远的，从石背上正南看正北，垌中新屋的那排青砖瓦房似乎越来越新，太阳底下隐约可见屋檐彩绘飞龙走凤，前排整墙石灰粉得雪亮，白墙上"高举毛泽东思想伟大红旗奋勇前进"大红标语虽然一字不识，可头脑在天天觉悟。

"王组长，这丘田是分给你李家的，高才他们家的吧。"何队长故意提醒远凤，"丈田丈准，丈量棍一棍紧挨一棍，莫让人背后说你徇私情啊。"她说完笑了。

"嘻，何姐姐，放心吧！你不在这里，我也不敢。我丈田复查看人走，既对不住石壁上全组的人，又对不住你们工作队，更加对不住毛主席啊！"远凤举棍丈量中只好住步，笑着回答，"你就莫叫我组长好吧？不好听，喊生了人，叫我名字吧，我也是叫你姐姐呀。"

"不行。现在是工作呢，工作中叫同志吧，回你屋里了你才可以叫姐。"何队长没笑，认真地说。

远凤点头说："对对对，这是工作，我叫你何同志，你叫我王同志。"

"哈哈哈，远凤同志就差没读过书，反应快，脑子灵。"何队长笑着说，"王同志不会徇私情，我是说句笑话。你还是继续抓紧丈吧！"

"刚才丈到了第几棍？忘了。还是从头再丈吧。"远凤又举棍回到了开始丈田的位置，边丈边走边数："一、二、三……"

报的报数，写的写数，插的插牌，男男女女忙得不亦乐乎。

忙累了，坐田塍上歇歇，男人抽旱烟，女人欣赏垌中对面的新屋的。

"你看，那新屋的硬是好看，村部把那里打扮得红头花色。"远凤说。

"嘿，远凤这么喜欢新屋的哩？还红头花色！看新屋的像看男子样，莫让你李家人听到了呢！"

"家在垌中间，当然好哟！"

"石壁上也不是垄的，有靠山好呢！"

"也是，你看那远远的禾机冲，垄的坳上到处是沙泥土，一年到头家家户户花生吃不完，活得像神仙……"

"我还是喜欢垌的，看新屋的好畅快，曾古又有好产出。"远凤起身说，"比不来。还是开工！今日要搞完。"

"一、二、三……"

夜已深了，石壁组已没了一个窗户亮灯，却有两个女人还在轻轻地哼着教唱歌曲，声音飘逸出窗外：

"抗击了日本奔南方……"

"革命强，革命强，中国人民力量强！"

…………

何队长与远凤同一床被子睡一头，何队长教一句，远凤唱一句。

"唉，你这么聪明的人不认得字。不然我可写给你，那样就容易记了。你爹娘怎不让你读一句书呢？家里很穷吗？"何队长停了唱，叹息说。

"家里并不穷，我家有田还请了长工。不怪爹娘，只怪我爷爷重男轻女，他不准我爹娘让我读书，说女孩子读出书将来也是别人家的啊……要在新中国出世就好了啊！"远凤说得眼泪盈眶。

"旧社会多数妇女是你这样的。现在好了，新社会，家家有田了，人人有书读，也不重男轻女，你手脚勤快，群众都拥护你，不也当组长了嘛！"

"是啊，尤其还能认识你这读了书的工作同志！何姐，我本是没福之人，认识你有福啊！"

听远凤说话激动想哭，何队长赶紧支开话茬："我们还是学唱歌吧！"

"抗击了日本奔南方……"

何队长教唱的是一首当年湘南游击队写的抗日讨蒋歌。她们白天晚上都一起工作生活，让远凤明白了不少道理。远凤一因是石壁组长，二因丈夫病故，何队长就同她住一起，进了屋亲姐妹一样，生活工作处处关心她。

与工作同志朝夕相处，还有个让远凤比"得解放"更感激的地方。

远凤十七岁从小河上游的永兴县金盆卜下嫁过来，七年没有生养，夫妻关系虽好，管家婆婆却很严厉，怨恨她"石女"没孩子生。有苦难言，她长年苦服的中草药可用几十担谷箩挑，就是不见效，又不明白男女究竟是谁有生理障碍……老实忠厚女子，受婆婆歧视，有好吃的藏了没她份，悄悄母子享受，一旦发现儿子偷偷让给妻子，婆婆当面阻拦："她呷哒冒用[1]？"

这些远凤从不在外说，回娘家也忍住少说，姊妹中自己是老大，少让家人操心，都像平常吃苦药一样独吞。她只把功夫下到手脚上，婆婆再刻薄她，她可装傻绕开，不理会不计较，离开家门一步算次"小解放"，心烦时就主动去给左邻右舍帮忙，全组老少都喜欢她。

扬辉与远凤丈夫是好朋友，当保长时就嘘寒问暖常来家中坐坐，后来更关心帮助这对母子生活不易，远凤嫁来后，家里婆媳情况他也了解，解放后扬辉没做保长做先生了也关心这个家。

远凤的丈夫一病不起，撒手走了。不久，工作同志就来石壁组驻点了，工作队又选最困难的家庭做住户。远凤就认何队长当了亲姐姐，队长和组长朝夕相处，无话不说，远凤才把一肚子婆媳苦水倒出来。

"共产党来了，妇女解放了，远凤也解放了！"远凤对失去伴侣悲痛，对得到女伙伴又心里庆幸。

---

1 方言，意为"吃了没用"。

春节没过完，何队长就从衡阳老家归队了。

春草起，春风吹。扬辉带一位解放军叔叔来到石壁组朋友家走走。

"二月春草起，正是拜年时！"扬辉先生一到，蛮远就听到他的声音，"这是我细老弟洪珠，当解放军复员了！带他官陂垌的走走看看，来拜个晚年了！"

他们也来到远凤婆婆家坐，何队长和远凤也一起在作陪。

"欢迎罗先生！欢迎解放军！"

何队长和婆婆都先知道了扬辉带弟弟来见见面的意思。远凤却并不明白，还满口叫"解放军"。

"不，解放军已不是了。"洪珠还说得难为情，双手规矩搭在两个膝盖上。

"嘿嘿，但我细老弟可是中国共产党党员哩！"扬辉端杯品茶间，甜滋滋笑，眉飞色舞紧接话，一字一板一眼一点头，摇起二郎腿。

"啊……难怪，既英俊又红头花色！……"何队长故意看着远凤吹捧。

"对对对，共产党员啊！如今在共产党的领导下，就都应该要红头花色！"

"哈哈哈……"一屋子的敬仰和开怀大笑。

这时，何队长心里也不甘示弱了，郑重介绍："远凤年轻能干，贤惠善良，她是我们的土改组长呢！"

35. 山乡火种

官陂是龙海乡面积最大的村，二十个组，只有几个村干部，全村还没有一个党员。洪珠复员回来才是这里第一个中国共产党党员。

洪珠备觉他胸口那个小"红本本"的重要。"红本本"重要，他却并不认识上面几个字，只记得入党誓词中的几句话："……对党忠诚，积极工作，为共产主义奋斗终身，随时准备为党和人民牺牲一切，永不叛党。"

村里开会请他讲故事，最后也常用这几句话结束。

一次，乡党委开完党员大会后，干部找他谈话。

"老罗，你是新中国成立前的老党员，老战斗英雄，又是官陂村第一个党员，党委准备由你在村里培养几个优秀分子入党，有了三个党员就成立党支部，由你担任支部书记。建立官陂党支部的任务就交给你了。"

洪珠回答："好的，谢谢组织信任！我一定积极工作，积极培养新人入党，这是应该要做的。这么大的一个村，新中国成立七年了还没有一个党员啊！至于谁当支部书记再说吧。"

"你认为官陂哪几个人比较优秀？先向组织提出来培养吧。"

"村干部里吴平赃就很不错，党组织可以好好培养他，还有……"

党组织就安排洪珠和在洪珠之后退伍复员回官陂的王福徕两人，担任了吴平赃的培养人和入党介绍人。经过几次谈话考察，吴平赃和官陂其他几个同志正式加入了党组织。

新党员入党宣誓后，党委组织委员又找洪珠谈话。

"官陂应尽快成立党支部了。党委研究由你担任书记，支部班子再设组

159

织委员、宣传委员两人，由你提名两个支委的名单报党委。"

"谢谢党组织对我的信任！但我不识字，没文化，党章也不认识几个字。支部书记让年轻的、读过书的人去担任吧，我就只当老党员。在部队我也只当老兵，班长也没当过。这是实话。"

"你是他们入党介绍人，老党员，老功臣，他们是新党员，又年轻，不可能让一个由你刚培养入党的年轻人来管着你吧？他们不方便，你也不好办。"

洪珠脑中浮现了两个指导员同他谈话入党、谈话提干的情景……

"哈哈，这样吧，两名支委也由新党员担任，我只当老党员，支部需要我做点什么，我会继续帮助他们。请组织相信一个在淮海战役后举起右手宣誓的老党员！"

话谈到这个份上了，对方也不好再说什么了，双方都很感激地凝视着……

"那你认为他们中谁担任支部书记较合适？"组织干部只好这么问了。

"吴平赃吧。他年轻，有文化，有魄力，人正直……请组织考虑。"

36. 安居乐业

洪珠远凤男女见了面，双方都表示同意。

都是二婚。洪珠是复员军人，立过功，是共产党员，但三十五岁了。女方小九岁，人长得灵秀，勤劳善良，口碑好，还当土改组长，政治上也没污点。只有一点，三哥先就要洪珠考虑好了，她嫁来石壁组七年没有生养，也不明是男女双方谁的原因，但自己要有以后没有生育的心理准备。这点他想好了：自己初婚半年，女方也没事，出嫁一年后据说人家生孩子了，说不定自己有生理障碍也难说，人到中年，难得找到方方面面都如意的了，成家后顺其自然吧。

远凤听说生育这点上对方没有顾虑，她高兴都来不及。人长得标致帅气，只额头上有两条经战火烙出来的深皱纹，大九岁十岁有什么关系呢？对方又没婆婆，早离开"婆婆"早解放，何队长也支持，同意了。

婆婆也同意。但她有她的想法：先想过要洪珠来做上门女婿，这点洪珠倒不在乎，能照顾老人也好。可远凤不同意，远凤娘家人也不同意，这点连扬辉也不同意：自己带给别人家做儿子了，自己家只幸存这唯一一个弟弟，要在家"顶香火"呢。何队长住在这婆婆家里也看出老人有些问题，妇女解放要真正解放。

这个想法婆婆达不到，婆婆又提出了另一个条件：远凤嫁到罗家若生育了，头胎无论男女都送她做后代。这一条他们都接受了。

四月里春意浓。新屋的屋檐下和厅堂房梁上的燕子窝里都"写写写"伸出来一排排长长的脖子，张开红桃一样的嘴，向着南方……小小生灵就有了

161

磁场感应，没等人发现它们倒先感觉了。春燕含着食物正从石壁上方箭一般射过来，精准送到上次未轮到哺食的幼鸟嘴里，决不出错。

远凤嫁到新屋的来了。没有仪式，洪珠从石壁上接来几位客人，远凤娘家的弟弟妹妹送姐姐来了，何队长也亲自来送了。

三哥站在新屋的大门边打望，亲自放鞭炮相迎，三嫂和新花、桃英忙里忙外接客。其他亲戚和村上人都不惊动。

洪珠回来那阵，洪泽常去同他睡一床，他高小毕业有文化，老缠堂兄讲故事，也新鲜他那口"官话"，想知道外面的世界。洪珠看洪泽又想起了在部队常同床的仲关老弟，夜里兄弟俩也难免不为找妻子嬉笑梦呓，洪珠年岁大了，对洪泽苦笑说："兄弟一起睡很好，可也不能老是一起睡吧？！"

洪珠妻子进屋了，洪泽在被窝里缠讲故事的机会没有了。

洪珠新婚仍然借冬苟堂弟家一间房，同三哥一个锅灶吃饭。

今年一开春洪珠就分到了门口一亩三分田，还分了一头大花牯牛，秧苗插下去也返青了，妻子也进屋了⋯⋯还有什么困难，没困难了。他没有向政府提困难，可政府知道他还没有一间自己的屋，安排劳力送来了十多棵两头粗的上等杉材做楼顶⋯⋯洪珠摸摸这堆杉木心里好感激：这何止是杉木，口径比大炮粗，似浑身见威力的"大炮"⋯⋯有共产党多好啊，他浑身充满力量！

建房缺钱，他自然想到了在国民党部队为营长当警卫时得到的一笔"横财"⋯⋯他每每缺钱困难时难免不想到腰上那条金腰带，连腰带上挂钥匙的锁扣都是金子的，去挖回来吧？！可当初是黑夜，只知道是从云南进入了四川地界，大地名是金沙江畔的蜀道边，详细地名也不知，只知那路太难走，有句"蜀道难，难于上青天"今天还记得，总之当时"难"得有种不丢金子就丢命的感觉。

可就算你知道具体在哪棵大树下，你能去找吗？那是国民党旧军官聚赌分来的一笔"赃款"，挖出来金银光彩，可钱不光彩⋯⋯

摸摸"红本本"，"我是共产党员！不行！"洪珠想定了，"我有的是力气，有力气就有钱。"

他不请人，也不要妻子帮他，白天有公干，晚上独自去小河下游几里路的神农河石岭段下河摸出鹅卵石，一担担把卵石和沙担回家，再去二十多里的茨冲石灰厂挑回生石灰。

亲人帮忙，在三哥房屋的西墙边下了两个垛子的屋基，靠三哥这边是一间长厅屋，把靠边垛一逢隔成三间小房。

他制个两米长的木架子，晚上把石灰、河沙拌好，自己动手用河卵石加石灰河沙浆捣成卵石墙……

一次夜深鸡叫两遍了，靠东头的堂弟冬苟，在睡梦中被一种奇怪的声音惊醒，他屏声静气听了很久：先以为是老虎在猪栏里咬死了猪，又要拖走……他毛骨悚然；慢慢又感觉声音不是在猪栏，是在西头，也可能是自家栏里的一头大肉猪跑出了栏……

冬苟壮着胆子起了床，从门角里拿出把梭标，并把两个叔叔和洪泽他们都叫醒，新屋的男妇老少都闹醒了。半夜里一阵恐慌，男人们悄悄出了后门，躲在屋墙角朝西头先行探那发出"嗨嗨"声音的地方……定睛一看，星光下那分明是个人在做什么，他们不怕了，走过去，却见是洪珠在用双脚和锄头拌石灰河沙……

冬苟定了定神，过来嗔怪说："哥哥，你深更半夜还在一个人做，总不休息，不要命了？不睡觉累坏了怎么办？人是铁打的？"

"白天没空，要去组织民兵训练。晚上拌好，我一有空就砌。"洪珠回答，也关心他，"你半夜起床上茅屋，肚子不好呀？"

…………

他就这样，一有空就摆上那木架子，用石头砌上了窗子才花钱砌青砖，几个月里几间房子就建成了。

建好房，粉刷好，远凤也请人把娘家打发她的一套红漆家具从石壁上搬过来了。满英大婶给他们送来了碗筷，春节他们就离开三哥家，夫妻一块过日子了。

第二年的春节后，县上下来了通知，政府安排了洪珠的工作，要求节后上班，去担任县百货公司负责人。

他同妻子商量去不去，妻子当然支持，说田土她可以在家种，让他安心做国家工作人员去上班。洪珠先本想推辞不去算了，但想到这是党和政府对自己的信任，能成为国家工作人员是莫大的光荣啊，不能政府帮助自己有了小家，就守着家不愿出去工作了。

他离开刚建好的小家，离开妻子，进了县城工作。在县百货公司干了不到半年，政府响应中央精神下文，国家暂时困难时期，国家干部裁员，动员干部自己申请辞去国家工作回到农村。传达文件精神后洪珠没有犹豫，也不回家同妻子和三哥商量，摸摸胸口那个"红本本"就有了答案，自己是老党员，老党员应该带头。

他请人写好申请书，自己签好名。回到了龙脊山。

37. 民兵营长

响应党的号召，洪珠自愿退出了国家干部队伍，回村当农民，除种好分得的田地之外，他仍然发挥军事技术专长，负责村里民兵工作。

夫妻同耕，燕尔融融。

知情人看他干重农活时，常笑他有点宝气[1]，国家干部不当，硬要回来当农民，政府才刚刚安排你去上班，要裁员也不会裁你吧，国家再困难也会照顾你有功之人吧？

洪珠却自得其乐。十五年前他结婚半年，丢了妻子；十五年后又结婚才半年，差点离开妻子……"哈，还是党和政府最懂我、最关心我……"

1958年夏天，农村土地归集体。国家撤乡成立了人民公社。龙海、承坪合并为红旗人民公社。洪珠又兼职红旗人民公社民兵基干团副营长。

农历四月的一天，春夏之交，农闲民兵整训，洪珠来到樊古村抓民兵组织和军训工作。樊麻子也被拉进来，配合民兵训练。

樊麻子做团丁时干了不少恶事，得罪了不少人。他听说当年被他抓壮丁的洪珠当了民兵营长，想起当年把他两兄弟都抓走，还有一个生死没音讯，他抓洪珠又动了粗，新棕索捆、皮鞭抽……樊麻子一身皮肉发麻，心想今天去配合民兵训练不死也会脱层皮。

训练中有个"民兵迅速捉拿破坏集体生产的阶级敌人"这个教学项目。抓到了坏人还要会及时捆绑，这是一项捉拿坏人的技术活，洪珠坐在指挥台

---

[1] 方言，傻气。

上点名安排："樊麻子，你捆绑人技术蛮好，功夫不错。请你来给大家当老师吧！"

樊麻子不敢正视洪珠，听点了名，又是当"老师"，不能不出来。

洪珠又说："还出来两位民兵，在讲台上现场配合他。"

一位民兵就给樊麻子一副新棕索，让他用棕索现场教怎么捉拿人，并指划着一个民兵的肢体部位，讲怎么捆，怎么打背上这个活锁结。

"樊麻子，说话声音大点，你抓壮丁的力气到哪里去了？"

"我们民兵训练捆人，怎么还请阶级敌人来当'教官'呢？"

…………

操坪上，有好几个民兵也想上台借机报仇，还有人在私下议论。

洪珠赶紧制止："大家安静！台上有两人配合足够了，这是军训教学课，不是阶级斗争课。大家安静，请樊麻子再讲一遍擒拿捆绑的技术，好让大家记住动作。"

樊麻子再重复讲一遍擒拿格斗和捆绑技术，这回讲到肢体捆绑时他正想拿棕索在一位年轻民兵身上作示范……

"住手！"洪珠制止。

操坪里有民兵大声说，"营长，由我们民兵在樊麻子身上作示范吧！"

"也好。"洪珠同意了，并面向樊麻子征求意见说，"好让民兵真正掌握你刚才讲的这门技术吧！"

说时迟，那时快。棕索马上被另一位年岁大点的民兵从樊麻子手上夺过来，毫不留情地用刚才樊麻子教的动作一把将樊麻子打倒在地，并迅速用棕索把樊麻子五花大绑起来，背上的活锁结扎好，还向大家示范活锁结越拉越紧……

"樊麻子，你也要反抗呀！"捆绑的民兵说。

樊子果然反抗，可越反抗活锁结拉得越紧，民兵还继续使劲往死里拉锁结……

"唉呀！啊呀呀……"麻子大汗淋漓，痛得直喊叫，"别再拉了，救命啊！"

没想到，这民兵正是曾被樊麻子抓了壮丁、受过他罪的那一位。洪珠立即制止：

"住手！不要再拉索子了。"

停下片刻，洪珠问："樊麻子，痛不痛？"

"痛。"樊麻子求饶说。

"呵，你身上还有件汗衫呢，要是打赤膊，你知道有多痛吗？"

"那更痛啊……"

"那就好，你知道了还会更痛就行。"洪珠接着说，"今天我们这擒拿捆绑的示范教学课，算是学到位了吧！也谢谢樊麻子把你抓壮丁的硬功夫教给了大家。马上松绑！让我们进入下一步射击瞄准训练！"

中午民兵开餐，食堂向训练场送来了面食，一人一份。洪珠端碗稀饭和包子油条来到樊麻子跟前，樊麻子很惊恐，瞅一眼洪珠，苦笑一下，心想：他今天自己并没动手报仇，还制止了众人要来惩罚，莫不是要赶在吃饭时动手吧？

洪珠与他面对面把碗盘放在茅草地上，见樊麻子的手在发抖，他连忙蹲下身，立即从自己盘子里夹一根油条放进樊麻子的盘里，说："你上午讲课辛苦了，很到位，感谢你！多吃根油条吧！"

见麻子一身开始放松了，麻脸还生出感激之情，洪珠同他高兴地聊起来：

"你曾经用皮鞭打我，我今天用油条'打'你。没意见吧？"

"哈哈哈……"训练场上好不开心、热闹。

167

38. 我是党员

洪珠也把石壁上远凤的婆婆接来家住住,并要妻子不要老把婆婆过去对自己的不好放在心上,该忘的忘了。远凤现在是家庭主妇了,她待婆婆也好。夫妻俩都同情这个孤寡老人,逢年过节也记着她。

远凤并不远。她嫁来官陂峒不过四里路,娘家是永兴县柏林公社金盆大队卜下生产队,卜下队与官陂村国寺背队只一堵土界子的县界相隔。她嫁来官陂已十年,从石壁上来新屋的又是第三年了。十年未孕,人们心目中的"石女"基本定型,侯郎中、黄医师、李大夫的土方、洋方,凡有报方她都赶场去拣药。洪珠吃了几次药不吃了,他并不在意药,远凤劝他他却做反工作,总爱说一句:努力就行,任其自然。

一次他看妻子自己灌药灌得在作呕,赶紧过去捧着她额头,生气了:"我老说你就是老不听!不准你再作贱自己了!努力就行,任其自然!"

后来,他们夫妻俩也就没有再折腾自己了。知情人也都认定了就是远凤的问题,一些族人还怨扬辉:

"你这辣锅先生,明知家里只一个弟弟顶香火,你给他找个'石女',现在好了!"

远凤听到了躲开,佯装没听到。

洪珠听到了反而嘿嘿笑:"好了好了!少管闲事少操心吧,我自己的选择,不怨三哥,我只能是感谢三哥呢!"

其实洪珠有时也在乎:当他想到高排长在怀里张嘴想说什么,黄继光平常同罗哥开玩笑,仲关还想读书……战友们都充满着梦想,可年纪轻轻却都把梦带走了……自己活着回来了，也四十岁喊得应的人了，谁来为他们在凡间续梦呢？

"写写写……"又是一个春燕恋巢的季节，官陂垌的秧苗插入大田正定根返青，新屋的门前屋后像铺上了大方格的绿地毯，刚返青的禾苗露珠晶莹闪烁，后背小河岸樟树上的喜鹊尽情从这棵树飞到那棵树，从这个枝跳上那个枝，一大清早喳喳喳叫个不停……

昨夜，洪珠从承坪樊古搞民兵训练回得晚，妻子悄悄起床想让他多睡会，可后面的喜鹊和厅屋梁上的燕子却忍不住嘴，把洪珠吵醒。他一骨碌爬起，兴冲冲来到后门口樟树下看喜鹊闹得欢，两棵樟树上三个大喜鹊窝，三对喜鹊在轮番扑翅，叫唤得尾巴翘到天上去了……

洪珠心里暖洋洋、热乎乎，感觉那几棵大樟树枝丫上的黑团团里肯定有名堂了，还说不定鸟蛋里面有蠕动的新生命了呢！

远凤见他起床了，站在后背窗子看得认真，她也赶紧过来，把头靠在丈夫肩上，欣赏枝头喜鹊闹喳喳、田野春燕画棋盘，当门山上的朝阳也露出脸来，打探这些生灵们甜蜜的秘语……

妻子转脸贴着丈夫的左耳说："告诉你，我两个月没来了！"

"说什么？"洪珠大声反问，他耳朵被大炮震得早有点背，或许是听到了不相信，或不理解"没来"是什么意思。

"你真是聋子！两个月没来了！没做'好事'了！"远凤大气豪迈地重复。

"真的？！"洪珠赶紧把妻子一把抱起，让她端坐在床沿上，喜不自胜，嗔怪："两个月？你怎么今天才告诉我？"

"一个月没来，我不敢相信呗。"远凤从没这么在丈夫面前说话撒娇过，她平时太传统、太正经。

"啊……"洪珠推她躺下，掀开她衣服，抚摸肚子……贴耳闻天喜！

"有了，我们有了！"洪珠的喉咙很大，"我们肯定有了！我们……"他一边说，还在屋子里手舞足蹈着，像他在给大家讲战斗故事兴奋时，激动出泪花……说"我们"声音很重，还是那种"官话"，"我们"包含的不仅仅是夫妻的这个家，还有同他鏖战十几年的战友的那个"家"，他是在向高排长、继光老弟、仲关、廉武和众跪地救他的战友们作报告……

第二年春节期间,新屋的喜上加喜。正月初八日,堂哥冬苟生了男丁范文,远凤海着肚子也到了产期。

初九日,洪珠接到去县里报到开会的通知。远凤立即告诉大婶,大婶蹒跚一对"三寸金莲",来到洪珠家:

"洪珠,远凤这个月临产,你千万出不得远门,你晓得她哪一天。"

"去县里开民兵工作会是党组织的一件大事。谁家都有私事呀,私事都请假,这会怎么开?"洪珠回答她,"大婶,我是党员啊!"

大婶只好蹒跚离开了。扬辉又来劝:"洪珠,你千万离开不得!她是三十岁的大龄产妇,这个月出远门,天大的公事你都要请假,在附近也要天天晚上在家住。千万千万!"扬辉摇着二郎腿,用没有商量的语气说。

洪珠站着,左手拍着脑袋,放手时手臂又磕碰了一下胸口衣袋那硬硬的"红本本"……他干咳了一声,说:"三哥,你说得对。我会考虑好的……你莫太操心,有哥在家,有事你也可做主的。"

扬辉生气了,站起身,手指洪珠说:"你不要宝里宝气!你开会重要,还是母子平安重要?你的党员重要,还是后代重要?夫妻都这么大岁数,好不容易,中年得子,你给我脑子进点油盐!不能走!不准走!我要吴书记帮你请个假!"说完,他反剪双手,扬长而去。

平赃又来了。

"老罗,远凤临产了。你在家吧,县里开会事我向公社说明一下,请个假。反正还有民兵营长参会了。这是你一生的头等大事,人都这把年纪生子,你做丈夫的一定要在身边……"平赃坐下同他慢慢说。

洪珠却笑着说:"吴书记,万一我守在家又没生呢?开会也只几天,没生小孩,又不去开会,我们都是共产党员啊……"他还跟平赃讲指导员跟他说过的一句话:"个人的事可以忽略不计,党的事比天大!"

平赃想:入党介绍人反而做起新党员的工作来了?万一开会几天真没生,他还会怪自己思想上有问题。不好劝了。

远凤更是没办法做通丈夫的工作,她只好招呼大婶、新花、桃英常来家坐坐，还托赶龙王市的人附信，要十三岁的妹妹来陪她睡了。

官陂曾古去县城七八十里山路，往返全靠双腿走路。洪珠初九下午出发，晚上赶到。

第二天清早，屋后喜鹊把妻子叫醒，准备起床，突然身上感觉不适，胎儿动，且愈动愈剧烈……她只好躺下。

远凤喜忧交加，急催妹妹："颜不济，你快去告诉扬辉伯伯和大婶，发作了，要生了……"

新屋的知道信息的族人来了，赶紧派人去大芙塘队请接生娘，驻新屋的大队干部还有靠山那边大队部办店办学校的妇女也陆续过来探望，桃英陪姑娘新花来了，她俩又陪大队干部还有谭良和老师匆匆来到桥头，拦住从洞口和水垅方向去承坪岭的熟人，要搭急信去公社：

"你到承坪岭第一件事就去找到公社刘秘书，告诉他马上给县里打电话，通知参加全县民兵工作会的罗洪珠赶快回家，他妻子发作生孩子了，难产可能性大……"吴书记说完，又叫谭老师写张口信，平赃又在上面签了名。

三哥听说是难产，气得跺脚："这珠即死宝气！打仗把人打蠢了！死脑筋！这么多人劝他不进盐油！气死人！万一三长两短……"

"这洪珠真是宝里宝气啊！出口闭口'共产党员'……"来探望的人见远凤难产死去活来，丈夫却到县里开会去了。大家越是手忙脚乱，心里越急，就越怨洪珠不在身边……

常常出现远凤不省人事，喊不应了……妹妹哭姐姐……

后背樟树上还有喜鹊在叫……可人们心目中不像是喜鹊声，倒像是乌鸦的声音……

整个新屋的春节喜气不见了，男女老少步履匆匆，牵挂，焦虑，不知所措……曾古湾的甚至官陂峒都传开了：洪珠的妻子难产，人醒来也只能喝点米汤，一会又痛昏过去，不省人事，母子性命难保……

第二天了，妻子死去活来，丈夫还没回？

"这洪珠聋子，人出世干什么呢？生儿育女头等大事，他是共产党员，他要去县里开会？……"

远凤醒来喊叫："要男人都过来，要平赃和谭老师过来……我害怕，害怕！……"自己男人却在百里之外啊！族上男人来了，平赃和谭老师来了坐阵，接生娘同大婶、妹妹、侄女们内屋忙乎照看，外屋一班男人镇定做主，晚上熬通宵没事时放松打打纸牌。

第三天了，妻子死去活来，丈夫还没回？

洪珠是第三天开会入会场时才听到信，妻子两天前就发作了，难产……

"我马上向营长请假！"洪珠急着说，一身发热，急出满头大汗。

"会务通知的，你还请什么假呢？！"参会的承坪老乡都说，"你马上回去！"

洪珠转身去招待所带上行包，拔腿就往龙脊山赶，一路急行军，打飞腿……

"难产"……当大龄妇女头胎遇上这两个字，他知道会有多危险……三哥和大婶等亲友们肯定都在骂自己宝气、聋子、癫子、蠢子……

"难产"……打飞腿间，好像高排长、仲关、继光、廉武等战友们又都在陪自己说话和急行军，那嗵嗵嗵的脚步声分明就是上甘岭发起总攻的大炮响……

轰隆！轰隆隆！……

十三日正午，发作历时三日三夜，远凤终于胜利，生下了！男婴！母子平安！

后背樟树上正喜鹊喳喳，喜鹊也就是喜鹊，不再是"乌鸦"。

洪珠于当日下午两点多钟赶到，用六个小时走了七八十里山路。

新屋的罗门春节添了两丁，皆大欢喜！

见洪珠回来了，为这三日三夜忙得没睡觉的、操心牵挂的，无不嗔怪他，他一手拉紧妻子的手，一手抱婴儿，见面色憔悴苍白的妻子太像身负重伤得知打了胜仗的战友，流泪、苦笑，也嗔怪："叫你不去开会……"

"我是党员啊……"

39. 生产队长

曾古现在上百户人家，却没一人姓曾，从前最早应是曾姓人落脚的地方吧，上山下乡时国家安排了一户姓曾的来寻找到了祖居地，可接受再教育后曾古这颗"曾氏种子"又返城了。现在是罗、钟为主还有侯、吴、谭、马多姓的一块官陂垌杂居地，除新屋的是坐落田野中央之外，其他都散落在龙的脊椎多个褶皱里：上屋、中间堂屋、下湾一个自然组，环湾一小片，后背垅、上屋坳上、下古、热塘、翻梁坳上、丫的、荷叶塘、花园的零星几户。

人民公社大集体时这里三十几户，一百多人口。洪珠从县百货公司辞职回来后当过曾古几届生产队长。

洪珠每当生产队长，家里这个老"土改组长"就很操心。他性格直，说话毛火闹一阵，炮弹轰出去不转弯，伤了人后面来帮你"疗伤"他也情愿，家就成了队长身后的"救护所"了，远凤就成了队长身后的"救护员"：谁出集体工，出工不出力，偷工减料，他一当发现就直截了当，会从田地里指名道姓一路"大炮"轰过来……

"那还行！莳田按田亩记工分，定额了就莳得这么稀，行距里可以过得车呀？矮子禾要合理密植，不密植没禾蔸佬哪来产量？没产量你呷什么？都以为大伙的事，少打粮与你没太大关系。大家都这样只想挣工分不管它打多少粮食，你凭工分都去喝西北风去吧！马上给我拔了返工，否则不但不记工，反而加倍罚工！做人的良心被狗呷了？那还行！……"

远凤一听到是丈夫在一路"那还行！"轰"大炮"回来，她心里就紧张，不知又是在向谁发难了？今晚上评工分准又是吵架！

回来后远凤劝他："你回来后找人家一个人说，不好吗？"

"正是莳田时，我要杀一儆百，都让大伙听到才有好处。否则，这样田都莳完了，将来产量没有，大伙吃空气？……对那些人不定额就'磨洋工'，定额就脚肚上都是'小主意'，尤其那些'长鼻子'社员，更要不留情！……"洪珠回家了还在对远凤说得翘胡子、瞪眼睛，把集体的事完全当成自家的事那么认真。远凤劝他时，即使当时答应，下次注意少生气、少骂人，但一当事来到他跟前就又看不惯、忍不住，"大炮"照轰不误。

晚上各家各户派代表参加评工分了，果然又像炸开了油锅……

"桂花，你扯秧方法不对，我发现你多数秧根没扯出来呀！把扯断没根的秧莳入大田都不白白辛苦？做事定额图工分就有饭呷吗？这样下去，那还行？你自己说扣多少工分？……"

"那还行？你官腔莫到队上来打，有本事到国家单位去打去！社员不懂官腔！……"

农村妇女，更不好听的还在后面，骂架没好嘴，有的还伤及家人老少……

硬扣了工分，开始拍桌子、掀桌子，打架的也有，他一个身经百战的人，什么场面没见过？乡下人却少见，远凤也觉硬顶不行，自有了她的一些办法……

干鱼塘了，抽签分鱼，地上摆着三十多堆鱼，一户一堆，堆堆贴上签号，可人家抽到那一堆上有甲鱼或认为鱼搭配不好的，有社员硬是不要，大社员他不理，懦弱社员不要他还可把自己抽的这一份让给他……

凡他不让的，远凤就只好背后做"好人"了，背着他把自家分来的与人家调换。这种"好人"有时也会被洪珠发现，一当发现有的也就算了，可有的就也不放过，说是她在怂恿恶人，"那还行！……"

远凤实在没办法，她跟大队干部平赃他们说了又说要大队做做好事，不能让洪珠再当生产队长了，再当会把全队的人个个都得罪了。最后大队同意他不当生产队长，但生产队的管理员却非他莫属。

曾古或许是多了像洪珠这种不怕得罪人的人吧，这个生产队的产量在周围几个村中最高，发展最好。小河流入神农河的出口处还筑了个水坝，生产队办起了水利加工厂和水力发电站，曾古是龙脊山附近最早人人吃白米饭、家家光茄子火[1]的一个生产队。

曾古每年分红，劳动工价比全官陂甚至所有相邻村的生产队都高。周围的村民都羡慕，成年女子也早早盯上了曾古的后生仔，想嫁到曾古来。

---

[1] 指亮电灯。

40. 铁面保管

　　曾古生产队能当队长的人才不少,但像洪珠一样能当好保管员的人却并不多。无论谁来当队长,都想要洪珠来当队上的保管员,因此,他在队上做保管员的时间比较长,他也几次推荐了新人来做,可社员们还是要他来做保管。县委书记黄章孝、县委常委王继高、县团委书记李勇才来曾古蹲点,也坚持要洪珠做保管。

　　一个好集体少不了一个"吹哨人",更少不了有一个"红管家"。洪珠苦水里长大,又在部队煅炼多年,从上甘岭"一人分一口萝卜""一人分一滴水"的艰苦岁月里走过来,他最懂得柴米盐油贵。

　　曾古所有红石晒谷坳上都留下了这个铁面管家的身影。

　　他视集体每一粒粮食与自己家中的一样贵重。天然红石一般不平整,坑坑洼洼不少,收谷时扫帚难到处他会蹲下身子把每一个坑洼处的谷子一粒粒用手掌"清扫"出来;夏天孩儿脸,说变就变,一有大风吹散谷子他会飞快赶过去把谷子扫拢过来,一只麻雀飞到晒谷坪来他也不想放过它,尤其每遇雷阵雨,他晒谷场上抢谷,急得浑身不知是汗水还是雨水,眼看暴雨会把谷子从共和石上冲走,他恨不得用自己的身体来挡住流水中的每粒谷子……也因此跟他一起晒谷的妇女们都喊累,他自己脚手不歇,她们也不好意思歇下来,有妇女常言"晒谷本是件轻松活,但跟着洪珠晒谷却难得轻松"。

　　洪珠是出了名的"铁保管"。他叫和生铁匠为生产队打出了一个圆铁盘的仓库钥匙圈,这个铁圈圈他不离手,想从他手上借集体的东西可不是件容易的事，借了集体东西未按期归还的，他定会准时上门追还。他不管你高兴不高兴，"嘿嘿"溜出口头禅："对不起，集体财产人人有份，还真不好说。"他这集体保管还管得宽，管了晒谷坪管仓库，还要管到双抢的田头，一有空闲他就去当日收割的田里，经常见他手里和嘴里有收割遗落了的谷穗捡回晒谷场来，晚上评工分时他又会张三李四毫不客气……

一次"双抢"期间，共和石晒谷场爬上来两个挑空箩的人，扬辉一路哼着老调带鱼场学徒上来了。队上有七八十口山塘来养鱼。养鱼是个技术活，需要孵化鱼苗分鱼种，队上就把这项工作交给了当过先生能识字的扬辉来负责。

"珠即，队上鱼场需要二车过的空秕谷给新草鱼吃。我们挑两担去。"扬辉一边说一边就去了秕谷堆。

"三哥，这是谁同意了的？"洪珠皱了皱眉头，很客气地问。

扬辉不管三七二十一，谷箩靠上秕谷堆就装了起来，边装边回答："嘿嘿，都是些不要的秕谷子，里面没几粒谷了，烧了可惜，给鱼吃吧，还要跟谁说？你是保管员。我是谁？也是为公家呀！"

"三哥，这二车秕谷不会烧，还要车一遍，里面还有壮谷和半粒的谷子；再是队上的新草鱼你们可下地打鱼草啊，不能用到手的粮食来喂吧？再说动用谷子队委会要商量。我们是兄弟，更要回避。这样做，你再是为公，也不行！"洪珠耐心解释，又果断回答。

扬辉可来火了："嘿！好在我先跟队长说好了的！"

"你同队长说了，他却没对我说。再说他一个人说了也不能算数呀！动用队上谷子要队委集体研究才行。"洪珠也不客气了，"今天你们不能挑。等集体研究再说吧！"

扬辉叫学徒挑着先走，被洪珠硬拦住，并把一担秕谷都倒回谷堆。他还铁板上钉钉地指着扬辉，下命令："哥，你的，你自己倒出来吧！"

"难怪大伙都说你宝里宝气，你这不进盐油的东西！队长同意了你都可阻拦？我这一担今天偏要挑下山！"扬辉说完就要挑。

"那还行？正因为你是我哥，从晒谷场挑谷回新屋的，群众怎么看？你是挑回家里，还是给了鱼场？说得清吗？"洪珠按住了扬辉的扁担，"哪怕队委研究同意了，也不由你来亲自挑！今天这秕谷坚决不能挑！"

洪珠说完，把扬辉这担秕谷也倒掉了。

三哥摇头丧气，只好带学徒挑空箩下了山。

41. 共和石上

　　万亩龙脊山天然形成以共和石为界：左侧都是红石山，右侧都是红泥山，两边田土也自然这样：左边沙壤，右边黏土。龙脊山绕共和石前后左右如无数龙的脊椎，连而不合，断而不离，组合成各式各样的龙的形貌。

　　这共和石实实在在是座山峰，古人却给它个石头的名字；这实实在在是个近百亩平展见方的红石广场，今人却只称它为"共和石坳上"；这实实在在又是将军练兵、阅兵，人们休闲的丹霞天堂，今人却只用作"晒谷场"或作"牛盘"。

　　若曰石头，可申报"世界石头最大"。

　　若曰广场，可报"世界天然最平和视野最开阔广场"。

　　若曰练兵场，有靶桩石孔作证。

　　若曰阅兵场，有将军铁蹄印鉴。

　　若曰休闲天堂，一片丹霞，顶上有大小三口天池，红山碧水，鬼斧神工，一派自然胜景……

　　更有今天集体晒谷场和集体牛盘，公社的人和牛，在共和石上上上下下……

　　洪珠长期担任曾古队上的保管员，共和石就成了他的第二个家。

　　这可是队上上百号人的一个大家，夏秋收割季节每天上下几百担谷子。

　　水稻抢收阶段上午休工和下午休工时，全队上百号劳力都要在这里发起一次"冲锋"。男劳力挑谷箩，女劳力挑米箩，半天的收成都要送到这共和石来。

共和石算官陂垌的顶级山,与第二级山道相对高度有四十九级磴,左右两侧上共和石的石级山道又分成两路:大道笔直四十九级上山,蹬宽而陡,只有一类男劳力挑百斤谷担才能在此冲锋陷阵:

"冲啊——冲上共和石记十分啊!……"

双抢期间,这里每日像开"农民运动会",赛场口号又响起来了。

其他二三类劳力和妇女多数不敢充英雄,宁愿沿弯弯的两侧石道多爬几步乌龟背了,红石磴上男妇老少喘息着……这时,洪珠闻山下口号,赶紧带他的晒谷员们也赶下来接担上肩……

"桂花,你不要挑这么重,能挑多少挑多少吧!"洪珠一边接担一边安慰人。晒谷员和已上去了的众社员也都自觉行动,见有吃力爬不上来的赶紧下山帮忙接一程,挑不上山的妇女和老人满怀感激。

每天上午和傍晚,队上牛群也从这里爬上共和石去将军岭周边草料场,牛群和人群一样,来到共和石也自觉分出类来,一类雄牯在前弓箭一般冲上山,二类母牛、老牛和牛犊落在后头步步弓行,红石磴上就上演着惊天动地的二重奏……

"冲啊——冲上共和石记十分啊!"放牛郎和小孩子们也这样在此助阵"耕牛运动会"。

炎炎盛夏时,整个共和石就像一块被太阳烤得发烫的铁石山,上午刚收割的谷子只有上了共和石才可以当天傍晚收谷进仓,其他晒谷场都需要晒两三天。夏日多雷阵雨,抢收、抢插、抢晒不得有误,否则湿谷粒未及时晒干,高温下就很快发芽报废。下午收割送上来的谷子都得等第二天的太阳,晚上要有人在共和石上守谷。

夜里守谷的任务自然落到了保管员洪珠的身上。当时社员温饱尚未解决,粮食吃紧,尤其曾古周边是两县三乡交界之地。一防人二防野兽三防变天。共和石守谷保管员每晚必守,另加各家各户轮流一人配合。

洪珠把刚能上学的长子范一也带上了共和石来守谷作伴。砍几棵松树做木桩支架,盖上稻草,山顶中间就搭起了"人"字守谷棚。每晚轮流来守谷的社员傍晚时一张草席卷上了山。洪珠带他先验数谷堆,且验收每一谷堆周围一一加盖的"正"字石灰印章完好无损，然后才能在守谷棚里展开草席睡觉。

  石壁白天再炎热烫脚，一到太阳落山，凉风劲吹，石温也很快就凉爽宜人，连蚊虫也没有。入夜之后，除守谷棚里的守夜人外，山顶谷堆空白处也会鼾声四起，因为曾古湾不轮守谷的社员也常上来贪凉陪守，棚里挤不下就干脆睡在棚外，有年轻人连草席也不用就直接摊在了石壁上……

  洪珠睡得警觉，夜里会起身两三次，抬头观天色，打手电绕谷堆打转转，有时他也不知不觉离开了守谷棚，要躺在了棚外的谷堆间，他担心自己耳背，在鼾声雷动的睡棚里会听不到外面的响动。

  他习惯仰、伏两种睡姿。即使睡在棚里他也爱将头部伸出棚来，仰看满天星斗，看着夜幕星月给围过来的年轻人讲他的战友和他亲历打仗的故事……每当见他脸朝下趴着睡时，就都知道他是故事讲累了，入睡前作出的持枪卧姿，随时听得一声令下，立即匍匐前进……

  清早哞哞的牛叫把洪珠唤醒。他蓦地弹起朝四十九磴上赶来，带孩子和同伴们欣赏牛群发起新一天的又一轮冲锋，每天都有不同的阵势，也好帮助放牛郎为落在后面的弱者助一臂之力，还有山顶上靠牛路的谷堆也不得让牛乱了"正"字，或赶紧把四周青油油的野生秧苗拔些丢进天池里，让牛们一边洗浴一边顺道吃个"早餐"。中午牛聚在将军岭树荫草场里乘凉，天池留下清彻见底一面镜子，晒谷和担谷上山劳累了半天的社员，就忍不住扑进去，有时甚至不顾人牛同浴，其乐融融……

  洪珠中午也要守谷，共和石上几到处铺满谷子，金黄一片。困了，守谷棚里也烫人难耐，他只好去周边松树下的箭杆茅地上一躺，运气好时还会突然发现昨夜有麻鸡婆鸟在箭杆茅里留下了一窝鸟蛋，他乐滋滋捧出一掌鸟蛋放在石壁上，正午的太阳准把它们烤得满山喷香，碰上馋嘴的美美地吃个精光，有时也会带下山去，让新屋的孩儿们馋涎流得一夜都做共和石的梦……

  这个梦每年要做到共和石秋冬晒满红薯片为止，那已不再用人守了，各家各户先到先晒，后到后晒，生熟不一，红黄白各色各样，有的还蒸制得通红透亮，片片摆出各种图样，这是社员为青黄不接时准备的红薯干副食，一家晒一大片或多片，所有裸露巴掌大的红石都晒满，谁爬上山想吃就吃，主人还会使劲往你衣裤口袋里塞，爱吃正是对主人制作手艺的赏识。

红薯片都晒干回家后，共和石上又接着翻晒来年的梦……

42. 禾田点灯

洪珠每天背小范一上下共和石，山道高一脚低一脚，夜里背着孩子下山担心孩子睡着着凉，双手反剪背上，掌心托着小屁股蛋儿不停地轮番轻轻拍打着，又不时提醒"回家回家"……他坚持背孩子去山上守谷，或去参加队上评工、记工、开会、放牛或其他生产劳动，一个刚能记事的孩子，他并不是要小孩子为他做个伴，而是为了让他增长见闻，开拓视野。远凤不想让他晚上带孩子出去，有时参加队上晚上评工、开会，背孩子深更半夜才回家，她心痛孩子。

"细把戏还太小，阳光不足，说了夜里不带出去，你硬是霸蛮，深更半夜了，惊了吓了你会哭都没路。跟我在家里带，稳稳当当，明天再不许你带出去了！"远凤从洪珠背上接下孩子，一边抱着亲，一边对丈夫生气着说。

洪珠却嘿嘿笑，指着范一说："你问他，跟着爸爸好玩不？夜里怕不怕？"

"夜里墨黑，我就怕爸爸看不清路，脚下会摔跤。"小范一喘口气又说，"还有，我怕社员评工分拍打桌板吵架。爸爸，你不减他们的工分好吗？"

"是不是？你评工又吵架，把范一也吓着了！"远凤说得更来气了。

洪珠收了笑脸，说："你不懂，就不要乱说。没有工效只想工分的人只能少给甚至不给！评工评工，都不评，这集体以后拿工分分空气？这集体还要不要？"他又转脸嘿嘿一笑，耐心解释，"走夜路，我又没让他在背上睡着，怎会凉着、吓着呢？小孩子能记事了，从小就要让他多接触这个集体社会，多认识这个复杂的世界，老让他待在家里，他将来如何面对？你是想养朵鲜花老放在家里好看吗？那还行？孩子大了一走向社会，风雨来了，你还能护着吗？世界上哪里没有矛盾和斗争？"

洪珠见妻子没顶嘴了，又嘿嘿连嘿嘿地说："就说我吧，要不是从小住了两年窑洞，上甘岭的坑道里我待得住吗？待不住的话早就牺牲了……"

见孩子听着听着睡着了，夫妻也不说话了。中年得子，洪珠不是不心疼孩子，可他心疼孩子的方式不一样。中年得妻，他也不是不心疼妻子，他的恩爱方式也不一样。家里他管钱，这位铁面保管员家里的钱袋子也管得紧。远凤看邻居妇女穿出时尚的衣服也想要的，小范一见邻里范文、外生堂兄们有了小扑克牌玩，他也想要，可他们都不敢向洪珠马上提出来，都要等到特别的时候才好开这个口。一次范一感冒了，他想这个时候爸爸是最疼他的，躺在病床上他才敢向爸爸提出来想要一副扑克，小范一的扑克梦才得以实现。

早稻长得封行了，官陂垌绿油油一片。这时，洪珠却主动促成了小范一的另一个梦：

禾苗长得好，虫害也多起来了。生产队决定每天晚饭后各家各户定点在禾田里点诱蛾灯。点诱蛾灯时有的田开始晒田，已枯水，可小桥头去承坪岭翻梁坳上方向有两亩田是丘过水田，田里有水，已晒田还好点诱蛾灯，有水就不好点，洪珠当队长，只好自己拣了这有水的田点灯了。

范一已上学，晚上要灯下做作业。洪珠想了想，嘿嘿一笑："范一，你反正晚上要做作业，今晚带作业跟我去吧！"

远凤听了却反对："那两亩里点灯有水，你带他怎么去做作业？"

"这天气，一点点水有什么关系？去诱蛾灯下做作业，既学到了技术，又节约了家里的灯油，一举两得！"

范一听了很高兴，带着课本和作业本跟着爸爸去了禾田里点灯。

洪珠让范一先把书放在田塍上，要他打赤脚下田，站在身边看他边说边动手做：不要踩坏了禾苗，先在禾田中间择好位置，安放一个四方墩凳，又在墩凳上放上一个脸盆，脸盆里倒上半盆水，水中央放上一块砖头，砖头上放上火盆，火盆里架好松柴木片，木片点燃，松油烧得扑哧喷香，火光照得田里禾苗一片亮堂……

小范一先不很理解禾田里为什么要这么点灯，不一会儿，看各家各户的稻田里陆陆续续都点了火，松柴烧得啪啪响，就像天上的星星突然都掉落到曾古垌的和整个官陂垌的了……很是新奇！

洪珠帮孩子拿好书，并把一条高凳搬进来田里，高凳放在火苗背风的一方。他抱小范一坐在凳子上，书本放在墩凳宽余的一角，火光照得课本和作业本比家里油灯下还亮堂。

洪珠站在一旁，卷上一支旱烟点燃，一边抽烟一边耐心对孩子说："作业你先不急着做，先听爸爸说。这叫诱蛾灯，就是把禾田里这种叫飞蛾的虫子都吸引过来。"他指着早已飞过来的各种蛾虫说，"我们不趁晚上把它们消灭，它们就在禾田里吃禾苗的叶子，禾苗越长得郁郁葱葱它越喜欢，我们的禾苗就越会被糟蹋，粮食就会减产。"

小范一抬头看已漫天飞舞的蛾虫，天真地问："这灯又为什么能吸引虫子来呢？"

"你问得好。就是因为蛾虫夜里喜欢亮光，你在家里灯下做作业时不也有蛾虫飞到灯里来吗？灯罩里不也有蛾虫吗？这样，我们把灯安放在田里，蛾虫飞过来时，要么扑进火里烧死，要么就掉落水盆里了。你看……"

"啊，原来这真是个好办法。"范一抬头又问，"爸爸，这蛾虫怎么这么蠢呢？"

"喜欢光线，这是蛾虫的天性。就像你喜欢吃糖一个样。"洪珠又指着桌上语文书里《上甘岭》的课文说，"凡事你要想对付他，先要弄懂他，就像爸爸和战友在上甘岭的坑道里作战，我们不能死待在坑道里，那样不被敌人大炮炸死也会被憋死。我们摸清了敌人胆小，不敢出碉堡，都基本是在瞎放枪炮的特点，便把坑道里的罐头空壳用电线串起来，悄悄挂到外面一些树枝上，风一吹，敌人听到响声就朝罐头壳放枪。这样，我们既把自己坑道的目标转移了，又巧妙发现了敌人的方向，不知不觉，我们摸索着从另一方向向敌人碉堡塞进爆破筒，敌人丧命了还摸不着头脑呢……敌人胆小，飞蛾喜光，都是特性，凡事把握了特性就都好对付了。像你读书，真正把握到书中秘诀了，老觉得书里有趣，你就好对付书了，你也就会爱上读书了呀！"

洪珠接着又给孩子讲了自己小时候想看人家的书被当作马骑挨打的事，又讲战友仲关爱书，还讲黄继光有理想要入党，英勇无畏挺身堵机枪……

队上要求每家负责点的这盏诱蛾灯的火必须要燃烧两个小时，从晚上八点烧到十点，洪珠就把每晚上添木柴点灯的任务都交给了范一，范一也觉得在诱蛾灯下看书和做作业是一件乐事，高兴地承担了这项任务。有一个晚上，洪珠忙着忘了时间，等他来到禾田时，曾古垌的诱蛾灯全都黑了，小范一却伏在看书用的小凳子上睡着了，背回家中醒来时还哭闹着要去禾田里点灯看书……

诱蛾灯下禾田的梦，让小范一开始放不下手中的书了。

43. 代销之路

洪珠家里钱袋紧，可他一有点钱就乐于搞点建设。

范一五岁时，远凤终于得凤，第二胎生了女孩。这次生孩子洪珠在家，门外正下着冬雪，洪珠似乎想起了修建青藏公路时在高原雪山上见到的雪莲花，他给女孩取名"雪莲"。一个没文化的人，给女孩取了个很有文化气息的名字。

女孩出生前他在原来那一逢青砖房的右侧又添了两间土砖房，这逢房是与刘年春同时建的。刘年春是大芙塘族上的一位女婿，从邻村芙蓉迁来，他妻子罗俊妮，按辈分叫洪珠叔叔。他们家建了三逢五间土砖房，大厅屋与洪珠共一堵墙。范一最早读书就是在他们的厅屋里，邻家就成了孩子的启蒙学校。

洪珠家原来老房三间靠后拆去了一堵间隔墙，靠后那间老屋成了长屋。原来靠屋垛子上的"后门"也变成了穿堂门，新房后一间又在靠小河边开了"后门"。这逢新添的房因小河弯的原因比老房子短些，屋后檐靠河边缩进去一米多。后门口的老房垛就伸出一米多长介于室内和室外之间惬意的檐下小天地。

洪珠穿戴朴实却讲究整洁，对家庭环境也一样。他从屋边小河转弯的河底筑起河堤，取来红石砌了护坡，把从后门口到河堤护坡大约两逢屋檐后的三米宽空间都渐渐铺好石灰坪，在石灰坪的后门河堤平台上移栽一棵大香樟树，打石灰坪时还特意为香樟树留出空间，让它一天天同孩儿们一块成长，他也把后门口的这棵香樟打理得像把凉伞，新建的房屋也同老房子一样，地板用黄泥巴打得平平展展，一楼二楼都四面石灰粉墙，且一二楼都结结实实装好松木楼板，上下一色玻璃窗，连后门口这楼梯间的楼梯也是柱子扶手木板梯。

加上洪珠爱讲卫生，人勤手不歇，平展的地板上一有点垃圾他就会及时收拾扫净。家里外人随时走进去，总是给人感觉整齐、规矩、敞亮，窗明几净，虽不见豪华，却让人心里感到舒爽。一次，吴平赃书记又来老党员家坐坐，忍不住发出感叹：

"洪珠家建了高楼大厦！"平赃本是一句由衷的赞叹，但在当时，外面人传起来又难免不是一句滋生了"资本主义"的批评。

发展经济，保障供给。公社供销社要在各大队设南北货物代销点。官陂大队已在大芙塘坳上建好了大队部，但吴书记见洪珠家有了宽敞的房子，他又曾做过县供销社百货公司负责人，夫妇又都勤快、板正，远凤又待人贤惠，新屋的又是官陂的中心位置，他就在支部会提出，照顾一下这位放下国家干部不当的老党员，让他家赚点零花钱，也利用他打理好的那个家园为广大社员群众服务。

龙海供销社官陂代销点就设在了后门口那个板梯间，小木桥那个"十字通衢"连着樟树下这个"后门口"就开始门庭若市……

官陂群众去周边几个市场都有三四公里以上，从此身边就可以买到盐、煤油、火柴、香烟等日用品了。

办代销点要自己进货，去龙海和承坪供销社进货都行，却要脚力一担担挑回来，洪珠多选择去承坪供销社进货。

或许老家在承坪，他走承坪这条路长大的，对承坪独有一份情感吧。他也常带范一帮着去挑货，挑不了小笋挑一担小竹篮，一路给孩子讲他留在这条路上的故事，也讲他从这条小路走向世界最高的大路及南征北战的故事，脚步在给故事打上标点，挑担的笋索吱呀的摩擦声也在给故事配音，每讲到动情处他就停下来歇口气，专门讲，尽情讲，讲得不知他是在擦一把汗水还是擦一把泪水……

有几个发生在路上的故事，他基本每次都要手指点着——讲到，孩子从不厌烦，一次次像第一次那样认真听讲。可有一个故事他从不给孩子讲。他在抓兵前娶的妻子后来嫁到了浪江组,父子挑货每次都要从浪江组旁边经过,他从不在门口歇口气,实在进货挑重了点,他也只在路上朝那村头喊一个熟人的名字,一个后生会挑担箩出来,帮他卸出点货送一程,送到翻梁坳上,他又把货垒进自己箩里,给钱给后生做脚力费,后生又回浪江去了。直到今天,过浪江还是没有桥,偶有木桥也常被洪水卷走了,那浪江岸上蜜月里夫妻哭别的旧景他历历在目,但他复员回来就再没与那结发妻子见一面,深怕影响人家家庭,也担心会让远凤心里不愉快。

这条代销路,他带范一挑了三年货,故事也讲了三年,后来夫妻决定不做代销了,告诉吴书记,把大队照顾自己赚钱的这份好事让给其他更需要照顾的人。

代销虽可赚点活水钱,但他们夫妇都工余才能应酬,群众老远赶过来买东西,家里要有个专人,小范一就几乎成了坐台的售货员了。洪珠担心这样会影响孩子的读书学习时间,尤其还怕过早让小孩子迷上金钱。

范一不解,后门口热闹的代销点突然不办,转让到大屋的一位老党员家去办了?有钱不让赚?问爸爸,洪珠回答:"世上钱赚得尽吗?爸爸是党员,便利事老自己占着不好,众人分享才好。"

44. "校管"育人

1968年，毛主席发出教育要革命的指示，"在农村，则应由工人阶级的最可靠同盟者——贫下中农管理学校"，"知识青年到农村去，接受贫下中农的再教育，很有必要"。学校成为培养"又红又专"优秀人才的主要阵地。各地贫下中农陆续向农村中小学派进毛泽东思想宣传队，学校成立贫下中农管理学校委员会。

洪珠虽然是个半文盲，但他有满脑子亲历的革命故事，因而经常走进校园讲台，成了当地中小学的贫下中农管理学校委员会成员和校外辅导员。

范一于1971年至1974年先后在官陂学校和龙海中学上初中，1974年至1976年又在乐江中学（今承坪中学）读高中。这期间洪珠都是这几所学校的"校管员"和"校外辅导员"。

洪珠定期去给全校师生讲大课，也去班级教室讲小课。

《不忘阶级苦》《除夕被踢出门》《少年想读书》《为带大姊妹两年居窑洞》《一包盐的故事》《寻找四哥》《抗日远征救妇》《淮海战役入党》《修青藏公路立功》《高排长与山》《仲关与河》《见到总司令》《两次当逃兵与三年志愿军》《黄继光想入党》《黄继光堵枪口》《上甘岭坑道战》《送英雄遗体回国》《当个老兵》……洪珠陆续把这些故事讲给学生们听，他也尽情分享着校园里的掌声和师生们脸上的泪花……

他每次讲课都很投入，不会用词语，但会用他南征北战的"半官话"把故事时间、地点、人物、事件、开头、结尾讲得清晰动人。他让自己全部身心回到以往、回到战友们身边，让课堂上下能真切感受到那些动人的故事。

讲完一堂课他就像做完了一场梦，尤其追忆与战友并肩战斗时的那种亢奋和幸福，犹如获得了让战友重生一次的欣慰。学校感谢他，他也感谢学校：这双饱经风霜与战火还幸存的粗手能进校园与读书人的手握在一起，他感觉到值，这可也是和继光、仲关战友们握在一起幸存下来的一只手啊……感激的老泪中让他仿佛见到了他们幸福的笑容……

战友没白死，有人在传承。他有时也参与学校的一些管理，也注意自己孩子在校的教育和表现，要范一在学校事事率先垂范。

范一在龙海中学上初中时，生活上就已开始离开父母。别的孩子礼拜天一路返回校园欢喜雀跃，洪珠却支持范一每周返校时挑担柴火走十多公里山路去上学，在龙海街上搭在亲戚家住通学，自己做饭吃，早早锻炼独立生活能力。

范一考上了在承坪的高中，洪珠自然兴奋。可儿子开学报名这一天，他只帮孩子在家整理行李，明知孩子第一次一个人去乐江中学，有近十公里山路，一担皮箱和铺盖，过浪江没桥还得涉水过河，他却也只把孩子送到新屋的木桥边。四十岁才得到的第一个孩子，他不是不心疼，只是想让孩子肩挑行囊，独自闯荡。

范一在校一直任班干部，在乐江中学任团支书。一次带同学勤工俭学到深山烧木炭，不小心手掌被竹桩子刺穿，停课在家疗伤的日子里，洪珠鼓励孩子用另一只手坚持抄写《韶山颂》等红色图书几大本……

孩子们面前，人生道路漫长。洪珠的人生摸爬滚打，让他深深懂得了生活中的艰辛打磨与读书一样重要。

45. 养猪场长

大队要完成生猪出栏上交国家任务，每年一户出栏一头还不够，准备创建大队集体猪场。饲养上百头猪，这是一笔不小的财产。

大队集体企业，选进来的人多为老年人和困难户照顾对象，洪珠是因为那袋"勋章"吧，老革命、老党员、老兵加上老村干，大队也想照顾他，再说这笔大的集体财产更需要可靠人来管理，这"四老"基本就决定了当然由洪珠来当大队集体猪场的"猪倌"。

洪珠做长工放过牛，却没养过猪，家里每年出栏一头猪基本也是妻子远凤的事。因此养猪，而且还是办百头猪场，对他来说是件新事，又是难事。

村里为节约钱，猪场不建房屋和猪舍，改造利用龙脊山天然形成的坦的，这个"猪倌"要同猪们一块食宿在社员早已搬迁出来了的红石坦里。洪珠知道这个养猪的环境，社员早从这里搬出来了，现在他要从家里卷起被盖搬进去，别人又是怎么看？吴书记找他谈话后他当时也没完全答应，说容他考虑三天，也要同妻子商量商量。

回家打开那个红花荷包，摸摸那小小"红本本"，他想起淮海战役后入党宣誓的党旗正是挂在宿营地的山洞里，山洞发出那环绕声就像天籁之音：

"……对党忠诚，积极工作，为共产主义奋斗终身，随时准备为党和人民牺牲一切，永不叛党！"

远凤说："你这死脑筋，同猪打交道本会少人烦，养猪比队上做保管也会轻松点，就是做这事不太光彩呀，你的那些宝贝就值个喂猪的？"

"环境和职业都不是理由。在家种田我住过两年窑洞，在上甘岭还住过坑道。至于值不值，只要是为集体、为共产主义奋斗，作为一个共产党员，就都值！"

第三天，洪珠主动去大队部作了答复。用他在部队野营时用的那块已洗得发白了的黄帆布地毯卷起铺盖，搬进了坦里。

同他一块住坦的，还有大队部经他认可的几个人：石岭片的柑子、年苟，水垅片的甲即、两姓等，他们中两姓最年轻，他是作为残疾特困照顾对象选来的。

"两姓"这个名字顾名思义，就是有两个姓。他五岁时父亲早逝，母亲改嫁后就要这个残疾男孩兼顾着两家的"香火"吧，命苦却责任大。他有文化，会写字算数，洪珠用了这年轻人担任猪场保管员。保管员事多，两姓一条腿严重短小，走路只能靠那条好腿用力，靠弓身一只手支在腿上才勉强一蹦一蹦劳作生活。洪珠同情这残疾人，大龄还没找到对象，又想起了自己小时候的遭遇……

生活上，洪珠尽量照顾他。坦的进出门都是爬山上下坡。上坡时，他伸手拉，下坡时他自觉走在前。

两姓有时向他致意："罗场长，给您添了不少麻烦，我真不好意思。"

"这是什么话？一个场就是一个家，家里人不帮你谁帮？再说你自己愿意这样吗？生来没办法的事，我们能帮助你的都应该尽力，以后不许你再说不好意思。"洪珠恳切地回答后又解释，"场里多是老人，你有文化，我们都不认得几个字，新的科学养猪知识还靠你来教我们呢！"

两姓有了大队猪场这个家，他很温暖，干活很卖力。这个残疾人也成了洪珠的得力助手，有时安排别人干的活两姓也争着去干，别人心里哪怕对场长分工有责怪也不好推辞，大伙打猪草、煮潲、喂猪样样干得出色，百头猪头头长得膘肥体壮，出栏任务圆满完成。

洪珠创建官陂猪场，当了两年"猪倌"，猪场年年创收，年年评先进。

46. 林场场长

党中央号召知识青年上山下乡，接受贫下中农再教育。官陂是龙海偏远山村，县上分下几十人过来，每个知青户口都挂到各生产队，大队决定要建个官陂林场，让这批知青集中在林场发展集体造林。

这批年轻人响应毛主席号召，主要是来接受贫下中农再教育，由谁来教育、交谁来管理他们呢？平贶召集大队干部开会研究，洪珠家庭成分是贫农，社会关系是"四老"，大家一致认为把洪珠从猪场调来林场管理知识青年最合适。

洪珠才创建猪场两年，又脱下那件喂猪的围巾来到林场当场长。

当那"猪倌"环境再差也有个现成的崖洞，这林场可洞也没得住。洪珠又用部队那块油布卷起铺盖，最先来林场搞基建、守材料、盖房子。

林场仿苏式"十"字走廊建起来了，分驻官陂的知青全部聚集驻进了林场。经大队研究，除教育好知青之外，洪珠还在林场带养本大队双丫松生产队的一对孤儿，这对孤儿是一对叔侄，叔叔十二岁，叫刘庚苟，侄儿四岁，叫刘廉贵。

来自县城的知青，多数中学毕业，有的还是县中高层领导子女，都在城市和家庭优越的环境里长大，初到龙脊山这个离县城三四十公里的偏僻山村，又驻扎到这个边远的林场，生活和生产环境的艰苦带给他们的心理反差可想而知。十八岁左右的孩子，首次离开父母，罗场长就成了大伙的老师和"父母"。尤其场长经历丰富，老党员、老英雄故事多，加上人和蔼，有一张慈父般可亲的脸庞，年轻人多愿亲近他。

知青领头人张湘龄带领几个善写画的知青，很快在林场入口的红石崖上用石灰粉刷上"志在农村"四个大字。这四个字洪珠也认不全，但同知识青年生活在一块，他不愁没"老师"了——在部队好不容易结识了战友仲关和继光做老师，在林场个个都是他的老师。他如鱼得水，沉浸在知识和歌声的海洋里，一位年近花甲的老人每天被知青们感染得真要返老还童了。

造林垦荒、打坑，大队发动全体社员人人头上分任务，栽树、护树，洪珠手把手教会大家，庚苟和廉贵年幼，只能在林场跟知青们做伴，庚苟稍大点，后来也还可参与劳动。农村孩子，叔侄俩都过早失去了父母，在林场里就把场长当成父母，知青们都是兄弟姐妹，当然由于农村和城市孩子生活习惯上的差异，这一对跟着场长每日在林场生活的小孩，有时也难免受人另眼看待。

洪珠带知青们栽树、抚林，他经常是最后一个休工回场里，也还有赶不上开饭的时候。一次发现厨房给自己留的是一钵新鲜饭，庚苟和廉贵碗里正吃着的是昨天的剩饭，一打听，还经常这样，知青们都先把新蒸的饭吃了，这两个小孩子自然抢不上手啊！

洪珠联想到了已故的侄子范伟，据说范伟就是吃不饱，才生病致死的。党支部交给自己哺育孤儿的任务，责任重大，而培养知青尊老爱幼、体恤贫穷、乐于助人的品格同样责任重大。谁吃新鲜饭、谁吃剩饭事情虽小，但一滴水可见太阳的光辉，小事见真情，小事不可小看。

洪珠为此向炊事员和知青们先发了毛火性子，会上又语重心长相劝：

"你们都有爹娘都有弟弟妹妹啊！这一对孩子没家没爹没娘，林场就是家，我们都是他们亲人，他俩是你们的小弟弟。你们在家能忍心让午幼的弟弟老吃剩饭吗？剩饭留给我吃没关系，大家先到的也可先吃，发扬风格。林场就是一个革命大家庭，我们这么多哥哥姐姐，要先保证两个弟弟吃得好，吃得饱，同大家一样，才发育好，成长好，将来更好地为建设国家出力。林场这个家庭里，场长哺育孤儿，我有主要责任，可也是我们每个家庭成员的一份责任。这是党的温暖啊，这份温暖又要靠大家共同来营造，决不能看不起这两个小弟弟，我们这个家庭要确保两个孤儿身心健康成长，这也是培养我们每个年轻人精神品质的光荣任务啊……"

从此后，知青争着先吃剩饭，洪珠见孩子们都在成长，见知青吃剩饭心里又过意不去，他只好给厨房打招呼，尽量把剩饭留给自己吃。

知青赵赛林分在曾古队落户，洪珠把他安排住自己家，双抢阶段回生产队时，白天要长子范一陪赛林，也教教他干农活，夜里两人同睡一张床。自己家里要宰猪了，洪珠带上赛林和林场那对孤儿来家里吃碗肉……

长子上中学了，他注意带他参加各种社会活动，也带他来林场同城里孩子们学习交流，还让他沟通所在的乐江中学，常联系林场知青去中学同师生开展场校篮球友谊赛。

大伙见罗场长常表扬一名女知青，这女孩长得灵秀，为人殷勤，朴实，年龄又与场长的长子般配，大伙就都笑，要让这女知青做场长儿媳。范一来林场里看爸爸时，女知青也主动接近，给范一端饭、送菜过来，年轻男女眉来眼去，洪珠乐滋滋美在心里……但知青都是城里孩子，他们只是下来接受再教育，自己带知青，当场长，不能因这个便利沾光，一个农村孩子也不好影响城里孩子的美好前程……爱莫能助，他主动回避了知青们的一片美意。

吴书记见数千亩林子长势喜人，觉得洪珠带知青造林有功，这场长又是老党员、为人民翻身解放打天下的老英雄，他激动之余面对洪珠指向千亩林子，铁板钉钉地说："老罗，你为共产党打江山有功，今天造林护林也有功，现在也年纪大了，将来这批林长成材了，任你从中选十棵最大的杉树砍了做盒寿木！我今天说的，支部也都会同意，说话算数！"

洪珠在林场任场长五年，送知青们陆续返城了，他也卷起那床开始破烂的帆布军毯离开了林场。

46. 农科队长

大队要建农科队。集体烧砖瓦、进煤炭、进木材、施工建房,这些创建工程急需要一个可靠的"红管家",吴平赈书记和罗保俫大队长只好又来找洪珠。

"老罗,准备选你去农科队当队长。"吴书记开门见山。

"哈,农科队,农业科学,我认不了几个字,怎么干得了?"

"农业科学有上面派下来的技术员,你可以不管,你只帮大队做好其他管理工作,尤其是前期搞基建,建房材料等物资调配和施工进度,你都来管理。建猪场、林场你有经验,大队放心。"

"那我就只做个材料保管员吧。当别的队长还行,农科队长还真难当。"

"你不当这个队长,保管员也难当呢!大队已初步议了一下,保管员受队长指挥,你只当保管不当队长,人家说不定会以各种名目把大队的东西转为他用。你不蒙在鼓里?你是官陂老党员,你要对大队财产负责任。"吴书记认真地说。

"洪珠叔,您就接受别推脱了吧!您是老党员啊!"保俫又点到了要害。

那本小小"红本本",虽然他干农活不方便再带在身上了,可还好好藏在那红花布的功勋袋里……已无需手来触摸,心头上挂着,营地崖洞里那环绕声又在脑海回响……

"抓基建、进木材、烧红砖窑、管理集体材料,集体这个婆婆的奶都想吮一吮……你这宝里宝气的人,又摊上一个得罪人的事了啊?眼看林场安静下来可养老了，却又让你出来……"远凤有苦难言，洪珠当队长、做保管对她都不是件好事，风凉话、难听的话都向她这里灌。

洪珠每次换岗都会征求家属意见，但关键问题自己把关，不会听家属的，他心里只有那"红本本"最大，那上面的话才最真。在家里他也是"红管家"，妻子见邻里妇女穿出什么花样时她也想有，每次找他商量去买，他也不直接反对，只是讲他战友们的故事……

每讲到故事深处，洪珠就红了眼圈，远凤也就不再提了。

农科队基本建设都结束了。面临的是农科研究和科学种田实验。这农科队长，又是总管家，总管家不认识字，科技资料看不懂，上面派来的农业技术员讲科学他也不明白，传统种田他又是老里手，问题果真就来了。

"罗队长，制种田今天上午都要开始搞异花传粉了。"农技员说。

"今天劳力都要抢栽柑橘苗呀，苗昨晚上到的，今天不栽下土都会死掉呢！"洪珠很为难地说，"传粉改明天吧！"

农技员急了："不行啊，队长。这是从移栽起算出的传粉时间，迟不得，早不得，半天也耽搁不得啊！"

"大队调回那批柑橘苗，花了不少钱呢。不尽快下土，拖迟了栽下去也是死的，损失不大了？"洪珠猛抽烟，摇手说，"不行！今天上午，林场劳力栽柑橘。你那什么胭脂打粉，下午再说吧！"

"我的天啊，不是什么姑娘胭脂打粉，叫异花传粉。这是科学！"农技员又笑又急。

"你上午再算准制种移栽时间吧，下午再说！半天也迟不得我就不姓罗！"洪珠看着卸下满地的橘苗更着急，他向大伙挥手说，"开工！都背锄头挑树苗，上山栽橘苗！"

农技员眼看着人要走，央求说："罗队长，你就留几个劳力给我吧？传粉时间我是算准了的，半天也拖不得啊！"

"我说你还有完没有？眼看这苗都白费钱吗？农科队我是队长，听我的，这是命令，上午全部上山！"洪珠烟蒂一甩，生气了。

"罗队长，我只要三个劳力。"农技员哭丧着脸央求。

"不行！一个劳力也不行！保橘苗要紧，上午不上山的不记工！"

"罗队长，那传粉真耽误不起呀！迟了到时都结空壳啊！"

"那上午你自己一人去姑娘打粉吧！"洪珠说得大伙都笑了，他自己却不笑。

"我传粉至少也要两个人啊，至少也还留给我一个！"农技员说话也有气了。

"嘿，你这是要涂脂打粉配对象吧？！"洪珠认真地说，大家哄堂大笑，洪珠却不笑，"笑什么？我安排一个女的，谁愿跟农技员去，你们去配对打粉吧！"

大伙都忍不住笑，女队员还笑红了脸，谁都摇手不愿去了。

范文笑完对洪珠说："伯伯，我就跟农技员去吧。传粉他确实需要一个助手，但助手不一定要是个女的。一个人传不了呀！"

制种的稻田要收割了，凡上午农技员和范文配合传了粉的田，种子产量明显高，种谷也粒粒壮，下午来传粉的田稻子空壳多、产量低。

洪珠在田里收割，看看禾苗，手老搔后脑勺……

年关，农科队结算完了，洪珠找到平贼说："吴书记，我说过，这农科队长我可干不了。一个文盲，哪懂科学？至少也要让个有文化的来当。我回家，不能再干了！"

洪珠在农科队干了两年，其中抓建房开山一年，抓生产一年。这个队长，他主动请辞。那床军毯又卷着被盖回家了。

47. 放牛老翁

洪珠年近花甲，已满头花白，因战时常在地上摸爬滚打，双腿风湿痛开始犯了。平赃、保傈见他卷起那床毯一跛一跛又回了谢家陂，吱呀吱呀的小木桥被他踩得左右摇晃着……

大队几乎所有场队他都是创建者。这位为新中国身经百战又为农村建设竭尽全力的汉子一天天老下来了。

一天，洪珠躺在灶屋的柴角里，被子盖着，不断咳嗽，吐出满口的血……

远凤悄悄流眼泪……

吴书记来到家里看他，坐下对洪珠说："您写个报告，要政府解决点医疗费。凭您的贡献，政府会考虑的。"

洪珠回答说："算了。政府已解决了'双定'，不好再伸手了。"

洪珠只叫远凤找郎中开了几服中药……

大队觉得老罗有贡献、是功臣，国家干部不当回村当农民，农民老了又没退休工资，家里已四个小孩，生活难免紧张。大队向公社领导推荐洪珠，请公社企业给予关照。公社企业把洪珠安排去了全公社最大最好的工业企业——龙海水泥厂。

一次，公社书记胡昌斌在水泥厂见到了洪珠，他握手安慰道："老罗，这就是你终生养老的单位。你安心在这里，腿脚不好，能做点就做点，不能做别勉强。"

水泥厂基建工程正在扫尾中，厂里还有一头专用于踩泥巴烧红砖的大青牛需要人就近照看放养，牛有活干了只把牛从山上牵回来即可。厂里也就安排洪珠每天专门看管放养这头牛。

可想这看一头牛的活肯定轻松。洪珠做长工放过牛，生产队的牛有时各家各户轮流放，他也带范一去放过，那却都是一人放几十头上百头牛呀，这一人整日只放一头牛，他真还有点不习惯、不自在。

牛在山上吃草时，草扯拉着大地的那种"扑通扑通"的声音就像上甘岭上炸在深深浮尘里的大炮声……

牛吃山上的深草和灌木树叶时，又像扫射的机枪响……

牛躺在地上反刍倒嚼时，嘴里流出来白沫……

牛蹦进了水塘里……

洪珠脑海里浮现出黄继光，他说过朝鲜胜利回国后要来龙脊山看红龙，他连连质问：罗哥，这里都是石灰石？你不说都是红石吗？你怎么老待在这山上只放一头牛呢？我要入党，入了党就只放一头牛吗？你教我的那些话……

洪珠又浮现了高排长，高排长躺在自己怀里，嘴里流血，想说什么，牛终于给说出话来：老乡，你怎么放牛了呢？你只放一头牛，活得赛神仙呢？你就骑牛去我邵阳老家吧，反正你骑牛要也工资照发……

洪珠又浮现了廉武，廉武说：我回浪江了可是个军官，你回去了还是个放牛郎啊……

洪珠看牛蹦入山塘，激起巨浪，心里猛一惊：他似乎看到了仲关从公路悬崖上落下了深涧，他尖叫着：哥——救命啊……

洪珠在厂里寂寞，每天关了这头牛他就没什么事了，不会玩牌，不爱品茶聊天，除了抽烟还是抽烟，夜里也难免去重复白天的梦……

他就想起了在队里放牛，那才其乐融融：

牛群上共和石冲锋陷阵的风景壮观动人。黑雄牯尾巴翘得朝天竖直，腰背弓成世上最威猛的弓箭，前后一对蹄"哒哒哒哒"既像打快板又像开机枪，每次它都是开路先锋，众牛紧随之也不落后，刹那间激起飓风，每天拼出让人难以想象的各种姿式冲共和石，体内拼挤出滚烫的乌金[1]，随着雾霭蒸腾，发出青草的芳香，紧随牛群屁股的小孩们就会一齐呐喊出牛的名字，向同伴们报告：

"花牛婆呵哒[2]，花牛婆呵哒……"

眼尖的叫得最早，后面虽有再多孩子也跟着叫了，哪怕先后相差半秒钟，大伙都分得清。孩子多自觉，不去乱拾这花牛婆发出来一路的"礼品"，这是比谁眼尖的活动"奖品"，"乌金牌牌"理当归最早发出报告的孩子去领取，孩子们半天的成果多是这么得来的。牛群整体出动时洪珠最爱当众"颁奖"，这个"评奖"公平，无需放牛人做评委，比眼力，比敏捷，孩子们个个都是评委，也个个都服，偶尔有同时报告的，有的自觉平分，也有的让人，少有争执，一有争执，洪珠就判给拾粪少的、能力弱的孩子。

队上没给负责放牛的人定拾牛粪的任务，牛粪都由各家孩子们去拾，洪珠有时拾到，往往就让给能力弱的孩子，尽量保证孩子们跟着他放牛，人人有担牛粪肥挑回队里记工分。这既放了牛又锻炼和教育了孩子，还为孩子家挣得工分，队里的牛粪肥更是兜兜积到了稻田里，放牛又放孩子更放飞快乐，放牛郎既像"教员"，更像"司令员"，提前几天向孩子们发布放牛流动地点，今天将军岭，明天青龙寨，后天蛇咀上……

在这水泥厂只放一头牛，每到月底领工资时洪珠就难免手打颤颤……心想：一人可放百头牛，只放一头牛，手里这钱该领吗？

这年底，牛踩砖的任务完成了，他把牛送去了附近生产队的牛盘了。

有种环绕声在脑海里回响……洪珠感觉这种照顾不好受，工厂都是技术活，没文化，人老了更干不了，让公社企业养个吃闲饭的人吗？"终生养老"的时候还没到，腿脚能动一天多少还能在农村干点活。

牛送回牛群的第二天，洪珠悄悄卷起了那床旧军毯，搭上送水泥的顺风车，回到了龙脊山。

---

1 即牛粪。
2 呵哒，方言，指拉了。

48. 暴风骤雨

  人民公社为龙脊山修通了乡村公路，神龙河上也架上了一座能通公路的红石拱桥，红石拱桥处又建起了水利发电站，全村亮起了电灯。路桥修通、电站修好后，公社改了乡，大队变成了村，生产队成了组，官陂村水电站蓄水淹掉了曾古的水利加工厂。

  村电站送电不久，神农河下游青龙寨河道又被乡里截江修建了"红石电站"，官陂村水电站又被淹了。

  湘南春夏之交多雷雨，一夜之间，神农河上游的官陂垌一片汪洋，曾古湾和谢家陂新屋的、石岭组等农舍都泡在了洪水里，村民无心抓房子里悠哉游哉的鱼儿，内心焦急难耐，除了抬头喊天爷停雨就是奔去红石电站强制开闸放水。集体经营电站时还好说，尽量以上游群众生命财产为重，每年虽也偶然发生群众闹事，但每遇到危急情况，及时开闸还有惊无险。后来电站也同全国山林田土一样都个人承包了，承包者要趁雨季蓄水发电，洪水一到开闸与关闸就成了一对更尖锐的矛盾，更难免每逢雨季上游受灾群众频繁闹事，强制开闸……

  为缓解这对矛盾，电站让曾古人承包，承包者本是灾民，利益涉及个人，矛盾却更突出了，承包人甚至还把电站水坝加高，危险可想而知……

  这样，无论怎么改变承包对象和承包方式，"私营"性质没改变，"公"与"私"的斗争存在，哪怕一次次都得到化解，但频繁增加了政府调解的压力。后来随着"包"字不断深化，开闸的矛盾也不断加深，政府"包"头痛，群众"包"灾难……

又一次山洪暴发，官陂垌一片汪洋，新屋的一排瓦房成了一艘穿了底的破船，罗家人男女老少往高处的梨树园抢搬家具。这一次可是电站及时拉闸也没法控制洪水猛涨了，眼看洪水就要涨上土砖墙了，雨还在下……

洪珠家连永兴县卜下的妻弟远清也赶来现场帮助抢搬东西了，妇女、小孩哭哭啼啼……见猪栏里的猪也被大水漂走了，洪珠家置在高处还未来得及搬走的箱子也从后门漂走了，洪珠却一眼发现了窗台上还有小孩用的笔墨和书，这是小孩读书每天都要用的，他顾不得抢捞皮箱，涉过齐腰深的水，抢出小孩的笔墨和书……不等他后脚出门，西头一声声惊天动地的巨响，腾起冲天灰尘和巨浪——

"轰隆隆——轰隆隆——"土砖房都连连倒塌落水。

远凤哭喊着"洪珠"的名字，以为洪珠还在房子里，孩子们也都哭"爸爸"，一片凄慌……

洪珠却手捧笔墨和书，从灰雾气浪中走了出来。他镇定自若，还嗔怪家人："哭什么？喊什么？哭喊就可以房子不倒了吗？都不要惊慌，快上岸，都快上岸！"他又笑着对孩子说，"嘿嘿，你的书总算抢出来了，男子汉，不哭脸，快上岸做你的作业去！"

多次洪水因没有倒房，"三寸金莲"的小足大婶怎么也不肯下床，洪珠陪洪泽做通老人的工作，硬是背老人离开了房子，族人们又用打鱼盆尽快都把小孩子往岸上游……

傍晚了，洪珠在梨园里飞快张开薄膜和那床军毯，靠着几棵梨树几分钟就在木架床上支起了雨棚，雨夜里他又点灯要孩子们做作业，做完了作业他又讲故事，孩子们又在他的故事里安静地进入了他"营地"的梦乡……

49. 回头杉梦

洪珠同邻居一起建的土砖房都垮塌了，他家那两间青砖房也成了危房。村里将新屋的两户灾民都安排搬进了大队部礼堂几间办公房里。

这可是唯一一栋还没来得及处理的村集体财产。

曾古也和其他各组一样，田土分了，集体仓库分了，山下禾坪分了，集体牛栏分了，耕牛也分了。曾古还分成了曾古、新屋、环湾三个组，连共和石的晒谷坪也分成三块，有的组还块块分到了户，全部山林、山塘也分到户。组上除水渠没法分以外，集体财产几乎清零。

一夜间，大伙似乎松了绑，没有搞集体那么多约束了。没有了出集体工的口哨声，想闲的一觉睡到自然醒，想干的忙得早晚手不歇。

洪珠本来就是个歇不下来的人，又是种田老手，对开会传达生产责任制不反对，分田单干不担心自己几亩田，认为责任到人，大伙的劳动积极性能很快调动起来。

但是，作为多年的集体保管员，看着共和石晒谷坪上那些凿的裂痕，似乎就凿在了自己的心头上。后来他更是哭笑不得，连队上晒谷用的风车、扫帚甚至小到集体几颗钉子都分完了……

他感觉这越来越不像开党员会时所说的"农村生产责任制"，而更像是土地瓜分、集体解散。

属于农村集体没法分的水渠、道路失修了，为稻田放水叔侄闹架，为家里分钱兄姊反目，为出门打工农村空巢、老幼无助、夫妻离婚，还有打工讨薪、工地事故……分田单干前些年，各种社会问题都频繁在曾古和龙脊山冒出来了。

分田单干，洪珠少了那份集体的操心，表面看似乎他清静了下来，可从农村社会看到了不少市场无序的恐慌，让这位老党员惴惴不安。

他亲手创建的集体猪场、林场、农科队都消失了。造出的林子虽然还在，可林场场部也没了，卖给了个人。他独自去了林场溜达……林子里的老杉木都不见了，泪目抚摸着新发出来的小小回头杉[1]……

一日，分开的曾古、新屋、环湾三个小组召集起出一次集体工，各家出个男劳力，把山上因冰雪和虫害死去的松、杉林木砍回来，为修整集体水渠扎模用。

"爸爸，我去砍树，你脚痛。"范林说。范林是洪珠夫妇雪莲之后的，第三胎，是男孩，他初中一年级就停学了，在家帮助干干小农活。

"我去！你还背不动树。这是上集体工，让个小孩子去顶替不好，你在家帮帮还可以。"洪珠回答。

分田单干后难得的一次集体生产，让洪珠有点兴奋，他要去找回久违了的大伙一块儿干活的集体温馨……

洪泽看洪珠走路腿有点跛，担心地说："你脚痛就不参加，反正死树也不多，少一个人也没关系，三个队这么多男劳力，我们一天可以砍完。"

"嘿，集体的事，要参加！那水渠、水堰早就该要修了。"洪珠看着洪泽笑着说，"老弟，你别小看我，我还能做，我不做家里的田怎么做得翻？"稍停片刻又说，"老是老了，这鬼脚风湿痛发得越勤了。想当年，我刚从部队复员回来，我们一起替石壁上那寡婆婶家杀禾帮工，那股子劲……真像十八九岁的汉、踩垮田界摧倒塴，你记得吧？"

"哈哈哈，哥哥，我当然记得，你当时还同我说了句笑话，你还记得不？"洪泽高兴大笑，说得洪珠也笑了起来："哈哈，那句玩笑话可不能再说了。"

---

[1] 回头杉是指杉树被砍伐后，再发芽长出来的杉树长得慢，但成材后木质却比母杉硬好几倍。

"我还记得，你从部队刚回那天，用根竹扁担挑一担行李进我那大厅屋，穿一身解放军衣服，红光满面，好威武的帅哥呢，我们都羡慕你。刚来那阵，我每晚上要同你睡一床，听你讲故事……"洪泽高兴地回忆。

"哈哈哈……那时，你我都还没结婚，你还年轻，我可四十岁喊得应的人了，你睡在床上可安心听讲故事，讲故事的人可不能安心同你老睡一床了啊！哈哈哈……"洪珠说得自己也忍不住笑。

"哈哈哈哈……"周围听到他俩说话，都笑了起来。

金苟说："你打仗打到这个岁数才回家，那时急着想找个伴，合情合理。"

大伙一路上山，又说起了分队、分田、分土、分山的苦和忧：

"集体分光吃光，人心难齐了，渠道水不通，大水塘坝垮了没人筑……"

"各垄里的田已开始荒了，曾古垌上等的水田也开始盛月光了……"

"难得这样大伙一起出集体工了啊！"

"现在回想起大曾古的红红火火，感觉就是一种幸福！哪怕大伙一起吵吵架也行……"

洪珠手指小河堰上还残留的几个水泥墩，对洪泽说："你在这个队上的加工厂还摔伤了腰……"

洪泽深情地自言自语道："那时，曾古队上的人算官陂最早吃上机器打的白米饭的，集体分红工价高，地盘好，人和睦，女子都想嫁到曾古来，全官陂的人都羡慕我们这个队上啊！我摔伤腰也值哟！……如今你看？上游村里的加工厂毁了，乡里红石电站也名存实亡，这条河留下来的只是每年洪水成灾……"

"你的腰还发伤吗？"

"有时天气变化也还发。"洪泽拍打着腰，又大声说，"要是那个集体在，我发伤也愿意啰！"

洪珠听到这话很感激，立起拇指说："洪泽，好老弟！你没白白跟我睡……"

大伙说着说着就都分头上了各组的山。

洪珠他们组在凤凰咀上砍树，满山"笃笃"的伐木声响起。洪珠今天特别兴奋，正砍着一棵死了的杉树，他想起了回头杉，他想起了他的林场，想起了曾古的共和石、仓库、渠坝、堰滩，想起了集体，想起了集体生活、战友生活……因为走神，一不小心，手里的斧头在树上的枝节上一飘，斧头口砍在了自己的右脚背上——

右脚背上裂开一道口子，鲜血喷到了那棵刚砍倒的杉树蔸佬上……

在一旁砍树的范文看到了洪珠脚上喷出来的血柱，他惊呼：

"啊！不得了呀——洪珠伯伯的脚砍到了啊！"范文放下斧头，边喊边冲了过来。

洪珠不作声，只蹲下身，用手捂喷血的口子，可手捂不住，血喷到了身上、地上，树蔸周围地上红了一片……

范文过来时，洪珠还笑着说："没事，流点血有什么关系，能吃饭，身上的血肉总是在长的。"

洪泽闻声飞快过来了，几个人伸手帮着按口子，血还在流。

洪珠笑着指着杉蔸佬上的血说道："我流点血，浇灌这死了的杉树早发回头杉也值！"

"莫动莫动，动了又怕出血。赶快回家，请三苟上药！"范文蹲下身，洪泽扶着，范文把洪珠背着下了山。

伤口愈合后的又一日，洪珠在后背垄田坎上割鱼草，一条蛇在洪珠的脚上咬了一口。

他赶快爬上田边的红石上，先割根藤在腿上方紧紧扎住，再找片共和石上落下来的瓦片砸碎，用瓦尖尖把已红肿的伤口刺破放血，他嫌污血流出来慢了，又吐口唾液在镰刀口上擦擦，用镰刀把伤口干脆划萝卜一样划开，使劲把伤口里的污血都挤出来，吸干净……不一会，流血停了，伤口也不胀了。

毒蛇伤人不用药，只用他排毒的硬功夫及时处理，伤口也很快痊愈。

分田单干后，洪珠两次腿伤，每次腿脚出血，腿风湿痛就缓解多了，风湿肿的地方也消了不肿了,他又想:这流血也并不全是坏事,有的血应该流。一夜他做了一个梦:看见凤凰咀上那虫害病死的杉树蔸佬周围鲜红鲜红的血,血液又变紫变乌,树蔸佬旁边很快发出一把新芽……

50. 红石漂泪

在分田单干的节骨眼上，洪珠"高楼大厦"的家没了。全家在大队部礼堂安居一年后，乡企补损、政府安排，他家在曾古湾后共和石下的后背垄重建了家园。洪珠的那床破旧的帆布军毯，从此垫在了他这个后背垄家的床铺上，也就再没搬动了。

范一高中毕业已离开龙脊山在公社电影队工作，远凤也不时随范一在外带小孩。洪珠只好瘸着腿耕种好龙脊山的几亩责任地，教十一二岁就停学的范林学犁耙锹锄干农活，抢收抢插时范一才组织亲戚朋友回来搞突击。

洪珠一年比一年步履维艰。他听了三苟郎中报的"草药炖猪脚"土方，就自己去山上挖鸡血藤什么的，尽量缓解腿风湿。腿能动，他也常常艰难爬上共和石。老人爬上去，想看周围龙脊山的景子，寻梦曾古集体的那个大家庭，还上去割些鱼草下山喂鱼。

清早醒来，洪珠找出枕头边范一送他的方格稿纸，撕几张折叠，裁成小小长方块一叠，塞进烟丝袋里，拿出一小方张吹口风，放上烟丝，卷起喇叭筒，划根火柴点燃，一口一口津津有味抽得亮光一闪一闪把黑暗驱散，把第一缕晨光接进屋。抽完第一支烟，忍不住用手掌捂嘴连咳几声，他意识到还不能把家人惊醒，马上穿衣离床，瘸着腿开门、扫地……远凤转身见窗子还没亮光，又在丈夫轻轻搔痒一般的扫地声中睡去。

腿风湿痛，痛得越来越厉害。右腿螺丝骨下常结出个软软的团团，这个团团不破就更痛得难以下地干活。去问过曾古的三苟郎中，风湿没办法根治，只有慢慢调理，他仍旧每次去矮子塘送鱼草时顺便挖鸡血藤回来熬水喝。

等调理不痛了才干活吗？不行，人无法坐得住，用了部队行军时排脚上血疱的老办法，他找块废陶瓷瓦片，敲破，选出其中有锋尖尖的一枚，先把锋尖尖放进自己嘴中间哈几口气，再用锋尖尖在团团上戳出来几个小孔，然后用双手把风湿团里积下橙黄像南瓜瓤一样的东西挤出来，"瓤"和污血就从小孔里面汩汩排出……软团团慢慢变小，疼痛减轻。抬头见东边天开，霞光欲出，远凤不在家他也不惊动孩子，赶紧拿脸盆从煤灶上舀半勺热水，脸盆端上胸口含口水，咕噜咕噜又把水吐在脸盆里，再在洗脸架上洗完脸、照镜子、端衣领，找上镰刀、铁锤、锄头放进高耳粪箕里，一跛一跛，他上共和石了。

爬上共和石广场，看不到朝阳喷薄，一阵风卷起乌云盖过。

不一会儿，红石磴上响起了一阵喧闹声，可现在早已没有牛群冲锋陷阵了，是一群山下的留守儿童，呼喊着冲上来了：

"冲啊——冲上共和石记十分啊！……"

当洪珠闻到口号声，心中格外亲切，共和石磴上久违了的集体有趣的"运动会"氛围，温馨扑向心头……

几个孩子，个个肩挑着小箩或竹篮，手里拿把小锄头，朝山上喊着、冲着。洪珠看傻了眼，他们都冲上来做什么呢？

"孩子，今天礼拜天，挑箩来共和石来玩什么？"洪珠问先上来已上中学的孩子。

中学生只嘿嘿笑，不说话。

洪珠又问后面上来的高小生："孩子，你们这么早上来，拿锄头挖什么？"

"罗爷爷，不告诉您！"孩子笑着，双眼充满诡秘。

洪珠又抚摸后面爬上来最小的孩子的头，蹲下身问："孩子，你们怎么知道这句记十分的冲锋口号？"他又模拟着他们喊："冲啊——冲上共和石记十分啊！"

211

"爷爷，昨夜，我爸告诉我的。"

洪珠又问："你爸爸不是不在家吗？怎么告诉你的？"

"爸在广东，晚上打电话回来，告诉我的。"孩子天真地说，"爸还讲了冲共和石记十分的故事呢。"

洪珠更来神了，追问："好孩子，讲给爷爷听，爷爷最想听这共和石上的故事。"

"爸爸说他在广东做了一个梦，冲向共和石，看到了将军岭上有四十八个宝贝窖，里面藏了许多闪闪发光的金子银子……"孩子讲了爸爸梦的故事。

洪珠明白了孩子们挑箩背锄头是来干什么了。他抚摸小孩的头，说："真是好孩子，你肯定会读书，故事讲得有头有尾。爷爷也给你讲个故事吧？"

中学生的孩子在路前头喊："小弟，快过来！快过来！等回来才同爷爷在共和石玩！"

"爷爷，回来听你讲故事。"小孩子说完，挣脱身子就一路追大哥去了。

洪珠摇头笑说着："注意石壁上有青苔，走稳当，莫摔跤了！"

孩子都走了，洪珠腿又痛了。他干脆在晒谷坪原来打棚守谷的那片石壁上盘腿坐下来，回想当年在这里守集体的谷子，满石壁金黄金黄的谷子啊……麻雀也只能飞在周围的松树梢上羡慕……

这里的松树因土层的限制吧，都矮小，撑起棵棵凉伞好乘凉。难免勾他想起四哥在炎坦被抓兵捆绑，他要抢回四哥的那一刻，夺取团丁手里的短枪，嘣的一声，远远把一棵松树枝给崩落了地……

他想：那棵松树长不高了，也像这共和石上的松树，只能长粗壮，现在若还在，也有自己这么老了，要成古树了……

雪莲和范林、范春三姐弟都爬上来了。

"我晓得爸爸又早早爬上来了。"雪莲一边嗔怪，一边把早餐递给了父亲。

洪珠看范林也上来了，问："后背垄的田你犁了吗？"

"还没犁。我们家的黄牛婆今爬不起来，可能是生病了。"范林回答，又嗔怪父亲，"谁要你这么早就爬上来？摔了跤哪个晓得？"

小范春也说："不要你出来杀鱼草了。你脚痛呀！我们杀。"

洪珠抚摸范春的头，看一眼几个孩子，说："你们三个不好好读书，都早早停学，将来怎么办？"他又对范春说，"你只会杀鱼草，像我一样，长大了有什么用？"又赶紧转向范林，"范林，你快回家，看牛是不是生病？牛是农家宝，真病了田怎么办？"

"爸爸，你总是老思想。还牛是农家宝？曾古没几个人种田了，今年又有好几个人出门打工了。农药化肥这么贵，谷卖不上价，忙一年可能农药化肥钱也收不回。年轻人都不想种田了，都走银子水去了。"

"走银子水？怎么走银子水？"洪珠说，"都不种田，让田荒了？"

范林说："走银子水就是到各大医院拉关系，收废胶片，有的还可去有关单位收废碴，回来搞冶炼。"

"听说有运气好的，碰上一大批货，赚大钱呢！"雪莲说。

"爸爸，让我出去试试吧。"范林笑着说，"你不说在部队打仗时，于云南和四川交界的地方，在一棵大树下埋了一堆金子、银子吗？你还记得地名和景子吗？"

洪珠笑得把吃早餐的碗也放在石壁上了，他说："时隔这么久了，夜里急行军，为逃命，哪知道地名和景子？不说你去，我去也找不到的，找得到我不早去挖回来了，你还是安心做好家里几亩田。你走了，田怎么耕种？我要年轻、腿好就好了呀！"

雪萍说："爸爸，让范林出去试试吧。双抢时他又回来。"

洪珠似乎也想起了那堆埋在大树卜的金子，闪闪发光……他回答："农闲，也还可以。"

父亲又给几个孩子说："你们四姊妹只范一多读了一点书，其他你们几个的出息，都老实跟我守这共和石。"说到这里，他停了片刻，边吃边说，"我当队上保管员，带范一、范林晚上都在这个位置睡过，厂棚里守谷。那时有集体，守共和石上集体的谷。现在陪我守共和石，还守什么？"

213

小范春在一旁玩父亲带上来的镰刀和铁锤,在石壁上摆弄……

洪珠见范春在玩,放下手里的碗,一声惊喜:"呃,春,你还真聪明,你摆的这个图案知道是什么吗?"他又高兴地问其他两个孩子,"你们快说,这是什么图案?"

"我不晓得,随便摆的。"范春笑着说。

洪珠看雪莲和范林也摇头,他不高兴了,责怪说:"你俩还都上了初中呢,这镰刀和铁锤这么摆在一起就是党徽,我们中国共产党的党徽啊!"

洪珠兴奋得拍大腿,一不小心拍重了,"唉哟"一声,忍不住喊痛。但他紧接着说:"我就是面对这个红石上的图案,举起右手入党的……"

雪莲和范林也突然想起来了,解释说:"这是实物图,一时没想起来。现在学校也没重视讲这些了啊……"

范林岔开话题问:"呃,爸爸,刚刚过来几个人,都带锄头挑箩,好像神秘得很,上这来过吗?他们是去干什么?"

洪珠终于吃完了,收下了碗筷,想了想,摇头,扫兴,回答:"我刚才没看到有人来。范林,你赶紧回去再看黄牛婆,还去找伯伯学点稻田养鱼的技术,我杀了鱼草就去整田塍,做个堰,我们准备养鱼苗。"他又转向雪莲说:"牛若生病了,你就马上去乡里请兽医,请上次帮你治了猪病的那个王师傅。"

雪莲和范林收拾碗筷都下了共和石,范林特别高兴,父亲似乎同意他出去挖"金窖"了。

小范春还陪父亲在共和石上玩耍。

洪珠一跛一跛去了"天池"旁边割鱼草。因腿痛,他不便蹲下身来割草,只好双腿跪在地上割,用膝盖移步,磨擦出牛吃草的脆响,割呀割……

范春见父亲这样双脚跪地,好吃力,他心疼,阻止父亲割,小手要拉父亲起来,边哭边说:"爸,不要你杀,我们来杀……"

洪珠见孩子小,还懂事心疼他,心里高兴,眼睛红润,他边割草边说:

"春，爸腿能动一天，就得争取动动，多做一点。你才五六岁，还这么小，何况我也坐不住。人不可娇惯，坐着不动就会生病，原谅今天坐下不动，明天就更动不起来了。对爸爸你不用担心。你也马上回去吧，万一你姐要去龙海，你去帮她看猪婆猪崽，她就想养大卖了这窝猪崽子，买台缝纫机。她不愿补习了，让她学门技术也好。她早见别的女同伴有了缝纫机，也想买，可家里没钱。有钱也不能乱花，让你们读书我舍得，其他想什么都要靠自己去挣。住那边河新屋的时你妈想买双鞋，你姐想有块红围巾，她母女俩一散工就去当门坳上摘洋米饭、牛奶婆、地茄子等野果，人家休息，她娘女俩不休息，摘回来都一条墩凳摆在小木桥的桥头去卖，赚到钱买回来鞋子和红围巾，梦想都实现了。人有梦想很好，烧饼天上没得掉，金子地上没得挖。靠自己劳动所得，哪怕少得一点也心里踏实，有种创造成就的感觉。你长大了也要靠自己双手，去奋斗！……"

小范春受到了启发，含着眼泪，也飞快下山了。

洪珠割草的镰刀下不时勾出来小瓦粒，他想：自己老了，这共和石、将军岭、翻梁坳，也不知有多老了？只残留些瓦粒和不全的故事在后人中传说。龙脊山更不知经过了多少时代多少人？各个时代各个人，都各有自己的梦……

幻觉中：黑雄牯、黄牛婆和小黑牛犊在天池里享受天伦之乐……

池岸上一头花白的公牛，双腿跪地，深深喘息，寻觅、咀嚼着池边的嫩草，拨动马兰草根亲吻共和石发出清脆悦耳的大地回声……

将军岭那班天真的孩子，在背锄头四处寻觅，东挖几锄头，西挖几锄头，在小松树间和箭杆茅里翻出来不少红的、蓝的、黑的瓦粒和瓦片。中学生银锄高举，挥汗如雨，正发现了一堆瓦片，使劲往深处挖，挖出血色鲜嫩的红石粉末；高小生东挖挖、西挖挖，草根脆响，一当发现了红色的瓦粒，兴冲冲跑过来送哥哥看；初小生挖几锄头没力气了，他在箭杆茅草地捡到了一窝鸟蛋，又发现了草地上正在作孵化的麻鸡婆，奔命追赶，还追出几只大野鸡飞了起来——

"哥啊，快来捉野鸡，好漂亮的野鸡……"

追到了红石崖边，小孩子不防脚下的青苔，人摔下崖去，一阵哭叫，几个孩子都赶了过来，大孩子小心下崖把小的扶起，喊痛，已站不起来，只好背上崖来，高小生下来帮忙途中也扭伤了腿……

几个孩子从将军岭返回了，大的背着小的，小的哭花了脸，还有挑空箩的也一跛一跛瘸着过来，都垂头丧气……

"孩子，你们怎么了？"洪珠惊讶地问。

"他不小心摔跤了。"

"厉害吗？"洪珠心疼地说，放下了手中割草的镰刀，转身盘坐在池边的石壁上，仔细抚摸小孩受伤的腿之后说，"没有摔伤骨头。应该是跌痛了，过一会儿就好了。"

洪珠摇头，看孩子的空箩里只有几颗鸟蛋，"你们究竟想去挖什么呀？"

受伤的孩子边哭边抢着回答："就怪我爸，他说将军岭上埋有宝贝……"

"啊，别哭。"洪珠擦了孩子脸上的泪，哭笑不得，摇头说，"这下，宝贝没挖出来还摔伤了宝贝啊！别哭了，爷爷给你讲故事。"

"讲故事，爷爷快讲故事……"几双天真、好奇的眼睛都聚集过来，小孩子似乎也不疼了。

洪珠把身边的铁锤放在镰刀上，摆放成一个图案，问："先回答我，这是个什么图案？"

孩子们都摇头，不知道。

洪珠扫兴地说："都不认识这个图，我就不讲了。"

"讲讲讲，你先讲，讲完了说不定我们会认出来……"

"爷爷你就讲吧！"大孩子说。

"好吧，我给你们讲讲黄继光小时候受苦，长大了想入党的故事。"洪珠一边说一边卷好一支喇叭筒，点燃，抽起来，咳几声，讲开了……

故事讲到黄继光堵枪口英勇牺牲，讲到黄继光的遗体从朝鲜送回了祖国，毛主席三次接见黄继光的母亲。最后，洪珠说：

"毛主席握着黄继光妈妈的手,深情地说:黄妈妈你好哦,多亏你把黄继光教育得好,教育他为人民服务。黄继光的母亲回答说:毛主席教育得好,培养得好。"

洪珠那双浑浊的眼睛里饱含泪花,他见孩子们也饱含眼花,心里高兴。

"爷爷,上甘岭离我们有多远?"初小生好奇地问。

"罗爷爷真认识黄继光?他母亲您看到了吗?毛主席您见到了吗?……"高小生一连串地追问。

"黄继光堵了枪口,这么年轻,不是不能挣钱了?"

中学生说:"爷爷,只是听有人说,朝鲜战场上黄继光、邱少云的故事都是假的,说雷锋这个榜样也是造假的呀?……"

"嚓——"突然,一道闪电从共和石上空划下,照得这群老少的面孔黝黑的像雷公、苍白的如僵尸……

不知不觉间,乌云早笼罩在共和石上空,一场大雨马上要下来。

洪珠观天色,哭丧着脸,焦急地对大孩子说:"你快背孩子下山,天马上要下雨了!"

洪珠收好了镰刀、锤子和身边的鱼草,急着要爬起身,双手支在地上却怎么也爬不起来……

高小生急急转回来,一把拉洪珠起来。洪珠感激又焦急地说:"好孩子,谢谢!你赶紧下山!要下大雨了!"

大雨说来就来,共和石上雨点像擂出阵阵密鼓,伴着狂风骤起……

洪珠一跛一跛挑着一担鱼草,向山下一口山塘下去,来到塘边,一脚痛得没立稳,倒在了塘界上,一担鱼草也倒在塘界上,鱼草被风一根根吹飞到山塘水面上……

大雨把洪珠淋得睁不开眼,他怎么也爬不起来,想大声呼救,风雨交加,雨水让他怎么也喊不出声来,他却隐约听到了风雨中有范春喊"爸爸"的哭声……

焦急中,他喉咙被大雨堵得喊不出话,擦一把脸上的雨水,看到了山塘里一群草鱼正在咀嚼着他的鱼草,他愁眉苦脸露出了微笑,也干脆不去挣扎

217

着马上爬起来，躺在塘界上，欣赏雨中鱼儿吃草的乐趣……

环湾组上的组长吴丰文路过，一眼发现了洪珠躺在地上……

"老罗，你还杀什么鱼草啰……"

洪珠腿已不便挪步了，丰文只好背他回家……

小范春一路蹒跚，一身被大雨淋得通透，一路哭过来找爸爸……

51. 仙翁送梦

自从共和石上那场雷雨之后，洪珠一蹶不振，在家睡了三日三夜不下床，没有食欲，只抽闷烟。雪莲每天只好熬点米粥送到父亲床边。

孩子们连党徽都不认识，甚至有人还说黄继光堵枪口也是假的？一切让钱鬼迷心窍……我和战友们抛头颅、洒热血，死了的战友不更冤吗？这些人连自己的来路都不认了，还认什么？这世道真正是难看懂了，还是世道难看懂我们老人了呢？……

镇上逢墟日范一听到消息：说父亲突然头脑昏，老说害怕，晚上把门顶得死死的，门闩了还不行，还要搬来犁田的耙张牙舞爪顶住，腿风湿也更严重了。

范一同朋友去了几十公里外的灵官请来了一个乡下老郎中，老郎中号脉说老人身体没大病，主要是受惊耗散了正气，邪气重了，腿风湿也是因邪气过盛加重的。老郎中上龙脊山采了一些草药，其中通筋活络、驱风散寒的鸡血藤仍是主药。然后要范一去乡间寻来了一只七八斤重的老雄鸡，雄鸡宰了，鸡冠血洗病灶，鸡肉和草药在锅里炒七遍，炒完后鸡肉同药材又一起炖着吃。

老郎中说老雄鸡扶正祛邪，药材沽血祛风排湿。范一夜里同父亲睡一床，问出了父亲受恐吓的真正原因，也同父亲说了当下社会的一些情况……等土方子吃完，洪珠渐渐也不乱说话了，晚上也不顶门了，腿也能下地了。

身上邪气和心理作用得到缓解，人精神振作了起来，一切都开始好转了。还真是土方子有了效果吧？

洪珠想，这老郎中一定是读过什么神奇的医书吧？又想起仲关说世上还有许多的玄机都在书上，没人知晓……他遗憾自己没读书，远凤更是文盲，范一高中毕业没考上大学就成家了，其他几个：雪莲初中毕业送她补习一年再考高中她却不肯补了，范林上初中也中途回家不肯返校了，范春小学毕业也就不肯再读了……

这世上的玄机都在书上，他们这个年龄就都不读书了？仲关说书分上品、中品、下品，上品是劝人积德行善的书，中品是教人学生活技能的书，下品是教人奇门异术的玄机书。……可这仲关说，世上的书太复杂太有趣了，真正看进去就会进美妙无穷的天堂，尤其还有常人肉眼看不见的无字天书……

一天夜里，洪珠做了一个很神奇的梦：一位白发盖胸的仙者，从云天上飞下来，站在洪珠面前，微笑着又一本正经地说："洪珠，你范一还要他多读书、读好书！"说完这句话，白发仙者就突然隐去不见了。

这天范一正在老家放电影，晚上在家里住。第二早刚起床，范一站在禾坪里呼吸室外的新鲜空气。洪珠微笑出门，脚也不跛，飞快出来对范一说出他昨夜做的这个梦，并神秘地把梦从头到尾，复述三遍。

范一小时候听父亲讲故事多了。父亲讲梦他同样听得很认真，且铭记了父亲梦中白发仙者送的那句话："范一还要多读书、读好书。"他相信父亲这个梦是真的，父亲从不说假话。他也知道父亲从小就渴望读书，家里穷苦读不起书，后来只在炮火纷飞的战场上偶尔上了几次夜校。父亲自己今生没读上书，发蒙时，父亲把那本解放军部队里发给他的"玻坡摸"的扫盲课本也给了自己。他一个好战友是从学校被抓兵走的，他太想继续读书，后来又牺牲了……父亲教育孩子也从不强迫，对四个孩子他从没用手指弹过一下，哪怕这是他本人的想法，梦是他有意编出来的，只是换个教育成人孩子的方法，请来仙人"说事"送话，自己也该认了啊！……范一就只当是父亲一夜冥思苦想编出的故事。

范一生的双胞胎，一男一女，女孩四处寻医，还是没能治好，全身瘫痪，生活不能自理，只好坐轮椅。农村巡回放电影又是白天赶路、夜里上班，可见工作、生活都难允许他再读书。范一却把父亲这份心思老挂在心尖上，他希望这个哪怕是父亲编的神话，最终也要努力实现它，那才对得住老父亲这份殷切加焦渴的期盼啊！

　　多读书，读好书！

52. 男人的哭

在城里有工作，六十岁退休称老人。在农村则不能下地干活才叫老人。

洪珠六十六岁那年，自从那个雄鸡土方让人振作了一下，又勉强去割鱼草，协助子女干些地里活。后来的六七年里，有好几件事让他激动过。

女大当嫁。雪莲嫁到了永兴县金盆村的山田冲。虽然离家不很远，但嫁出的女，人是别人家的了。洪珠不会炊煮炒菜自己做饭吃，妻子常离家去带孙孙，雪莲里外都是主，当妻子、雪莲都不在家的时候，他就只能每餐淘点米，盐辣椒餐餐一起蒸，天天照蒸一个样。可见那些年雪莲是他在家的扶手棍，三餐调理，田里土里……

眼看范林还未长大成人，范春更小，大儿子和妻子又常不在家。女儿出嫁那天，出行鞭炮响起，洪珠就真像一件贴身的棉袄被脱走了，他又似乎联想起了三哥半路送他一件衣服，也只让他空空兴奋了一阵子……

送亲队伍离开，洪珠跛进了里屋像虎啸牛哞一般嗷傲哭……

那天，洪珠在大雨中倒在地上被人背回家来时，也这么哭过，那次一家人还陪他哭，后来才知道他是哭什么。

"你们哭什么？我是哭我死去的战友，我答应了的，我若活着，我要为永远离开的战友做点什么，让他们九泉安息，可我一个文盲，一个农民，我有什么能力啊？"洪珠对在身边的子女一边哭一边说。

雪莲陪老父亲哭得最伤心，她边哭边说："我们每次都劝你，脚痛不要去杀鱼草，你每次都不听，我们把镰刀藏起来，你又慢慢找到了……"

洪珠哭着解释："我不是哭这个，你们还不了解爸爸吗？我把脚砍伤哭了吗？我是哭我的战友，刚才几个学生孩子在共和石上说，有人也在讲黄继光和邱少云，说这些英雄的故事都是假的，那我讲的那些故事不也都是假的？……"

雪莲听到了这里才弄明白，孩子们才没陪哭了。洪珠后来也只是沉睡，让泪水流在被窝里。

一天，扬辉一步一歇，从老家来到龙海乡政府，找到侄子范一家。伯父年迈身体不好，范一夫妇悉心照顾，侄媳上街买来新鲜肉和水果，他都感觉没口味，吃不了几口。夜里要睡觉了，他特地找范一说件事：

"范一，伯伯有件事想要你找人帮忙。我做了李松寿他们的湘南游击队通讯员，现在松寿已平反落实了政策，听说同松寿一起干的都已落实了。我想你帮伯伯去找管落实政策的干部打听一下，真有这好事，能不能找到承坪那边已落实的人，帮我也落实一下……"

这事的重要性不言而喻。范一四个伯父，他只见到这一个，自己上初中时名字也是伯父改的。

爸爸没文化，取名"范一"，"范"是辈分上的字，照套，"一"是世上最简单的数，头胎就是"一"，他懂，有"一"就有"二"，还有后面许多，他潜意识想要为牺牲的几位好战友一人生一个，别的意思他没有。

一个秋阳当顶的日子，太阳照得人暖洋洋的，伯伯正同伯母在新屋的门口禾坪里铺开席子晒被子，二老都躺在青布被卜晒太阳，夫妇还笑眯眯在被子上比捉跳蚤，又把被子翻边晒，又来捉，范一看得忍不住笑。见外生也脱鞋上去寻欢，范一也脱了鞋躺到被子上既晒太阳又帮着捉跳蚤，范文、凤秀也上来了。

"捉到在哪里？给我看看，给我看看。"伯伯也像孩子般说笑得天真，要看范一的手上。

"嘿嘿，没有。"范一笑笑，只好说，"伯伯，我是说着玩的。"

"哈哈哈……"大人、孩子在被子上晒暖阳，好不开心。

223

看小孩子来多了，怕弄脏了被子吧，还是伯伯突然想起了什么。他穿鞋离开了被子，坐到了一旁的板凳上，跷起了二郎腿，一本正经对孩子们说：

"来，你们几个都过来。马上就是初中生了，都过来。"

待范一来到身边，伯伯严肃地说："闹着玩玩还没事，干正事就不能说假话呀，说假话就是不道德。人再聪明，第一宗就是要有美好的道德。"伯伯停顿片刻，又说，"范一，你要上初中了，你那个一二三四五的'一'要改一下，你爸爸没读书，给你取这个没文化的号，你看我外生，大号叫范式：模范的式样。范文和凤秀他们的名字都有意义，有文化，只你的号没什么意思，马上改了吧，初中报名就改了这个'一'字！"

"伯伯，那你说改个什么字好呢？"范一问。

"把'一'改成'懿'吧！"伯伯说完伸手拉住范一的手，指头在范一手掌上写着"懿"，又折根树枝一笔一画写在泥地上，写完，他的二郎腿跷得开始打颤了，解释说：

"这个字由三个字组成，三个字'壹次心'，意思就是不多心、不偏心，做事专一，专心致志。这个字的字意就是美好道德，通常组词'懿德'。'范懿范懿'，模范道德，做道德模范。"

伯伯说得二郎腿让一身都颤抖起来了。

范一就记住了这个字，问了爸爸也同意改，在官陂学校初中班入学报名那天就改过来了。这也是伯伯送给范一唯一的也是最好的一件礼物了。范一虽没做得伯伯解释的这么好，但这个字有形无形中对他后来人生路都是发挥了作用的。范一心里感恩伯伯，更是敬重这个旧时称得上"秀才"的长辈。

伯伯今专程赶来跟自己说这件事，可见老人有多看重这件事。范一去找分管领导了解政策，又经指点找县上主管人查找档案，名册上找不到"罗扬辉"的名字，找相关已落实政策的人，都说他当时没入队，请了他，但他害怕，没正式参加。

第二天伯伯离开乡政府去了医院打了针才回龙脊山。范一对此事有了结论，买了老人补品回家看伯伯，细细说了情况。伯伯躺在床上，再也没说什么，双目闭上，两粒泪珠，豆一般滚下来。

这回，范一还了解到一个新政策：1956年后政府处理离开工作岗位的干部可以落实恢复补发工资并办理退休手续。

范一回家告诉父亲："符合条件的都已办好了手续，补得一笔钱，今后还发工资。我知道您正是这年离开工作岗位的。"

洪珠说："要符合什么条件？"

"要有证明人，当时承坪的党委书记王育苟，他对我说知道您的情况，他也说可以为你作证。他也是这一批落实的。"

"符合政策就可以。"洪珠笑了。

"但因为那批干部时隔几十年，档案材料都没有了。基本只凭后来补报的证明材料了，材料上要写明是犯了什么错误，或其他什么原因迫使离岗的。"范一解释。

"我没有犯什么错误，也没有其他原因迫使自己离开。我自己愿意回农村，还写了申请。"洪珠认真地说。

"好多人说，县上这政策是对这批回农村的老干部关心照顾，写个材料有人签字证明就可以办理。"范一笑着说。

几个孩子都很高兴，说："爸爸，这么容易就叫哥哥写个材料吧，又有人帮你证明，这是大好事啊！能补一笔钱，以后你还有退休工资，政府的钱，不要白不要！"

"你们懂什么？"洪珠大声说，"人家可以要，我不要。我没有犯错误，有工作压力也是自己没文化，自己申请回来的，当时国家困难。现在也只不过是向政府要点钱嘛！我是党员，'对党忠诚'，说假话弄国家这笔钱，我不能要！"洪珠又指着范一说，"范一，这个材料你写不得！"

大家都不说话了。

"那还行！只想要钱要党照顾？我四个儿女，你们就养不起我两老了吗？！"洪珠又加重语气，双目潮红，对几个孩子严厉补上一句。

范一回单位没多久，伯伯去世了……

相隔一年多，伯母也随扬辉而去，夫妻去了另一世界合欢。他们也不管这个世上本不应该有的事情了。

伯母临走前，把塞砖缝里、楼板下的钱避开儿子给了女儿，弄得姐弟不和，自己躺在床上也走得尴尬。

嫂子死了，洪珠同对待三哥一样，悉心帮助侄子安排她后事。穿好了寿衣要准备上厢了，发现外生没为娘准备卧单[1]。

"没有只好算了吧。这个时候去哪买。"在场人都这么说，外生也认可。

嫂子死了没块裹尸布就让她走？洪珠没点这个头。

洪珠脑海里一闪：冬天里，自己十七岁一块罗布帕裹身挑柴去承坪卖，三哥在浪江垄路上脱下一件衬衣给冻得打颤的弟弟穿，过一阵穿着让嫂子看见了，她却硬要自己当场脱下来，又挨冻打赤膊……这大厅屋本是洪珠夫妇自己建的，她硬是要在厅屋中间挖出条沟来分出"汉河楚界"，一次同远凤吵架举柴刀正要砍远凤的手，好在让门口过的生意人一眼发现，冲进厅屋来抢走柴刀丢进了当门的水田里……

后来都老人了，谁都不再记过去的"不是"，家里杀猪了也请嫂子去后背垄住住。

嫂子死了没床卧单就让她走吗？洪珠反过来想：哥嫂都死了，我这当弟弟的还在，怎么说这是嫂子，我老在战场上收容，陌生的战友还要有块白布包好啊。待人只记人的好，不记人的不好吧。

"不行。"洪珠表态了。他又转向远凤说："我们家还有一条新床单没用过，拿来给她做个卧单吧？"

远凤点了头，飞快拿过来，交给洪珠。

洪珠打开新床单铺在门板上，把嫂子尸体悉心包好……

洪珠料理完，来到自己屋里，不知不觉泪双流……

远凤发现了他，嗔怪道："你呀，对得住她了。她在生，硬脱了衣服让你打赤膊；她死了，你让家里的新毯子送她走。还哭什么？"

---

[1] 卧单，指裹尸布。

洪珠流泪，是因想起哥嫂这一生不搞一砖一瓦的建设，积下一点钱又存偏心让子女闹矛盾，自己反而不得所好……实际他也是为自己刚刚做了一件好事而动容吧……

53. 乡间歌星

1987年至1993年七年间洪珠脱离了田间生产，这期间是他勉强出门跪地杀鱼草的七年。1994年至2004年十年间是他只能出门在平地移步，后来在家不肯坐轮椅借助凳子或扶墙挪动还做点手上活的十年。

腿和手渐渐不方便的这十七年间，又是他发挥嘴能唱歌的技能去龙脊山（主场在官陂垌）为亡者唱丧礼歌送别的十七年。

乡间死了人，开个追悼会，龙脊山把为亡者唱"号歌"闹夜纳入重要追悼仪式，根据孝家决定，短的唱一晚，长的唱两三晚。这些年，洪珠便成了这一片乡间的"歌星"。

这期间，范一调去距龙脊山四十公里的县上工作，也担任过文联主席和文化局长，几次接父亲来县城小住过，可全然不知父亲腿脚和手活动都不便时，又突然在调动嘴的功能，敞亮歌喉，为群众送热闹、送祝福、送吉祥：

咚咚锵，咚咚锵……锣鼓和鞭炮响起，孝家行礼，孝堂就等洪珠起歌场——

一根竹竿圆溜溜，孝家请我开歌头。
歌头不是容易起，未曾开口汗先流。

开天天有八卦，开地地有五方。
开人人有三魂七魄，开神神有一路豪光。

是天是地开天辟地，歌郎到此大吉大利。
　　…………

　　洪珠的粗喉咙大嗓门，浑厚、洪亮，高音惊天像大炮，堂音环绕如崖洞。平常在家在外劳动，都很少人听他哼过歌，这或许是十五年戎马生涯的缘故吧，凡事专心致志看场合，严肃活泼守住度。少年时，在青龙寨他就喜欢赶歌场，白天干完活，一等夜幕降临他就爬上山顶，探听龙脊山四周哪有锣鼓声，他就闻声而去，有时夜里陪大人们唱一晚上号歌不睡觉，白天准时回家干活，一夜没睡他说睡了，待到大人劳作中间休息抽口烟，他却脖子一歪打起了呼噜。长大成人后，经历残酷的战争摔打和回家务农几十年，连子女也没听他平常唱过歌，等到人老腿足障碍，时隔六十年一个甲子的光阴他才拿出自身不受腿脚限制的"绝活"来。

　　官陂垌有人离世了，做白喜的孝家派人来一定背他过去，范林也难阻，有空范林也只好陪他去。这洪珠不到场，似乎歌场就开不起、唱不响……

　　他不识字，没有歌本，不懂好词，只图顺口，歌在心里，自然流出：

　　亡者勤劳心灵善良，说话举手像个姑娘。
　　孝敬父母官陂第一，夫妻和睦教子有方。
　　左邻右舍亲如一家，乞丐上门有吃有装。
　　强门不怕弱门不欺，森林失火挺身而上。
　　不是党员胜似党员，长相斯文意志刚强。
　　你若当兵生死战友，心细胆大碉堡敢闯。
　　为了胜利敢堵枪口，继光第二中华儿郎。

　　咚咚锵咚咚锵，咚锵咚锵咚咚锵……
　　轰隆——轰隆隆……
　　洪珠每唱到动情处，流泪满面，哭唱凄凉，锣鼓手吹打来劲，铁铳也为他唱到高潮惊天鸣响，孝子深深感动、跪地行礼哭爹喊娘……

他唱得响,还不仅因喉咙洪亮,龙脊山老人他个个了解,尤其同他相处过的乡亲。洪珠性格直率,唱得真切,该骂也骂,让后人吸取教训,该奖则奖,让好人备受鼓舞,唱到细微处,唱得人人心服口服,他还常借唱"号歌"思念浴血奋战牺牲的战友,又想起了为黄继光收整尸体的场景,战友走时体无完尸,也没有这种歌场,只有大反攻的炮声,和战友们冲锋陷阵"为黄继光报仇"的喊杀声,他借悼念乡亲追思战友,怎不唱得失态痛哭?

人生总结后,他接下来带领歌友们为亡者解罪、运粮,度灵上天堂,劝孝家节哀,祝福送吉祥:

············
人生在世犹如水上浮萍,光景千年也仅宇宙闪电。
春花秋月不久,人缘已尽结发难留。

劝亡者梦回故园,劝儿女不必悲伤。
山中难有千年树,世上难有百岁郎。
人生在世谁无死,留取丹心照家乡。

一次在大屋组唱了两夜的歌,见孝家太忙,他悄然移开人群,独自勉强上了回家的路,因道路泥泞,跌倒在公路旁,一身泥水,脸上也是,有过路人认出,才背他送回家中。

范一得知此事,回家劝他不再外出唱歌。父亲只管"嘿嘿"笑,答应:"爸是党员,群众需要,还可用上,爸就开心。远地方不再去了,你可放心!"

没多久,洪珠又被龙脊山人背着,出了远门……

54. 再走长征

洪珠参加广西修铁路、滇西抗日远征、解放大西南、修建青藏公路，之后横跨半个中国赴东北入朝鲜参加抗美援朝，他的十五年从军路正如中国工农红军的万里长征路。

"长征"这个字眼，在中小学课本中出现时就在小范一的脑海里打上了神圣的烙印。范一后来担任新闻记者和政研室、宣传部干部时学习过党史、军史，常又浮现父亲的故事和他的"仙翁送梦"。他在职又坚持自学参加成人高考，中国传媒大学和中央党校的函授教育也让他阅读了不少的红军长征故事和长征知识。红军长征更加深深感动了他！

一天，他突然发现父亲的从军路多是在长征路上，尤其父亲后来参加人民解放军解放大西南和修筑青藏公路，父亲和他的战友正是在重走着红军长征路！

且说范一受父亲故事潜移默化，写父亲、学父亲，《父亲的指南针》《父亲的党章》《父亲的腿》……父亲扶他走向了文学之路。

后来，范一由民办教师、农村电影放映员转为乡镇广播电视机线员，又从乡广播站调入县广播电视局任编辑、记者。在这一岗位上，他不仅荣获了"湖南省优秀新闻工作者"称号，还利用业余时间写作，并出版了第一本书《春种秋收》，后被选调县委转干从政。范一在县委做好本职工作的基础上，又紧追父亲"多读书、读好书"的梦：一边自学读专科、本科，一边坚持业余文学创作。

循父亲之梦，启步践行，儿子怀揣父亲泪光里的梦一直没敢放下，正因如此，他的一部部作品接连出版。他又发起了新时代较有影响的五次"文化长征"：

第一次是"伟人故事写作与传播长征"。

1995年至1998年8月，他的"马恩列传记故事系列"完成写作并在人民出版社出版发行。与此同时，"郴州市拔尖人才""湖南省德艺双馨中青年文艺家"等荣誉纷至沓来，市政府还为其记三等功一次。

1998年10月1日国庆节，范一在县城组织文艺界李绿森、陈世光、李成秋、张扬贱、黄平、邝慧兰、王诗语、陈世华、罗海杰发起了一个九人开展的"伟大导师人生宣传九九读书链新长征"活动，马恩列三位伟大导师故事书被在联合国任职的樊立君先生传至联合国中文读书会，选入新书种，后又获"世界名人传记金奖"。这给了范一极大的鼓舞，随后，《马克思》《恩格斯》《列宁》《毛泽东》《周恩来》《朱德》《刘少奇》《邓小平》《陈云》等九部共产党领袖故事开始传播……

2004年，洪珠只能在家扶墙壁、拄拐杖勉强生活了，妻子也早在家专门照顾他。这年的春分之后，范一在副部长兼文联主席的岗位上组织了"中国·安仁神农药文化名家采风活动"。活动进了龙脊山，县委副书记陈和欢与文艺理论家罗成琰、诗人邓存健等文艺家们，随范一去了曾古湾后背垄的家，看望老兵和老党员罗洪珠同志。八十四岁的老人正躺在厅屋门口一张活动凉椅上，听了儿子介绍这一路从省市县里来的读书人、文化人，他认为这样躺着见贵客有失礼节，很想从睡椅上坐起来。范一见父亲行动已很不方便，人又黑又消瘦了，陡然心酸。来的文艺家们都连忙弯腰握手又抚慰道："您就不要起来了，好好躺着休息！"

这天，龙脊山采风后范一留下没随队伍走了，晚上要亲亲父亲。

弟弟范林那边已为哥哥准备了床铺，娘也从衣柜里把一床红毛毯拿出来铺在床上，范一看毛毯还是新的，是二十多年前他去韶山参观时买的。想到父亲外出开会、参观，每次也要给他们兄弟姊妹买纪念衫穿，可自己买给他们的却一直收着舍不得睡。范一不忍心去睡，嗔怪父母买来床单老不用，宁愿睡旧的——父亲床上还是垫的那床他从部队带回来早已破了的帆布军毯。

范一把韶山那床毛毯拿过来，要给父亲垫上。

"不换、不垫，我垫的这床，最好了！"父亲伸手从范一手上夺下了新毛毯，话说得坚决、认真，似乎还有些生气的样子。

远凤只好解释："随你爸吧，我几次换他都不让，烂的他也喜欢那床啊！"

儿子明白了父亲的心思，可做儿子的也想有个表达啊！……

老人了，父母早已同房分床睡。范一只好听了父母的。他不说话，悄悄脱衣上了父亲的床。父亲不好意思地说：

"你还是睡范林那边，被子也要洗了。"

妈说："你爸晚上咳嗽常吐痰，你睡这里就睡里边吧。"

范一睡了另一头的里边，记得小时候父亲也总是让自己睡里边。父亲身子却别扭得一个劲往床边移，他深怕碍着了儿子。范一又想靠近父亲睡，又担心父亲这样别扭会跌下床去……他伸手拉住父亲的腿，不许他再往外边让，突然感觉到父亲的腿已像一根枯柴梗，他内心一阵酸疼，泪水潮涌，紧紧握住父亲的腿，年轻时这可是双手都握不住踩得地动山摇的腿啊！……

范一干脆爬起身，爬到父亲这头，对着他的耳朵大声向父亲报告自己早已酝酿成熟的一个构想："爸爸，我想组织一支队伍，重走红军长征路，去您常说过的云南沾益、四川甘孜那些地方走走。"

"那里缺氧呀，你们去干什么？"父亲担心地说。

"今年是长征70周年，去重走毛主席当年率领红军长征的路，您行军不也走过吗？"范一回答。

父亲手着力支床，也想坐起身子，问："你们几个人去？"

"我带一班人去。"范一回答，扶父亲坐起。

那条路父亲也早想去走，还有战友在那，忡关就还没找到呢。

父亲反手从床头抽箱里捧出了那个红花荷包，说："爸爸想去也去不成了。你带上这个包包去吧，让它们去陪你走一程……"

范一接下了这个沉甸甸的包……他明白父亲的心思，这包包里有父亲的党章、勋章、纪念章，太多是在那条路上发的，重量无法用斤两来称量的

233

啊……

范一把荷包放在自己的枕边，又过去扶父亲躺下，灯光下发现父亲满眼泪光……

经省市县的批准和支持，同年10月15日，"未成年人思想道德建设新长征——重走红军长征路活动"，在安仁烈士公园发起、郴州市一中启动、瑞金云石山出发，三个仪式推出，范一率老作家、全国劳模李绿森，民间艺术家陈赞文，三人结队，带着父亲的寄托……"湖南三根铁拐杖"徒步二万五千里中央红军长征路，历时182天，跨越89个县市。

腊月过小年的傍晚，范一同"战友"正在云南沾益玉林公园的崖石上叮叮当当雕刻"长征精神壮乾坤"的标语，范一站在烈士墓地给远在龙脊山老家的父亲拨通了电话：

"爸爸，我正站在云南沾益您曾经抢夺高地的地方，我找到了高排长的墓碑啊！我们正在高排长牺牲的那个石崖上雕刻标语，让标语永远留在公园里，永远纪念您那些为新中国的到来而英勇牺牲的战友……"

只听电话那边很激动，父亲颤抖地说："范一，你代我在高排长的墓前叩三个头啊！……"

爸爸说完，电话那边发出一种呜呜的声音……

范一深深三鞠躬，在高排长墓地取上一把土，包好装在衣兜里，他们这一天都买来盒饭在公园墓地里吃，陪高排长他们过小年节……

继续一路爬雪山、过草地，"湖南三根铁拐杖"到达了吴起镇。途中，范一就收到了中宣部发出的表扬文，湖南、陕西两省的代表队来到终点迎接。活动在北京大学等各高校反响热烈，海内外广泛传播，文化长征队队旗、"万人万言旗"和范一携带的一枚父亲银质奖章及演讲稿等被中国军博征集为"国家文物"，记录这次长征的长篇报告文学作品《信仰是怎样铸成的》又接着在中央文献出版社出版，湖南文化长征队获得第五届"中国时代十大卓越团队"称号。范一获得中宣部、教育部、国家国防教育办公室联合颁发的共和国首批全国"全民国防教育先进个人"荣誉……

这是第二次"徒步重走体验长征"。

第三次是"立碑长征"。范一率湖南文化长征老队员卢成锡和安仁原乡镇党委书记、范一入党介绍人张家祥三人结队，再次重走中央红军长征路，且沿二万五千里长征路组织捐立了80座长征精神故事碑。央视多频道宣传，记录立80座碑过程的《天地立丹心》长篇报告文学出版……

第四次是范一推着轮椅去大中院校任教讲学的一次"游学长征"。他和妻子唐贱香推轮椅带女儿去了环球教育集团、长沙宁乡职中、韶山中专、河北政法学院、广东财大、海南大学等全国大中院校讲红军长征故事和自己长征理论成果《人的价值学》。这部有关长征精神的哲学专著先后在人民教育出版社、人民出版社出版。

第五次是"长征精神研学活动长征"。依托原文化长征活动批准文件组成了"全国文化长征志愿者组委会"并筹备"中国长征精神研究院"学术团体，从纪念长征胜利80周年开始每年召集全国志愿者举办长征精神学术研讨活动，已连续举办五届，并已主编出版《中国长征精神研究》学术集刊五集，合130余万字。文化长征活动以弘扬长征精神、加强未成年人思想道德建设为宗旨，以"不忘初心，牢记使命，文化长征"为主题，目前已吸引了全国上千名文化长征志愿者共18支队伍并肩传承。今天，在马列主义毛泽东思想和习近平新时代中国特色社会主义思想的指引下，一支文化长征满满正能量的民间生力军正蓬勃发展，奋勇前进！

2005年4月，范一率队徒步红军万里长征路凯旋，回到安仁后第一件事是回家看望老人。

时隔半年，父亲腿脚只能坐高凳了，活动睡椅已不能躺，躺下自己就无法起来。拄拐杖他还能下晒谷坳到曾占湾慢慢走动，同老年人说说话，官陂垌一有白喜来人背他，他还坚持去主持歌场。

见范一"长征"回来了，他和老妈都笑出了眼泪。

"人回来了就好啊！心头上压块石头，落了地……"两个老人都这么说，长长吁了一口气。

重走长征途中，这边范一的小妻弟唐修美突发急病死了；前天，比范一只大五天的堂哥范文也暴病死了，都只四十来岁人，不幸的消息难免不挫伤老人心。

范一把两只已在农贸市场宰好去毛的土鸡和老人补品拿出来放一旁，老人都没在意。他又把那个陪他走了万里长征路的红荷包从提包里取出，双手捧着，对着父亲的耳朵大声说："爸爸，您的这包勋章、纪念章都归还给您！"还取出一个小纸包，"这里面是从高排长墓地取来的一把土，您也带着……"

洪珠手里的拐杖梆的一声倒在了地上，一双手颤抖地接过来，搂在怀里，老泪纵横，唰唰唰地落在怀里的包包上……

这时，一对春燕一前一后"写写写"地从大门口飞剪进来，楼板下燕子窝里的小燕子齐刷刷张开嘴露出红彤彤的小舌，欢快地叫着……一对公母燕刹那间飞来给乳燕先后喂了食，转又前后飞向了官陂峒广阔的田野……

范一抬头看了那对矫健飞走的春燕，又回头打量了老父母和范林一家子。

父亲把红花荷包又交给范一，深情地说："我也这个样子了。这个你已好不容易带着一步步走了一程，让它们回了一趟老地方，你就收着吧。这包土……"说到这里，老人喉咙哽咽着，"我就带在身边……"

父亲颤抖着的双手把纸包小心又急切打开，看到一把云南的红土壤，他闻了又闻，泥土的芳香让老人陶醉，又让老人内心痛楚：它红得像血，让他想起了高排长嘴里汩汩流出的……

他小心翼翼包好，塞进了衬衣的上口袋。抬头朝着春燕飞走的方向，眼睛闭上，眼泪流出，不说话。

55. 最后口气

　　范一从1999年担任县委宣传部分管理教的副部长开始，就萌发一个重大理性思考。在下乡检查和调研理教工作途中，他对司机张铁安和同事大发感慨：人的价值要很好研究，尤其当下物欲横流、价值模糊，人的发展方向严重错位，应下狠功夫专立人的价值学术课题，十万火急。

　　2006年底，范一长子海杰在省高速公路管理局机关小区分配购房，年底进伙，范一全家也进了省城。此前，范一在安仁县城就动笔写作《人的价值学》了，但要到湖南图书馆查阅资料，来回五百公里，有的只好办理邮借。长沙有家了，他如鱼得水，方便每天泡在省图边写边查阅学术资料。但老父亲身体一天天见差，老家虽安排有姊妹专门照顾，但他还是放心不下，钱和物这时都难以代替身边尽孝啊！年底雪莲在家照顾父亲时他还是忍耐不住，放下电脑也回来了。

　　他特意坐班车到承坪走路回家，走走父亲少年和中老年走得最多的，也是范一自己少年求学走过的这条路，随父亲三年代销挑货听讲故事，又两年读高中……

　　来到翻梁坳上范一就想到了父亲五十五岁那年得满仔[1]范春。当时范一在承坪上学，浑然不知家中又添丁进口。……估计是母亲老年开怀，不好意思对外讲吧？也有人不理解他们为何如此年纪还要生育，但范一从父亲讲故事中有所了悟：他立念至少为四个好战友仲关、廉武、高排长和黄继光都留下子

---

[1] 方言，小儿子。

女。已生了三个，还要生一个。

一个周末，范一放学回家下了翻梁坳碰上环湾组长吴丰文，吴丰文笑着说："范一，你妈又给你生了个小老弟。好了，你又少了一间屋了，你家四间屋三兄弟不好分了！哈哈哈……"

听到这一消息，少年范一又惊又喜，心里还是有点不相信。若真的，可满父亲愿了，四个孩子可四个战友一人挂一个……

回到后背垄家，范一协助妈和雪莲照顾父亲。父亲从2006年冬开始生活只能在两个地方：晚上躺在床上，白天由人背出床在一个全封闭的煤火铁炉旁，人从能坐到半躺、再到全躺……

范一特送父亲两件毛领军大衣，一件穿着，一件冬天坐火炉边加盖在腿上。父亲那床垫着的帆布军毯实在是太破烂了，破烂得手难抬起来，只好还让它象征性地垫在棉被和新毯的上面，让老人能看得着摸得着……再穿上草绿色军大衣，增加父亲肤觉和视觉上的一些舒坦和满足吧。

床已改变了，那纸包里从长征路上带回来的泥土，加了个塑料袋，还包好放在枕头边。

年底时，父亲食量还行，大脑清醒，只小脑萎缩加重，四肢活动困难，嘴很少说话，吐字不清晰。全身各器官功能都日渐衰退，只眼睛还较亮，味觉、视觉等神经器官也相对较好。

夜里睡在床上有时突然叫几声"娛驰"或喊几声"冲啊"……

"爸爸，您突然又喊，是身上有地方痛吗？"

他摇头说："不痛。"

"那您叫娘干什么？"

"气闷，心里憋得慌，想喊……"父亲艰难地吐出几个字，流出眼泪……

帮他擦去眼泪，范一抚慰几句："爸，您的事都完成了，还慌什么？"

父亲摇头……

"范春也生了三个小孩了。大孙评了'优秀党务工作者'，又被调进省交通厅了，孙媳也进门了，孙女琴琴也在大学加入了中国共产党呢……"

父亲露出微笑，很快入睡。

"冲啊——"父亲又醒了……

范一那次回老家陪护父亲也只住了一周，他坐不住了，《人的价值学》的写作又把他"拉"走了……

2007年春节后范林留在家里专门护理父亲。其他几姊妹偶尔回来探望。新花妹妹和侄女等亲戚和湾门邻里也不时过来探望。

妹妹新花腿脚能走时，上午来过或下午又来，每次过来也不空手。她知道细哥爱吃甜食，接下了几粒糖也要送过来给细哥吃。每次她给洪珠喂东西吃都会不由回想小时候兄妹一夜站在铁窗内外，哥哥忍饿不吃，清早从铁窗里递出包子给自己吃……春节后妹妹也病重难下床了。

龙脊山新洲渡河明清湾的姨妹子王爱娇同他丈夫谭贱妹来探望姐夫，见家里照顾难度不小，夫妇都说他们要来轮班。这一对孤儿成亲，一根藤上两颗苦瓜，对姐夫姐姐手足情深，妹夫还给范一吟诗两句送姐夫。没想到回去后，姨夫不但来不了照顾姐夫，自己还先姐夫而去。

姨夫的突然离世让范一更加牵挂父亲。雪莲和范春都在广东，范一在安仁县城还算离家近的。他反复给范林打招呼：见父亲稍有不好就要提前给他打电话。

范林见父亲紧急，已三次给哥哥打电话：

"爸爸快不行了，您马上回来！"……

范一这段时间手机都保持24小时通畅。他每次一放下电话就租车飞快回家——

"爸爸，醒醒！我是范一啊！……"范一站在床边，伏身对着父亲耳朵哭着喊。

老人已大小便失禁半年，全靠人照顾，老人吃东西一直还好，只是这进食多，又给排泄增大了麻烦。家人都还是满足他的食欲，母亲辛苦，任劳任怨为其常换裤子洗刷。后来吃下东西，不多会儿就又排出什么东西，肠胃功能已严重衰竭。父亲没什么大的病痛，就像盏油灯在慢慢熬着油，熬到油将燃尽时，火光不时噗噗地出现将灭又燃地跳动……

范一每次回来这么一喊，父亲就又慢慢睁开了眼，长吸口气吐出"范一"两个字，人又好转过来，能吃能睡。

这么三次了。估计父亲能吃能睡，短期内不怕。写作《人的价值学》已进入了最后冲刺阶段，范一干脆去了长沙，方便在省图边写边查资料，发出稿后可专门回家陪父亲。

4月13日范一还在安仁县城，14日来到长沙，27日夜，10万字的哲学书稿《人的价值学》完稿，且都由儿媳林莎在家加夜班用电脑全部打出来，傍晚七点她又赶紧把书稿从网上发给出版社。

范一总算松了口气，当晚在长沙家中，睡得很死。大约睡到凌晨四点钟，范一也差不多睡足了吧。

范一猛然感觉有人在使劲拉他靠床外边的右手，一次、两次……硬把范一从沉睡中拉醒过来为止……醒来拉亮灯，不见人，儿子他们都没起床，妻子在安仁。

"谁拉我？……"

范一还一直陶醉在哲学书稿脱稿的胜利之中，觉得这"拉"该是在做个已记不起来的梦吧……

起床后，白天做完了一些在长沙该要了结的事，准备第二天回老家陪父亲。

海杰也下班了，父子刚吃完晚饭收好碗筷，范一的手机响起——

老家那边，晚餐父亲吃了一碗饭还外加一小碗瘦肉汤，嘴里突然冒出白沫……他也知道范一手里的急事终于完工了，他不再撑了，也不想再撑下去了……

"爸爸！您不要走啊！哥哥他们都没回啊！爸爸……"

爸爸再也喊不应了，嘴里只冒白沫。范林赶紧请人把洪泽叔叔请来，侄女桃英过来了，妹妹新花却早已走在了哥哥前面。

这边范一一看电话显示是范林打来的，心里一紧，颤抖着手指点通：

"哥哥，您赶快回来！爸爸已经没气了啊……"

范一只有哭丧着："我人还在长沙啊！本准备明天回去啊！爸爸还能等

我一会吗？……"

范一恨自己没长翅膀……手足无措时，只好立即点燃三炷香，跪地求天，为父亲祈祷……

父亲要走了，原来今日凌晨的"拉"是父亲来了，傻儿子啊！你怎么这时才醒悟？

父亲要走了，为了等到你的文化长征哲学著作早日顺利问世，老人家几个月强撑着一口气，硬是等到你脱稿、发稿，还要让你好好睡一觉，才忍不住来惊动你啊！

父亲走了，他不像他的战友，一瞬间走得壮烈！他是腿脚功能用完再用手，手功能用完再用嘴巴，嘴巴功能用完再用眼睛，眼睛功能用完再用意念……最后带着膝盖上、手掌上、屁股上……一身厚厚的硬茧皮走啊，包着一把熬干了的骨头，灯枯油尽……

一位与中国共产党同年出生的老党员，历经87年，才在龙脊山慢慢慢慢一个功能一个功能地失去、一个器官一个器官地衰竭，悄无声息地走向生命的尽头……

56. 龙脊探圣

当晚九点半,海杰开"飞车"带范一从长沙两个半小时赶到龙脊山老家。儿媳贱香已从县城先赶到。

父亲于2007年4月28日（农历三月十二）晚上七点三十一分落下了人生最后一口气。

父亲已由洪泽叔为他擦身、穿好寿衣、带上长征路上的那把红土入殓……

范一和儿子到来时，舅舅远清在灵柩前，马上召人把棺盖揭开，此时见到父亲，范一已欲哭无泪。

"你爸爸嘴还在张开，用手摸一下，告诉他你回来了。"远清对范一说，又对洪珠喊，"姐夫，这是您的大仔范一回哒！"

"爸爸——我是范一啊！我带瑞瑞他们来到您身边啊！……"

啊，父亲嘴巴还正是那种喊话的姿势，是临终有话要对长子说？还是您在喊："冲啊——"

范一热泪滚滚流出来，看到了父亲闭合的双眼，张开的嘴巴，鲜活的舌头，阡陌纵横的舌面，两条弯曲的"长江与黄河"……在奔腾，在呐喊，冲啊……

儿子抚摸了僵硬的嘴唇，僵硬的手脚，把先已包装准备好《信仰是怎样铸成的》两本书放在父亲的手边……合上棺盖。

次孙坤坤赶回来时棺盖又揭开了，洪珠的嘴唇已安详闭合……

晚上大雨滂沱，第二天、第三天都是雨。

根据父亲生前的喜好，第二天、第三天唱两晚上"号歌"，外甥李成美边哭边唱，唱着哭，哭着唱，堂弟洪泽、侄子外生也唱出眼泪，洪珠的歌友们来了，环湾的桂花不会唱，含泪说：

"这个老人太可惜，走了！他是个大好人啊！不论他当不当干部，他总是照顾我这困难户啊……"

…………

5月2日开追悼会这天阴转多云。雪莲请来一班永兴县的农村演出队来了，承坪乡党委和龙海镇党委及官陂、石岭、水垅三个村党支部及儿孙所在单位来人或送花圈挽联来了，洪珠在林场带大的刘庚苟在外打工，闻讯也派妻子赶来了……

官陂村党支部书记吴功建代表官陂、石岭、水垅三个村党支部致悼词……

与会群众看到灵堂洪珠睡着的这盒棺木，都不由想起：这是亡者离开官陂林场数年后，用林场第一批杉木做的。老人记起了自己离世时党要送他一份温暖，也是自己亲手造的特有感情的林木，想让它们陪自己老了睡去。儿女们也为满足老人心愿，向有关部门写出文字报告，吴平赈书记和乡林管站也都签字盖章同意砍伐。没想到，十棵杉树砍伐后，乡村比贡献想要赠送寿材的人陆续露面了，差点引发一场群众乱砍滥伐风。这时，老场长心里比谁都急，自己的一盒寿材本是党组织和林业部门批准送的，他赶紧叫子女按规定向村里缴纳了寿木材料费。

…………

第二日出殡，朗朗碧空。朝霞喷薄而出，从屋后共和石方向铺向官陂垌上空，灵柩之上的春燕"写写写"一阵阵叫个不停，公母燕轮番出入不停地向乳燕哺食，一群群春燕，飞向田野，描绘春的秀色……

洪珠灵寝安放在大芙塘墓主山上，他回到住了两年窑洞去当兵的这个起点上……

墓前的石碑给这位龙脊山第一个共产党员、第一个党支部创始人刻上了三个村党支部联合致的悼文，一对麻石柱上刻上对联：

民族英雄永生
世界和谐长在

这竹园里，估计一粒红军花的种子，在洪珠两年住窑洞时就自然下种了，一直守望着这位老兵、老党员的归来……坟墓靠头部，天然一簇映山红每年迎春独放……

57. 天地回声

老兵回来了，从部队退伍回来了。老党员回来了，从建设家乡的一个个岗位上回来了。现在彻底放下了一切担子，回到了龙脊山的沟沟坎坎里，再也不会离开。

也许，现在的他终于与老战友见面了；也许，他终于有时间带他们来自己的家乡看一看。范一想着想着，脑海中就浮现出父亲和战友们，大家似乎就生龙活虎走向了这片龙海……

洪珠同战友们都穿一身橘黄色春秋军服，和儿女们、乡亲们在共和石、将军岭、翻梁坳上的松林间、箭杆茅里捡鸟蛋，与黄雀、斑鸠、竹鸡、野兔、麻鸡婆、画眉鸟、牛鸟巴等飞禽走兽的天使们追逐嬉戏……

他同高排长、仲关、廉武捡来五彩瓦砾下围棋……

他同黄继光走"区"字棋……

他又同子女们在共和石上摆弄出镰刀和锤子的实物图样……

洪珠看翻梁坳上，回想起刚复员回来放下一担行李在那山脊歇脚，席地坐在红石坡上，回头看一路走过来的将军岭，一道连体山梁同通向共和石这道山梁的连结，很像一个"山"字。

他不认识几个字，共产党和解放军教他认识了这个"山"字，也把"山"字写在了石壁上。今天站在共和石看，脚下的共和石在"山"的中间，竖顶上却是个大方团，通向翻梁坳上那道山梁较细，这"山"的第一笔和第二笔相连又成了一段圆弧……

洪珠回首蹲身细观实物图，又起身巡览周围的山梁走势，感觉这不是个简单的"山"字啊？它们的组合可是大自然千万年就留下的一个神圣的徽记！

突然，洪珠极度兴奋，嗨的一声猛拍大腿，跳起来，发出惊世之叹："绝了！绝了！绝了！都来看！原来这共和石正是个大铁锤啊！"

"共和石到麻土地古亭那道山梁是这锤子的把柄！"

"从将军岭下到翻梁坳正是一把月牙弯的镰刀！"

洪珠"突突突"机关枪一般呼叫着，一边手指各道连体山，给大家看："黄继光、高排长、仲关、廉武，你们看！都快认真看！"

黄继光似乎最快意识到洪珠这一重大发现，他大声惊呼："是党徽！共产党的党徽啊！这是一座天然的党徽岭啊！"

"是啊！正是共产党的党徽啊！"

高排长却弱弱地发问："洪珠，这两道龙脊的连体山四周是分开的，还是相对独立的？"

"相对独立！它们整体相连，但'党徽'山体造型上又断开了！"洪珠回答，斩钉截铁。

"你是龙脊山出生和长大的吗？"高排长急切地问。

"是啊！高排长！"洪珠骄傲地回答。

"我也是啊！"廉武紧接着回答，不甘示弱，"这将军岭，我小时候来得比洪珠还多！上面还有四十八个金窖没挖出来呢？"

"廉武又吹牛皮了！那将军岭后来是牛站盘的地方，牛皮有的是吹，哈哈哈哈……"洪珠笑得欢。

"洪珠，你今年多少岁了？"高排长问。

"马上进入一百岁了！"洪珠屈指头得意地说，"我是与中国共产党同年出生的呢！"

"这将军岭上是哪朝哪代的将军？"高排长又问。

"这个不很清楚。宋代的马将军在这里有传说。"洪珠回答，又指着两边山野和山塘说，"传说这叫马坳的，将士们圈马的地方。这边是矮子塘，传说是将军设的水牢。"

仲关终于说话了："估计这是龙脊山红白双龙大战时就造化成的，等同于自然造化。大自然早在为天下劳苦大众着意缔结了一个工农联盟的徽章，暗寓天下劳苦大众只有团结起来，走社会主义道路，大多数人才能翻身解放，资源共享，人民当家作主，人人平等……"

"别说了别说了，还是先让我来对着党徽宣了誓再说吧！"黄继光耐不住了。

"继光老弟，你早就已经是一位共产党员了啊！"洪珠高兴地对他说。

黄继光说："可我还没有宣誓啊！"

"既然是你发现的党徽岭，你就在这儿补一个宣誓仪式吧！"洪珠高兴地郑重宣布，"这党徽岭上第一个宣誓仪式就让给黄继光！"

大家都站到了"党徽岭"头部的共和石锤子上，面对镰刀和锤子的交合点。黄继光举起了右手，老党员洪珠高举右手大声领诵，声音从淮海战役军营崖洞里环绕出来，冲上龙脊山炎坦，回荡在龙脊山的千坦万壑：

　　我志愿加入中国共产党，拥护党的纲领，遵守党的章程，履行党员义务，执行党的决定，严守党的纪律，保守党的秘密，对党忠诚，积极工作，为共产主义奋斗终身，随时准备为党和人民牺牲一切，永不叛党。

在场的同志们和龙脊山闻声的群众，陆陆续续自觉不自觉地一个个紧跟着，举起了右手，龙脊山上空和成了宣誓声浪的海洋，响彻天地……

一滴热泪滚到嘴边，咸咸的泪水让范一回过神来，才发现自己早已站在共和石上，也举着右手，一起重温着入党誓词。

所有人都不见了，只有曲曲折折的山脊蜿蜒。他定睛审视着自己生于斯长于斯的这片山峦，顶部分明就是一个镰刀加斧头的党徽啊！范一内心被深深震撼，他甚至觉得冥冥之中父亲和战友们在提醒着他，要把入党誓词牢牢记住，要把党的初心和使命传承下去啊！

58. 精神传承

父亲走了多年，范一心里一直不敢疏忽懈怠，有一种无形的使命已经完完全全落在他的肩上了。他一边盘算着如何尽最大努力将父亲的梦想传承下去，一边更深深思念着父亲。

2018年12月11日晚上，范一梦见了父亲。梦中官陂垌洪水一片，洪珠正在滔滔洪水中弓身打捞上游漂过来的一些东西……范一恰好从新屋背小河下游一座土桥上过河回老家，对着洪水中父亲弓身的背影惊呼："爸爸——很危险！这么大的洪水，您在那里捞什么，快上来！快上来！"

洪水咆哮的声音大，父亲耳背，范一担心父亲听不到，双手做成喊话筒，对着站在上游方向水淹粮田里的父亲猛喊，反复喊。洪珠穿着淡青色的衣服，弓身向范一转过头来，高兴却嗔怪地回一句："就你一个人回来哒？"

范一被惊醒，擦了一把头上的汗，反复回想梦中洪水里父亲弓身收集、打捞的危险情景，以及父亲对儿子回的这句很平常的话——有父亲见儿子远道回家高兴的意思，又似乎包含着父亲在责怪儿子没带人回家的意思……

是的，一个好汉三个帮。一个人的传承能有多大的影响力呢？范一也想起了他的"战友"们。

此前，范一在文化长征第三届年会——湖南通道会议上认识了一位名叫廖运明的文化长征志愿者。两人结缘于中国国际报告文学研究会长征精神研究院在四川成都龙泉山中国关心下一代健康体育基金会中国青少年国际营地（又名928营地）挂牌的仪式上。范一是研究会的副理事长，兼任中国长征精神研究院院长。当时研究院设在长沙，后因国家民政部出台新文件，一级社团的二级机构不能挂"中国"两字，研究院更名为"长征精神研究院"挂在了成都。从此，范一任了研究院的名誉院长兼学术院长。廖运明作为挂牌公司的执行董事兼任了研究院的常务副院长。

没想到，红军长征在通道转兵，文化长征也在通道"转兵"，原来研究院的研究员、会员都开始转为"文化长征志愿者"，名称依托原来批准未成年人思想道德建设新长征（简称：文化长征）活动发起的批文。随着志愿者增多，他们组建了"全国文化长征组织委员会"。范一担任组委会主任，廖运明担任副主任，办公地点仍然在文化长征发起地湖南。廖运明同志也把研学长征精神的重点从成都转移到了湖南，他想在毛主席家乡的文化长征发祥地建"中国青少年长征路"。

廖运明五十多岁，是四川广安一位老兵的后代，是四川省输变电工程公司干部，并常年用个人收入奖励优秀大学生数百人。深入了解之后才知道，他的爷爷竟然是廖昌文——在抗美援朝前线被敌军子弹穿过心肺之间的老兵。就连洪珠都不知道，他居然活下来了。洪珠更无法知道的是，两人竟然有着极其相似的人生轨迹：同为被国民党抓去当兵，抗日远征时还同在第二〇〇师，淮海战役起义，参加抗美援朝。退伍后，组织为他们安排了工作，但在国家困难时期，他们又不约而同地辞去了公职，回到乡村搞生产，建设他们梦想中"楼上楼下、电灯电话"的新农村……火红岁月留下遗憾，两个上甘岭上冲锋时曾擦肩而过的战友却并不相识；新时代有幸，让两位老兵的后代，一见如故。

一天，廖运明从海南给范一打电话，说他过两天路过湖南去北京，可顺道去龙脊山看看。

2018年12月18日，是范一梦见父亲后的第七天吧，廖运明从海南飞广州，又从广州乘高铁到郴州下车，下午五点半才到龙海镇政府。镇文化站站长周邦文、官陂村（这时已三村合一）的总支书记吴功建、村委主任刘华文一行没顾及已近傍晚，立即陪廖运明驱车前往龙脊山。

车到达公路终端刚好六点，一片晚霞铺在天际长长方方，红得灿烂动人……

"红旗！红旗！"廖运明发出惊叹。

"晚霞铺开一面红旗！我几十年从未见过！"周邦文用相机拍下来，让几个人看个够，个个兴奋，喜出望外……

廖运明到达龙脊山炎坦盘龙景区，看到两条红石盘龙交汇时更惊呆了，他看手表上显示的时间，笑道："2018年12月18日18时18分！鲜活、灵性的龙脊山见面礼巧合'18'……"

面对血红的晚霞映照龙脊山卷起的条条赤龙，廖运明着迷了，龙头戏水、龙足舞爪、胫膀花纹、摆尾扭腰……又出现"红旗"天象奇观，他兴奋不已！

晚上在龙海镇上住下后，廖运明给范一打电话："罗院长，明天我们见面吧！我去长沙向您汇报考察感受和一些想法……"

"你不说明天要赶到北京有急事吗？"范一笑着说，"时间赶不及的话，我们微信聊，下次有机会再见面。再说你有想法主要同吴书记多交流。"

他已决定这次长沙见面，并且改买了明天下午去北京的高铁车票。为了给他争取时间，范一联系了吴功建的儿子吴小波开车接送他。

小波也是文化长征龙脊山研学基地秘书长，在长沙工作。他父亲与范一小学、初中、高中都是同学。功建老家同官陂老书记吴平赈同在禾机冲一个组，也就在炎坦盘龙景区。七八岁时范一就成了功建家的常客，每逢春笋一出，到处爬龙脊、穿竹林、蹲崖坦扯笋游玩，坦边上的小笋特别茂盛，密集处那拔笋的声音就和成一首天籁之音……

功建与范一不是兄弟，胜似兄弟。他也是一位退伍军人，是龙脊山第一位"文化长征志愿者"，官陂村支部又成为全国首批"弘扬长征精神优秀集体"，因此，他们之间又多了一份"战友"的火热。

小波从长沙客运站接廖运明，中午一点才见到面，廖运明在龙脊山建设"中国青少年长征路"决心已定，并对范一认真地说："你重走长征路时，凌晨四点两位'战友'都转身要找遗落的东西，你坚持背旗黑夜沿山道独自前进走到天亮，你说'红旗只能前进，不能后退'啊！我已同镇村干部交换了意见，我想我们在龙脊山做文化长征项目，也只能向前，没有退路！"

廖运明在京办事的几天里，连夜起草公园立项可行性论证报告，方案反复同范一商量修改，报镇村领导定稿，引起龙海党政集体重视。

镇党委书记马建中刚从团县委书记岗位调来，把未成年人教育融合在文化长征平台上来做，活动已早成全国品牌，育人效果可想而知，这文化长征又是龙脊山人发起，在龙海建设文化长征主题公园，真是天作之合，他也轻车熟路。这对振兴乡村，用文化旅游产业唤醒一方山水，造福一方百姓，无疑是重要的实践。

镇里很快下文成立公园建设筹备领导小组，并研究敲定廖运明提议的公园名："中华文化长征发祥地公园"。

廖运明立即从成都到安仁，带立项报告和牵头公司相关手续在县城住下。为了立项，龙海镇纪委书记谢静翔从村上赶到县上，晚上九点还没顾上吃晚饭，带着廖运明找到陈小松镇长签文件。经镇领导多方协调，县发改局领导大力支持，在建军92周年之际，一周内在湖南省投资项目在线审批监管平台上竟然办妥两个项目备案立项：

〔2019〕70号
项目名称：中华文化长征发祥地公园
项目代码：2019-431028-88-03-024952
办理时间：2019年7月26日
〔2019〕71号
项目名称：朱毛井冈山会师之路（又名：文化长征——朱毛井冈山会师之路）
项目代码：2019-431028-88-03-025689
办理时间：2019年8月1日

7月30日至31日，骄阳似火，第一批为龙脊山"中国青少年长征路"建设披荆斩棘、挥汗如雨的开路人罗范懿、陈赞文、张家祥、廖运明、周邦文、郭展月、罗范春、张国彬、王林文、湛江俊、周万龙来了，还有国家建设部建筑人文环境高级规划师段守超来了……他们让文化长征旗首次飘上共和石。

2019年10月15日是中共安仁县委支持范一和战友在安仁发起"未成年人思想道德建设新长征"15周年纪念日。10月14日—16日安仁举行"全国第四届（2019）长征精神学术研讨会、纪念红军长征85周年、新中国华诞70周年和文化长征发起15周年重走朱毛井冈会师革命路文化长征研学活动"。

发起文化长征15周年纪念的这天下午，中华文化长征发祥地公园"文化长征国家文物旗标志建筑"举行盛大揭幕仪式。安仁县花鼓戏剧团也紧靠披着"红盖头"的红旗标志建筑搭台，要唱大戏庆祝。

剧团团长周文正过来同范一握手言谢，又让范一想起了父亲。

前些年，随着影视产业的迅速发展，地方剧团面临巨大的生存困难。那时全郴州市十一个县市除安仁剧团外已全部解散。对安仁剧团，县财政也开始了半"断奶"——只拨一半工资。眼看剧团面临全"断奶"自谋生计又很难支撑的局面。

当时范一正担任文化局长职务，他为剧团感到惋惜和着急。这个全市唯一一家县属国有剧团，虽然过去有过突出贡献，荣获过全国文化工作先进集体，但当下大势所趋加上自身的经济压力，这家剧团很难保住。

终于，他找到一个难得的契机——为响应县委安仁做大神农"药文化"，他牵头组织创作了花鼓戏神话剧本《药都传奇》，剧本获得了市里"五个一工程"奖和第七届中国"映山红"民间艺术节剧本创作银奖，安仁剧团也获本节目全市演出一等奖、全国三等奖，尤其深受基层群众欢迎。市委宣传部下文，此剧在全市城乡巡回演出。一台戏，竟让这个剧团走出经济困境，当年还获得了省委宣传部一台演出车的奖励。

不久之后，洪珠80周岁生日即将来临，想到父亲喜欢唱"号歌"和看老戏，范一准备自己出钱请安仁剧团来为父亲庆寿，也为龙脊山乡亲增加一次难得的文化享乐。洪珠听后却没有直接作答，考虑了一阵后对范一说："你当局长，你的父亲可调县剧团来庆寿。其他群众也过大寿，你局长搞特殊化，群众怎么想？即使你自己花钱请，群众也会误会。不要搞！"

看见舞台大幕徐徐拉开……范一含着热泪向九泉之下的父亲默念：

"爸爸，安仁剧团今天在姑姑的屋背演古装戏，马上就要演出了，您就来看吧！儿在您生前也没能让您享受过一次啊……"

下午三点，面对红旗标志建筑揭幕的高大"红盖头"，党员方阵、群众方阵、学生方阵、镇村干部方阵、志愿者方阵、全国代表方阵整齐入列。

揭幕仪式上，来了许许多多重要人物。尽管范一事前有所了解，但是此时此刻，仍然感觉到心灵的震撼。

嘉宾名录

老革命及后代特邀代表：

郑莉莉：女，红军亲属，中共中央宣传部第一任部长、国务院副总理陆定一儿媳，《人民日报》外事局退休处级干部。

马继志：男，著名抗日民族英雄、东北抗日联军创建人杨靖宇（原名马尚德）将军孙子，国营企业干部。

朱　光：男，91岁，为新中国诞生身经百战，曾参加著名的淮海战役、孟良崮战役和参加抗美援朝战争的一位老英雄。曾任解放军团副参谋长、抗美援朝的连指导员。

曹小红：男，朱毛井冈会师开路总指挥曾木斋烈士曾外孙。

谢　恒：女，红四军31团一营营长周访外孙女。

许　红：男，红军独立团政委许郁之孙。

领导和专家特邀代表：

薛启亮：男，中共中央宣传部党委委员、中宣部办公厅原主任、《党建》杂志原主编、著名党建专家。

谭　谈：男，中国作家协会原副主席、湖南文联原主席，现中国作协名誉副主席、湖南省文联名誉主席，著名作家，老军人，代表作《山道弯弯》等。

孙　晶：男，中国社科院东方文化中心原主任、博导、国际易学联合会会长。

雷晓达：男，郴州市人民政府原副市长、安仁县委原书记。

张红秀：女，宁夏银川人，30多年专事红色文化研究，红色文化大使。

陈和欢：男，安仁县委原副书记、县人大原主任，安仁关心下一代工作委员会主任。

邓存健：男，市文联原主席，知名诗人，《我们从安仁出发》词作者。

谭涛峰：男，《湖南日报》驻郴州记者站原站长，资深记者。

李琼林：男，安仁县政协副主席、县文联主席。

秦志明：男，中央电视台记者、中国国际卫视《信仰之光》总制片人。

北京、天津、重庆、浙江、江西、广东、广西、湖南、云南、四川、甘肃、宁夏、陕西、内蒙古、山东、河南、湖北等全国二十几个省、区、市，十八个文化长征研学基地两百多名嘉宾和与会志愿者代表身穿红军服、佩戴文化长征15周年纪念章、举着国旗和文化长征旗从首都来了、从长征路上来了、从黄土高原来了、从沿海来了、从内蒙古大草原来了、从黄河两岸大江南北向文化长征发祥地大集结，上千名龙海镇村干部和龙脊山父老乡亲个个身着节日的盛装，脸上写满了欢快和期待……

央视记者秦志明和郴州电视台记者刘翔宇抓紧抢拍仪式开始前的花絮镜头，刘翔宇采访了全国著名作家、中国作家协会原副主席、湖南省文联原主席谭谈，谭主席说："长征是'宣言书'，是'播种机'，红军是用自己的脚板，用自己的行动来践行长征精神，也给青少年朋友树立一个榜样，文化长征就是一种生动形象地宣传'不忘初心、牢记使命'的形式。"

龙海中学学生方阵齐声朗诵文化长征旗帜口号……

镇长陈小松在学生朗诵声震长空之余，邀请嘉宾代表陆续上揭幕仪式主席台就位，宣布仪式开始。

公园建设带头人廖运明先生作嘉宾介绍。

镇党委书记马建中代表地方党政机关作欢迎词和工作报告。

中国社会科学院东方文化中心原主任、国际易学联合会会长孙晶宣读国际易学联合会义务作公园和全国各基地建设人文环境总规划学术支持志愿书。

中共中央宣传部党委委员、办公厅原主任薛启亮先生代表嘉宾发表热情洋溢的讲话。

下午3点30分，陈小松镇长宣布揭幕。

霎时，官陂垌上空礼炮齐鸣，五彩缤纷，一道道红色的礼花飘带直冲云霄，与广场周围升空的气球和高悬的大红条幅交相辉映：

…………

携手新一代，唤起先驱魂；科学求发展，中华再复兴！

不忘初心、牢记使命，文化长征！

文化长征永远在路上！

高举习近平新时代中国特色社会主义思想伟大旗帜，奋勇前进！

中国共产党万岁！

红军长征精神万岁！

中华人民共和国万岁！

来自中央部委和省市县的嘉宾代表为"红旗标志建筑"揭开了"红盖头"……

三面文化长征红旗雕塑，高高展现在世人面前……

在缤纷礼花的背景中，十八个研学基地代表队的文化长征队旗手不约而同举旗聚集在红旗雕塑面前，个个挥舞红旗，与广场群众手里的国旗汇成了一片红色的海洋……

红旗又潮水般绕建筑雕塑缓缓流动，大家参观了解雕塑文化：

红旗雕塑建筑长度表意：一级基座长8500厘米（长征85周年）、高150厘米（文化长征15周年），二级基座长7000厘米（新中国成立70周年），旗帜厚度98厘米（建党98周年），旗杆高2500厘米（中央红军长征二万五千里），整个雕塑各边长总和65000厘米（红军长征四支队伍总里程六万五千里）。

基座是福建的永定红，旗面是四川的中国红，基座正面镌刻的"中华文化长征发祥地公园"十一个字集毛主席手书大字烫朱砂红。三面红旗旗杆上分别刻的是"全国未成年人思想道德建设新长征""全国文化长征龙脊山研学基地""中国青少年长征路"。旗正面左上角刻的是红军长征旗旗徽：一颗金色的五角星和一个党徽。旗正面右上角刻的是黑色隶书文化长征口号："携手新一代，唤起先驱魂；科学求发展，中华再复兴！"旗正面中间刻着巨幅毛体"长征"，银光闪闪，"长征"前面左下角刻着银色"文化"两个小字，旗面右下角刻着"国家文物号：JB966321"一排小小字。

基座背面正中间刻的是毛主席《七律·长征》和他的手书体，基座左边刻的是《毛主席论长征》、右边刻的是《习主席论长征》。红旗背面刻的是中国工农红军长征路线图。

基座右侧刻的是中共中央宣传部表扬文和"文化长征国家文物旗标志建筑"简介。原文物旗由担任文化长征队队长的罗范懿设计，于遵义制作，珍藏在中国人民革命军事博物馆。

基座左侧刻的是赞助文化长征国家文物旗标志建筑功德榜，有龙海镇人民政府、官陂村委、玖贰捌教育（安仁）公司、全国文化长征组委、安仁三中等集体和全国十八个省（市）及联合国官员等个人共百余名字。

郑莉莉大姐等还踊跃参加了公园建设现场捐款……

范一和参加文化长征发起、全程重走长征路"老战友"陈赞文应邀参加了红旗建筑雕塑揭幕仪式，内心格外激动。

范一对赞文说："要是李绿森老师也能参加就好了。"

"是啊，这个劳模却先走了……"赞文的回答既有忧伤又很亢奋，"长征路上的红军英烈都会晓得，他会跟烈士们一起来看吧……"

看红旗雕塑，眼前浮现他们第一天让红旗插上了遵义大捷的老鸦山制高点……

看红旗雕塑，眼前浮现每天凌晨四点起床，一个人也坚持摸黑徒步，"红旗只能前进，不能后退！"……

看红旗雕塑，眼前浮现这面旗帜在翻雪山时被雪风吹向了天空，赞文跟着追呀追，白发银丝也飘成了旗……

看红旗雕塑，赞文想起他的父亲也会来看：朱德率军向井冈山同毛泽东会师，在县城过永乐江时陈六生为朱德摆渡送行，毛主席后来在人民大会堂还奖给他一杆枪……

看红旗雕塑，范一也在心中默念："爸爸，这红旗雕塑正是建在大屋的屋背，您那天被人背来通宵为人唱歌送行，自己逞强独自回家却倒在这泥泞的路边爬不起来……您今天来看吧！儿子带来了很多客人来了老家啊！那升空的大红气球不正像您举给我看的'红薯'吗？……"

看红旗雕塑，父亲和战友在淮海战役胜利的红旗海洋里举起右手……

看红旗雕塑，红军队伍正举旗从子弹纷飞、弹光闪烁的泸定铁索桥上飞过，两位英雄正落入大渡河，激起冲天浪花……

看红旗雕塑，黄继光在挺身堵枪口，父亲和战友随红旗发起冲锋，呼啸前进，千疮百孔的红旗插上了上甘岭0号高地……

…………

"红旗"揭幕仪式后，范一和村支书吴功建领车队进入公园深处。

中宣部、中国社科院、人民日报社等单位干部、革命后代和全国志愿者们都爬上了共和石观光，并都在大红横幅上签名留念……

后记：写给爸爸

这篇文章本想放在文前作为引言，但责任编辑提出，先公而后私。我想，这不正是爸爸一贯的处世原则吗？于是便同意了。

的确，写龙脊山，却山名不见地图，连县上的地图也没有这个名字，这不是一个地方的建制名，也不是某一座山的名，更不是一大山脉，而是人们心目中想象出来的一片山的图腾……写爸爸，您也太普通。您身上虽然沿袭着中国现代革命史上最重要的军人——远征军、解放军、志愿军的老兵印迹，但您是个文盲，从军十五载最大的官也只做过副班长。

但是，就凭这个部队里最小的官衔，您也能在部队里拼个十五年不回家。要知道，十五年来，在您的内心里一直魂牵梦绕着家乡的这片龙脊山啊！那么，我只能说，您心里还有另一个梦，而且是一个不寻常的梦，是一个很值得后人解开的梦啊！

您图的什么呢？您回到了家乡，地方政府凭您一口袋勋章纪念章安排了您的工作，您却因国家困难而主动放弃，硬要回到龙脊山，宁可在龙脊山做个民兵营长、生产队长、林场场长、农科队长、养猪场长……您究竟图个啥呢？龙脊山的图腾里，究竟有啥宝贝您还没有挖出来呢？

其实不用挖我们也能知道，龙脊山红土石下埋藏的，不过是世间千千万万普普通通的老百姓，爸爸只是中国千千万万的普通老兵和普通老农中的一个。常言道，小名不上经传啊！可又道，爸爸是山，妈妈是河，作为龙脊山和爸爸的儿子，那里的山和人都陪我做过一段七彩梦，我深深思念那生我养我、陪我做梦的一座座山、一条条河……

"写写……"感谢龙脊山的燕子，一个劲地在督促、在提醒，让我下定了决心"写"。广阔天地，大有作为。这是一位伟人的忠告，曾经就由我的老师用石灰水刷写在这龙的脊椎上……

一天，春燕领着游子回龙脊山了！

"爸——爸——"

我站在龙脊山视野开阔的共和石和晒谷坳上，学爸爸用两只手做成喊话筒，朝东南西北方方面面呼唤爸爸，呐喊爸爸，使出小时候吮奶一般的劲头，不顾周围人怎么看我，这周围今天也没人来看我呀，四处荒山野岭，惊呆了几个留守的老人和稚童，他们爬不上来，只有远近的龙脊山在声声回应："爸——爸——"

当门山在回应"爸——爸——"

后背垴在回应"爸——爸——"

神农河在回应"爸——爸——"

…………

小时候，我每日三餐，都要这么站在家门口、站在高坡上、站在晒谷坳上、站在共和石上，喊爸爸回家吃饭。

开春的日子，清晨五点，东边鱼肚刚白，睡梦中一声哨响，爸爸同乡亲们都起床了，各自哼着古老的小调，掂量自己的劳动能力，选到能配合的黄牛，摸着从集体的牛圈里牵牛出栏。我小时候的爸爸都是牵的大雄牡，犁田走得飞快，田里的沙壤泥土在犁壁上一卷卷翻起，油光闪亮……看爸爸犁田，真让我有看妈妈油煎卷筒米花的感觉，忍不住涌出口水……我端着妈妈早饭煮熟后熬的第一碗热米粥爆鸡蛋，站在田塍上等爸爸犁一圈过来，您却只给找去过来一笑，转眼又津津有味地欣赏您的犁沟走直、手柄摇匀、脚步轻捷——

一声"嗨"，爸爸举鞭催牛……您又融入了田野里乡亲们时起时伏的一片催牛和吹牛谈笑的声音海洋，就像根本没看见我手里端来的"早伙"，继续卷您犁下的"卷筒花"……每次总要我催您止犁上田塍，您才打早伙，有时您干脆就不上岸，站在田里一手扶犁，一手端着碗一咕噜就碗底朝天，吃完常还嗔怪一句：

"我说了不送，你们还送。你妈做不赢，这条路又不好走，你莫摔跤吵！"爸爸每次这么责怪，我和妈还是坚持送。清早空腹出门，爸已劳动三四个小时了。

一次爸爸稳住牛和犁，上了田塍。

"啊——"我大声尖叫，"爸爸的脚，被什么划开一道口子了呀？"

寸长一条像白萝卜上干裂的口子，很快就渗出了血，血把脚上的泥巴也染红了……

"犁了一早晨田，您不痛吗？……"我心痛着急，不知所措。您却只管吃早伙，吃完放下碗，把那裂开的皮肉随便合拢一下，我拉都拉您不住，带血的脚就旋即下了田，又嗨得雄牯走得风快……

见我在田塍上还惊出小手在擦眼泪，您一边喊牛还一边喊我：

"快回去呀！要像个男子汉！这有什么？划破点皮肉有什么要紧？皮肉总天天在长的！这田里沙性泥巴最消毒……"

除了送早伙，我还常常要站在家门口和晒谷坪上喊爸爸回家吃饭。爸爸除了上集体工，早中晚工余还要去自留地种菜。那时村里山上山下住着许多人，这么一遍一遍站在门口和高坡上催喊"爸爸"回家吃饭的同伴们也不少，我们都在暗里比谁喊爸爸的声音高，比谁喊爸爸的声音亮，这简直就成了我和伙伴们心目中的一件乐事、一桩赛事了！

记得有一天早晨六点多钟，朝霞还被狮子山挡着，我跟着爸爸在山脚下挖自留地里的红薯。只见爸爸一锄头翻出来一个通红、滚壮，形态活像猪心又像大红灯笼的大红薯，他手提薯藤，把这只"红灯笼"举过头顶，若有所思地对我说：

"我也正是这个时候出生的哩……"

那是我十岁左右，已懂得爸爸挖出地里红薯时这番感叹：自己不也像这个地里的红薯一样出世了嘛！我下意识抬头看看山对面的霞光，连忙问："爸爸，这叫什么时辰？您是今天的生日吗？"

"寅时尾，正是今天。"爸爸回答。原来今天正是爸爸的生日。今天是农历十月二十四，1921年的这一天，爸爸出生了。就因为爸爸自己从地里翻出来那只红薯（这"红薯"还夹带着"洪珠"的地方谐音）……加上还夹带着浓郁的泥土气息和薯叶、薯藤汁里散发出来的薯浆清香扑鼻，从此，我深深地记住了爸爸大约过五十岁知天命的这一天和这一刻。

爸爸这时兴致特高，给我讲起了小时候在青龙寨生活的苦楚。又手指对面，穿过一条流过我们家后背的小溪流，那边山，那个对面叫大芙塘的龙脊褶皱的小山沟，爸爸就是在那小山坡上替人砍瓜棚树，光着身子被国民党抓壮丁捆走……后来就从国民党军走进了解放军队伍，加入了伟大的中国共产党。

龙脊山人谁都没想到，在爸爸出世前的几个月里，有一个名叫毛泽东的湖南年轻人，会同一群为共产主义理想而奋斗的仁人志士先在上海望志路106号又在浙江的南湖红船上实践着开天辟地的伟大梦想！爸爸正是伴着这个伟大理想在中华大地的诞生而诞生，一个"红薯"一般朴实却又如"大红灯笼"一般圣洁的龙脊山贫苦农家的一个新生命……

估计爸爸有生以来自己从没这样联想过，我和爸爸当时在红薯地里也是没法谈到这一层的，连我后来读大学又教大学，也没有这样想，直到爸爸和中国共产党诞辰百周年时，回想普通党员爸爸一生的平凡又非凡的历练，才猛拍大腿，深感骄傲，我的爸爸与伟大的中国共产党，原来竟有着如此光荣又神圣的联系和造化！

太阳爬上狮子山一丈多高了，我跟爸爸说："回家吃早饭吧？"

"你饿了？"爸爸选出两只红薯，又下到土墈下的一条小水圳里洗净，还把那只特意提到手上感叹一番的迪红迪红的"红灯笼"送到了我手上。

我捧在手心上，欣赏"红灯笼"，又看看这红薯一般朴实又庄重的爸爸……我不忍心张口。

"呷吧！老看什么？"爸爸说，"你不呷那个，就呷这个吧。"

爸爸想给我换一个，我又不愿意，这只红薯似乎在心理上就替代了"洪珠"。

"呷……"我想，我就把这皮肉都通红的"红薯爸爸"放到心里去吧！

我和爸就在土沟上横架起锄头把，面对面坐着，一口一口吃起生红薯，爸爸一边吃，又一边给我讲起了您在解放大西南庆功会见到朱总司令的情形：

　　总司令笑着问："你怎么老看着，不吃？你是哪里人？"

　　爸爸大胆地从席上站起来，行标准军礼：

　　"报告总司令！我是湖南人。"

　　"是湖南哪里的？"总司令又问。

　　"湖南安仁县人。"爸爸回军礼。

　　"安仁人！"总司令喜从心里油然而生，"安仁我熟，你快坐下，吃饭！当年，我就是在你们安仁决定上井冈山同毛主席会师的啊！……"

　　听总司令这么一说，周围的人又都把羡慕的目光移向了爸爸……

　　"我心里为我们安仁家乡好自豪、好骄傲啊！……"

　　爸爸说到这里，内心很激动，激动得像他平常做梦一样急促喘息，胸脯急剧起伏，这时却还散发出一股裹着泥土和红薯清香的热浪，热浪正朝我一阵阵扑过来，扑过来……却忽然就不见了，只留下一句话：

　　"现在国泰民安了，范一啊，你要多读书、读好书，多做事、做好事……"

　　我站在共和石、晒谷坳上拼命呐喊：

　　"爸——爸——"

　　回应的声音也在群山之间回荡：

　　它们飞向共和石："爸——爸——"

　　它们飞向将军岭："爸——爸——"

　　它们飞向晒谷坳："爸——爸——"

　　…………

2020年4月16日写于长沙

致　谢

感恩父亲在2003年1月29日至2月初，春节里在共和石接受我的专门采访，系统讲述自己一生的故事，留给我和后代们采集不尽、挖掘无穷的宝贵精神富矿。

感谢我的母亲和兄姊等众亲属补充和修订完善。

感谢罗洪泽叔叔补充素材，指出修订意见。

感谢文化长征优秀志愿者、复员军人谭秀年表弟成为书稿的第一读者，且反复阅读，逐一挑出笔误。

感谢文化长征志愿者、三江美院教授、副院长、著名画家金红炜先生成为初稿第二读者并提出阅读意见。

感谢全国文化长征组委顾问、广州军区新闻处老处长、《解放军报》著名战地记者、作家曹光雄兄长提出意见。

感谢文化长征标兵、全国文化长征组委会副主任廖运明同志阅读初稿，挑出笔误，提出意见，并积极沟通出版。

特别感谢刘建将军认真阅读书稿并为本书作序。

……

图书在版编目（CIP）数据

我是党员我是兵 / 罗范懿著. —成都：天地出版社，2021.5
ISBN 978-7-5455-6289-7

Ⅰ.①我… Ⅱ.①罗… Ⅲ.①长篇小说–中国–当代 Ⅳ.①I247.5

中国版本图书馆CIP数据核字（2021）第039555号

WO SHI DANGYUAN WO SHI BING
我是党员我是兵

出 品 人	杨 政
著 者	罗范懿
责任编辑	孙学良
装帧设计	三知设计
内文排版	成都新和平文化传播有限公司
责任印制	王学锋
出版发行	天地出版社 （成都市槐树街2号　邮政编码：610014） （北京市方庄芳群园3区3号　邮政编码：100078）
网　　址	http://www.tiandiph.com
电子邮箱	tianditg@163.com
经　　销	新华文轩出版传媒股份有限公司
印　　刷	天津融正印刷有限公司
版　　次	2021年5月第1版
印　　次	2021年5月第1次印刷
成品尺寸	710mm×1000mm　1/16
印　　张	17.25
彩　　插	2页
字　　数	265千
定　　价	49.00元
书　　号	ISBN 978-7-5455-6289-7

版权所有◆违者必究

咨询电话：（028）87734639（总编室）
购书热线：（010）67693207（营销中心）

如有印装错误，请与本社联系调换。